Die Dünen der Vergeltung

VERLAG
FRITZ
MOLDEN

JAGD AUF DIE RAUBKARAWANE

BAND V

Edmund Theil

DIE DÜNEN DER VERGELTUNG

VERLAG FRITZ MOLDEN
WIEN–MÜNCHEN–ZÜRICH–INNSBRUCK

1. Auflage

verlegt von Verlag Fritz Molden München GmbH

Mit freundlicher Genehmigung des Karl-May-Verlages, Bamberg
Umschlagbild: Eduard Angeli
Umschlagentwurf und Ausstattung: Hans Schaumberger, Wien
Lektor: Brigitte Hilzensauer
Technischer Betreuer: Josef Embacher
Satz: Fotosatzzentrum Süd-Ost Ges. m. b. H., Graz
Druck und Bindearbeit: Leykam AG, Graz
ISBN 3-217-00911-8

INHALT

Die Ereignisse spielen im Jahre 1932 im ägyptischen und libyschen Teil der Libyschen Wüste.

1. Am sagenhaften Sonnenquell

„Guhla! guhla! guhla!“ schrien und lärmten Kinder und Halbwüchsige, als wir auf einen rechteckigen Platz des Hauptortes Siwa einbogen. Die Horde hatte sich an die Fersen einer fliehenden weiblichen Gestalt geheftet und bewarf die vor ihr Dahinhetzende mit leeren Büchsen, Steinen und Abfällen. Die Frau stürzte nieder, raffte sich jedoch sofort wieder auf und lief weiter. Ihre Verfolger hatten dadurch den Abstand zu ihrem Opfer verringern können. Am Rande des Platzes standen und saßen Männer, die dem Treiben zusahen, ohne einzugreifen.

„Was geschieht hier?“ wandte ich mich Hamdi und Radwahn zu.

„Sie ist guhla“, antwortete der Tibbu.

„Was bedeutet das?“

„Sie ist ärmäle – eine Witwe.“

„Und warum wird sie von den Kindern gejagt?“

„Weil sie guhla ist.“

„Das hast du schon einmal gesagt, Radwahn et-Tibbu! Ich will wissen, was das bedeutet!“

„Die Bewohner von Siwa glauben, daß ihr Anblick ihnen Unglück bringt.“

„Weil sie eine Witwe ist – ?“

„Aijwa – sie hat noch nicht ihr Bad genommen.“

Der Sinn dieser Worte ging mir nicht auf. Ich sah nur, wie die Fliehende von den auf sie zugeschleuderten Geschossen getroffen wurde und von panischer Angst ergriffen schien. Mit einem Zuruf und einem Fersendruck trieb ich meine Stute auf den Platz hinaus und überquerte die Fläche in schnellem Trab. Als die Kinderschar meine Annäherung wahrnahm, stob sie kreischend auseinander und ließ von der Verfolgung des Weibes ab. Dieses wandte sich um, schrie vor Entsetzen auf und lief kopflos weiter. In wenigen Sekunden war ich an seiner Seite und rief ihm zu:

„Chalihk, uahkif – bleib stehen! Ich tue dir nichts! Ich will dir helfen!"

Aber die Frau drehte sich schreiend zur Seite und hastete davon. Da lenkte ich mein Reittier nach rechts, setzte mich neben die Dahinlaufende, ergriff sie an den hocherhobenen Handgelenken und riß sie mit einem Schwung empor. Sie wehrte sich verzweifelt. Ich drückte die sich Windende und Aufbäumende quer vor mich vor den Knopf des Sattels auf meine Knie nieder und versuchte ihr dabei beruhigend zuzureden. Allmählich ließ ihr Widerstand nach. Die Stute blieb auf meinen Befehl stehen.

Sahdik, Hamdi und Radwahn waren mir auf den Platz nachgefolgt, der nun leer war und über den sich nach meinem Eingreifen Totenstille gebreitet hatte. Der Lärm der Kinder war mit einem Schlage verstummt. Aber die Augen aller in Sichtweite stehenden Männer waren auf uns gerichtet.

„Es ist besser, jah Sihdi, wenn wir den Platz verlassen", sagte der Tibbu gedämpft zu mir, während er seinen Blick über die stummen Gestalten am Rande der freien Fläche hingehen ließ. Sahdik wartete meine Antwort nicht ab, sondern sagte:

„Ta'ahl, jah chaiji – komm!“ und trieb sein Kamel an. In kurzer Zeit hatten wir die Lehmmauern der Oasensiedlung hinter uns gelassen. Rechts und links standen niedrige Palmen zwischen aufgeworfenen Erdwällen. Wir hielten unsere Dromedare an. Die Frau hatte während der ganzen Zeit rücklings quer vor mir gelegen und ihr unverschleiertes Gesicht hinter ihren Händen verborgen, mit denen sie el-melaijah zusammengerafft hatte. Dieses Kleidungsstück besteht aus einem großen viereckigen Wolltuch mit bunt besticktem Rand, das über den Kopf gelegt wird und wie ein Mantel herabhängt. Sie lag bewegungslos, als wäre sie ohnmächtig geworden. Ich richtete ihren Oberkörper langsam auf und sprach sie an:

„Habe keine Furcht, jah wulijje – o des Schutzes Bedürftige! Wir wollen dir helfen. Warum haben die Kinder mit Steinen nach dir geworfen?“

Sie antwortete nicht und nahm auch nicht die zitternden Hände von ihrem verhüllten Gesicht.

„Deine Verfolger können dir nichts tun. Sie sind uns nicht gefolgt.“

Sie veränderte ihre Stellung nicht.

„Bist du katih'a – hast du keine Angehörigen und Verwandten?“

Meine Worte waren wie in den Wind gesprochen.

Da sagte Radwahn et-Tibbu:

„Seijidna musch muslim, seijidna nusrahni, jah

hurme – unser Herr ist kein Moslem, unser Herr ist ein Christ, o Weib."

Die Hände sanken ganz langsam herab. Die melaijah rutschte auf Schultern und Nacken nieder. Zum Vorschein kam ein verweintes, mädchenhaftes Gesicht mit breiter Nasenwurzel, vollen Lippen und einem ausgeprägten Mund, dessen Winkel krampfhaft verzogen waren. Das Kopfhaar über der hohen Stirn war lang und kraus und in der Mitte gescheitelt. Einzelne dünne Zöpfchen hingen rechts und links der Schläfen herab. Der Einschlag, den die sichtbare Vermischung mit Negerblut herbeigeführt hatte, war nicht imstande gewesen, die Merkmale berberischer Abstammung ganz zu verdrängen. Im Gegenteil, er hatte eine eigenartige Verschmelzung der äußeren Erscheinung der Bewohner des Atlas und des Berglandes der Sahara mit jener der Sudanesen erzielt, wodurch die mitunter strenge Herbheit des Berbergesichtes gemildert wurde. Jetzt aber sprachen aus den geröteten und geschwollenen Augen des Weibes, das ich zu mir vor den Sattel heraufgezogen hatte, Verzweiflung und blanke Angst.

„Warum haben die Kinder Steine auf dich geworfen? Was bedeutet das Wort, womit sie dich riefen?" wiederholte ich langsam meine erste Frage. Sie schüttelte nur den Kopf und blieb stumm.

„Sie haben guhla! guhla! geschrien, jah sihdi", schaltete sich der alte Radwahn erneut in das Gespräch ein.

„Was bedeutet guhla?" wandte ich mich an ihn.

„Die guhla ist eine dschinnija, jah sihdi."

„Ein weiblicher Dämon?“

„Aijwa, jah sihdi! Manchmal erscheint el-guhla in der Gestalt eines Tieres oder eines schrecklichen Ungeheuers. El-marahrbe, die Marokkaner sagen, daß el-guhla Ziegenbeine hat.“

Unwillkürlich gingen meine Augen zu den Füßen des jungen Weibes, dessen Gesichtsausdruck bei meinem Gespräch mit Radwahn an Verstörtheit und Bestürzung zunahm. Es versuchte vergeblich, die mit Hornhaut und Schwielen überzogenen Gliedmaßen meinen Blicken zu entziehen.

„Was tun diese – wie nennt man mehr als eine guhla?“

„Eg-guahl halten sich an Gräbern und in Ruinen auf und fressen die Leichen. Manchmal fallen sie auch Wanderer an.“

„Glaubst du an diesen Unsinn, jah Radwahn et-Tibbu?“

„Niemals, jah sihdi. Der Prophet läßt es nicht zu, daß der muslim solchem Aberglauben anhängt.“

„Erkläre mir dann, was das alles mit dem Weib zu tun hat, das die Kinder mit Steinen beworfen haben!“

Die Verstörte hatte bei unseren letzten Sätzen ihre gesenkten Augen erhoben. Mir schien, als schimmere darin vage eine Hoffnung auf.

„Die Bewohner von Siwa sagen, wenn eine Frau zur Witwe wird, dann ist sie guhla, jah sihdi.“

„Hast du deinen Mann verloren?“ wandte ich mich dem Weibe zu.

„Allah hat es so gewollt, jah sihdi", sagte sie mit leiser Stimme.

„Wann ist das Unglück geschehen?"

„Vor vierzig Tagen, jah sihdi."

„War er krank?"

„La, jah sihdi; er war ganz gesund."

„Warum ist er dann gestorben?"

Das Weib gab keine Antwort. Seine Augen füllten sich wieder mit Tränen.

„Sprich, was ist deinem Mann zugestoßen?"

„Er hat – hat – die dschinn haben ihn – unter Wasser gezogen. Er ist – er ist ertrunken –."

Mir fielen unsere Erlebnisse am See der Krokodile im Faijum ein.

„Er ist ertrunken? Hier im Birket Siwa?"

„La, jah sihdi, nicht im Birket Siwa."

„Im Birket Marahki?"

„Auch nicht, jah sihdi."

„Wo geschah das Unglück?"

„Am – am Birket el-Araschia."

„Wo liegt dieser See?"

„Zwei Tagesreisen von hier – gegen Sonnenuntergang, jah sihdi."

„Mahschallah – was suchte dein Mann so weit von hier im Westen? War er mit einer Karawane unterwegs?"

„La, jah sihdi, er war nicht mit einer kahfile unterwegs."

Die Antworten der Oasenbewohnerin wurden alle mit leiser Stimme abgegeben. Trotzdem glaubte ich zu bemerken, daß die Verstörtheit des jungen Weibes ein wenig abnahm. Seine Entgegnungen hielten sich gleichwohl nur ganz eng an meine gestellten Fragen. Ich mußte weiterhin versuchen, es behutsam aus seiner Beklemmung, deren Anlaß mir noch nicht klar war, herauszuführen.

„Was führte deinen Mann zum Birket el-Araschia?“

„Er arbeitete in el-basahtihn en-nachl von Kaikab, jah sihdi.“

„Wo befinden sich diese Palmenhaine von Kaikab?“

„Wenn du zwei Tage auf el-masrab el-ichwahn, dem Wanderpfad der senuhsih-Brüder gegen Sonnenuntergang, dahingehst, erreichst du die Palmen, die von den Männern von Siwa gepflegt und deren Früchte von ihnen geerntet werden, jah sihdi.“

„Was aber hat das mit dem Tod deines Mannes zu tun, jah ärmäle – o Witwe?“

„Du mußt wissen, jah sihdi –“ über das dunkle Gesicht des Weibes, das bisher von Abweisung und Furcht geprägt war, ging ein unruhiges Zucken, „– du mußt wissen, daß nicht weit der Palmengärten der Birket el-Araschia sich erstreckt, in dessen Mitte eine Felsinsel sich erhebt.“

Sie hielt inne und schaute mich unentschlossen an. Ich blieb stumm und nickte ihr nur zu.

„– eine Felsinsel“, fuhr sie daraufhin ermutigt fort, „auf der in einem goldenen Kasten eines der siegreichen Schwerter des Propheten von dschinn bewacht wird.“

„Was – was wird von den Dämonen – auf dieser Insel bewacht?“ fragte ich erstaunt.

„Eines der Schwerter, mit denen Muhammed die Ungläubigen besiegte und bestrafte, jah sihdi.“

„Ich selbst gehöre zu el-kahfirihn, den Ungläubigen, wie du sie nennst, jah hurme – o Weib, und du sitzt auf meinen Knien!“

Sie schaute mich einfältig an.

„Allah und sein Prophet werden mir vergeben – ich vertraue dir, jah sihdi.“

„Sprich weiter, jah ibneije el-basahta – o Töchterchen der Einfalt!“

„Alle in Siwa wissen, daß auf dieser Insel im Birket el-Araschia das Schwert des Propheten von den dschinn bewacht wird. Aber mein Mann Hammed ibn Omar und sein jüngster Bruder Chahlid verlachten die Männer der Oase und sagten, sie wollten ihnen zeigen, daß es auf der felsigen dschasihre weder einen goldenen Kasten noch ein Schwert des Propheten gäbe. Sie schlugen zwei Palmen um – Allah verzeihe ihnen diesen Frevel –, banden die Stämme zusammen und schleiften sie über es-sebcha, das Salzmoor. Sie brachten die Hölzer in das Wasser, setzten sich darauf und wollten zu der Felsinsel fahren. Aber die dschinn zogen die Stämme der Palmen in die Tiefe, und die Männer ertranken.“

„Warum sind sie nicht an das Ufer oder zur dschasihre geschwommen?“

„Sie konnten nicht schwimmen, jah sihdi.“

„Und da haben sie sich auf den See hinausgewagt?“

„Aber sie saßen doch auf den Palmenstämmen, jah sihdi!“

„Allah a'lam – Allah weiß am besten", sagte ich darauf und begann darüber nachzudenken, warum ich eigentlich diese junge Siwa-Witwe vor den Angriffen der Oasenjugend in Sicherheit gebracht hatte. Meine Gefährten waren unserem Gespräch mit ausdruckslosen Gesichtern gefolgt. Mir wurde jetzt ein wenig unsicher zumute. Was hatte das alles zu bedeuten?

„Frevel erlegt den eigenen Mann, und Unrecht, schwer verdaut man dran", sagte der badawi, Verse aus einem altarabischen Lied aus der Zeit vor Muhammed zitierend, in das eingetretene Schweigen hinein.

„Nun sage mir, jah hurme aus Siwa, was hat das alles damit zu tun, daß die Kinder mit Steinen nach dir werfen?" wandte ich mich ein wenig ungeduldig an das Weib.

„Du kannst als Fremder die Sitten dieser Oase nicht kennen, jah sihdi", antwortete sie. „Wenn eine Frau hier ihren Mann verliert, ist sie guhla. Sie muß vierzig Tage ganz abgeschlossen verbringen."

„Wo steht das geschrieben?"

„Sie sagen, daß der Prophet das so bestimmt hat, jah sihdi."

„Die das sagen, sprechen die Unwahrheit, o Weib aus der Oase Siwa. El-kur'ahn hat in der suhra 2, die el-bakara, die Kuh, überschrieben ist, festgesetzt, daß Frauen, deren Männer von Allah abberufen werden, vier Monate und zehn Tage warten müssen, ehe sie sich, ohne eine Sünde zu begehen, wieder verheiraten dürfen. Es steht kein Wort darüber in der dem Propheten geoffenbarten

Schrift, daß die Witwen vierzig Tage ganz abgeschlossen verbringen müssen."

„Nicht nur das, jah sihdi, in Siwa darf sich die Witwe in den vierzig Tagen nicht waschen und niemandem unter die Augen kommen."

„Wovon soll sie dann leben?"

„Die Mahlzeiten werden ihr unter der Tür hingereicht. Wenn die vierzig Tage verstrichen sind, dann muß sie in einem Quell baden gehen. Aber sie darf dabei niemandem begegnen, weil sie allen, die sie zu Gesicht bekommen, Unglück bringt."

„Und du wolltest heute zum Brunnen baden gehen, weil deine vierzig Tage verstrichen sind?"

„So ist es, jah sihdi."

„Warum bist du nicht in aller Frühe aufgebrochen, wenn noch keine Kinder in den Gassen sind?"

„Heute morgen war die Wartezeit noch nicht erfüllt. Die Nachricht, daß Hammed ibn Omar ertrunken war, wurde mir erst zwei Stunden vor ed-duhr-salaht überbracht, heute vor vierzig Tagen."

„Werden die Tage so genau nachgezählt?"

„Du hast es erlebt, jah sihdi", sagte sie in bitterem Ton.

„Aber es waren doch nur Kinder, die dich verfolgt haben, jah hurme!" wandte ich ein.

„Wenn sie mir nicht nachgelaufen wären, hätten die Frauen und Männer von Siwa Steine nach mir geworfen – ganz bestimmt, jah sihdi!"

„Hier bist du vor ihnen sicher."

„Auch", sie zögerte, „auch wenn du nur – nur

ein nusrahni bist, jah sihdi – Allah und sein Prophet werden dich beschützen, weil du mir beigestanden hast", sagte das Weib und glitt auf den Boden hinab.

„Warst du auf dem Weg zu einer Quelle, als dir deine Verfolger nachliefen?" fragte ich, als es sich abwenden wollte. Es blieb stehen.

„Aijwa, ja sihdi. Sieh her", die Frau zog ein Stück Brot unter ihrem sohb genannten Kleid hervor und hielt es mir entgegen, „ich hatte dieses chubez zu mir genommen, um die dschinn wohlgesinnt zu machen."

„Auf welche Weise geschieht das?"

„Das Brot wird in kleine Stücke gebrochen und in den Brunnen geworfen. Aber du mußt darauf achten, daß es ungesalzenes Brot ist."

„Warum das?"

„Weil ed-dschinn das Salz fürchten. Also du mußt die Brotstücke in den Brunnen werfen. Dann kommen die dschinn herbei und verzehren das Brot und lassen den, der es ihnen gebracht hat, in Frieden."

„Sie verzehren das Brot? Woher weißt du das?"

„Ich habe es selbst gesehen, jah sihdi."

„Du – du hast gesehen, wie die dschinn die Brotstücke verzehrt haben?"

„Eh billah'h, jah sihdi – ei gewiß, o Herr. Ich habe mit meinen eigenen Augen gesehen, wie el-karahki das Brot gegessen haben."

„El-karahki – die Schildkröten? Aber Schildkröten sind doch keine dschinn!"

„Wie kannst du so etwas sagen, jah sihdi. Ed-dschnuhn* können die Gestalten aller Tiere und auch mancher Menschen annehmen. Schlage nie nach Einbruch der Dunkelheit eine Katze und wirf nie, nachdem die Sonne untergegangen ist, einen Stein nach einem Hund. Selbst wenn du zuvor gerufen hast: ‚Dastuhr jah muhbahrakin – Erlaubnis, o ihr Gesegneten!' wird dich das nicht davor bewahren, daß ed-dschnuhn dir die Augen auszukratzen versuchen, jah sihdi."

„So muß ich, wenn el-umm el-kuruhnehn, die Mutter der beiden Hörner, mich beißen will, mir das gefallen lassen und an ihrem Gift sterben?"

„La, la – nein, nein, jah sihdi. Du brauchst nur dreimal zu rufen: ‚Ich bin beschützt vor dir durch Allah und esch-scharih'a, das Gesetz!' Ed-dschinni wird bei dieser Drohung sofort das Weite suchen."

„Und wenn die Viper mit den Hörnern sich nicht entfernt?"

„Dann war sie kein Dämon, und du kannst sie ohne Sorge erschlagen, jah sihdi."

„Das beruhigt mich sehr, ja hurme – o Weib. Ich werde es mir merken! Welchen Brunnen wirst du aufsuchen?"

„Als ich vor einer Stunde mein Haus heimlich verließ, wollte ich den Weg nach el-'ain el-hamahm einschlagen, um mich dort von el-guhla zu reinigen."

„Warum wird dieser Brunnen ‚Quelle der Tauben' genannt, jah hurme?"

* In Nordafrika häufig gebrauchter Plural von dschinni anstelle von dschinn

„In den Palmen und Ölbäumen, die dicht neben el-'ain el-hamahm sich erheben, sitzen Schwärme von Tauben. Deshalb nennen die Männer und Frauen von Siwa diesen Brunnen el-'ain el-hamahm, jah sihdi."

„Wie weit ist es bis dahin?"

„Bis zum Beginn von ed-duhr-salaht, dem Mittagsgebet, habe ich den Quell erreicht, wenn ich mich beeile."

Ich schaute auf meine Uhr. Sie zeigte eine Viertelstunde nach elf. Wir hatten beabsichtigt, nachdem wir von dem alten Magier auf dem „Berg der Toten" geschieden waren, im Morgengrauen des folgenden Tages die Verfolgung der Raubkarawane wieder aufzunehmen. Die Zeit bis zum Aufbruch benötigten wir, um unsere Vorräte an Wasser und Lebensmitteln zu ergänzen, und nicht zuletzt dafür, uns nach den Anstrengungen der Durchquerung von el-bahr er-raml el-kebihr, des „Großen Sandmeeres", einige Stunden Rast und Erholung zu gönnen. Ich hoffte, dabei auch Gelegenheit zu finden, einen kurzen Streifzug durch die Oase zu unternehmen, um verschiedene Stellen aufzusuchen, die meine größte Anteilnahme erregten. Zu diesen Plätzen gehörte auch der von den Eingeborenen 'ain el-hamahm genannte Brunnen, der von den Schriftstellern der Antike „Sonnenquell" genannt wird und von dem sie merkwürdige Dinge zu berichten wußten.

„Willst du mir den Weg zum 'ain el-hamahm zeigen?" fragte ich die Frau.

„Ich will es gern tun, jah sihdi", antwortete sie.

„Du brauchst mir nur mit deinem hadschihn zu folgen.“

„Warte einen Augenblick!“ hielt ich sie zurück und wandte mich meinem Gefährten zu. Wir vereinbarten, uns eine Stunde vor Sonnenuntergang an der Quelle ’ain Hendeli, an der wir heute morgen beim Einritt in Siwa mit dem alten Magier vorbeigekommen waren, einzufinden. Hamdi und Radwahn sollten Wasser und Lebensmittel besorgen und die Kamele tränken. Sahdik wollte westlich der Oase Erkundigungen einziehen, ob Hahzim mit den geraubten Mädchen bei seinem Zug nach der libysch-ägyptischen Grenze gesehen worden war.

„Tragt die Gewehre in der Oasensiedlung nicht so auffällig, damit wir keine Schwierigkeiten durch el-mahmuhr und bei seinem englischen Kommandanten der Besatzung haben“, riet ich meinen Gefährten, ehe wir uns trennten.

Die noch unter dem Fluch der guhla stehende Witwe hatte geduldig gewartet. Als sie bemerkte, daß wir uns zu trennen im Begriff waren, wandte sie sich ostwärts und lief einen breiten Weg entlang, der mitten durch eine ausgedehnte Palmenanpflanzung führte. Ich lenkte meine Stute hinter ihr her.

Es fehlten noch zehn Minuten bis zur Mittagsstunde, als durch die Stämme der Bäume eine Wasserfläche glitzerte. Meine Führerin stellte sich, ehe wir den Brunnen erreichten, halb hinter einen knorrigen Olivenstamm und zeigte nach vorn.

„Dort liegt el-’ain el-hamahm, jah sihdi. Du kannst den Quell nicht mehr verfehlen. Ich will mich verborgen halten, bevor ich nicht sicher bin, daß mich niemand am Brunnen sehen kann."

„Allah jisallmik – Allah erhalte dich heil!" sagte ich zu ihr.

„Mutaschakkir chahlis, jah sihdi, Allah jidschahzihk – vielen Dank, o Herr, Allah möge es dir vergelten, daß du mir geholfen hast", antwortete sie und verschwand zwischen den Stämmen. Ich ritt bis an den Brunnen und ließ meine Stute niederknien.

Vor mir breitete sich ein teichähnliches, fast kreisrundes Becken von fünfzehn bis zwanzig Meter Durchmesser aus. Seine Einfassung bestand aus behauenen Kalkquadern, die kunstvoll aneinandergefügt waren und einen nach innen überragenden Bordrand aufwiesen. Ihnen war nicht anzusehen, daß die Hände, die sie bearbeitet hatten, vor zweitausend Jahren ihrer Tätigkeit nachgegangen waren. Als sie die Werkzeuge ruhen ließen, war in dieser Oase auch die Kunstfertigkeit dahingegangen, die Steine zu bearbeiten und zu einem Rahmen von mehr als hundert Meter Ausdehnung zusammenzusetzen. Ein unbeschreibbares Gefühl überkam mich, wie ich so, meine Stute am Halfterstrick haltend, vor dem sagenhaften Wasserbecken stand, dem die Alten den Namen Sonnenquell gegeben hatten. Diese Benennung kam daher, weil die Wasserwärme der Quelle im Gegensatz zur Sonnenhitze stand. So wenigstens erklärt es der fleißige und großzügig arbeitende, in Agyrion auf Sizilien geborene griechische Geschichtsschreiber Diodoros Siculus zwei Jahrzehnte vor dem Beginn unserer Zeitrechnung. Er ist der Verfasser der vierzigbändigen „Historischen Bibliothek", von der nur weniger als die Hälfte, fünfzehn Bücher, erhalten geblieben sind. Ein halbes Jahrtausend zuvor hatte Herodot, vielleicht aufgrund eigener Beobachtungen, geschrieben: „Die Ammonier (so nennt er die Bewohner von Siwa) haben auch noch eine andere Quelle. Sie führt morgens laues Wasser, mit fortschreitendem Tage wird es kälter und ist um die Mittagszeit sehr kalt. Dann bewässern sie ihre Gärten. Wenn der Tag sich neigt, läßt die Kälte des Wassers nach, bis es bei Sonnenuntergang wieder lau wird. Dann nimmt seine Wärme bis Mitternacht zu. Es kocht dann und sprudelt vor Hitze. Von Mitternacht an kühlt es sich bis zum Morgen wieder ab. Diese Quelle heißt Sonnenquelle." Etwas mehr als einhundert Jahre später stellten die im Gefolge Alexanders des Großen in Siwa weilenden Wissenschaftler erneut fest, daß der Sonnenquell in den Morgen- und Abendstunden lauwarm, mittags kalt und um Mitternacht kochend heiß war. Diese allen erdgeschichtlichen und physikalischen Erfahrungen entgegenstehenden Beobachtungen und Meinungen der Antike blieben bis fast zur Mitte des vorigen Jahrhunderts unwidersprochen.

Mir fiel auf, daß auf dem Grund des Brunnens, der an keiner Stelle Übermannstiefe aufzuweisen schien, Gemäuerreste lagen. Ob diese von ursprünglich an Ort und Stelle errichteten Steinverbänden stammten oder später hineingestürzt worden waren, ließ sich von meinem Beobachtungspunkt aus nicht feststellen. Mehr als diese Spuren menschlichen Einwirkens aber fesselte mich eine

Erscheinung, die ich bisher bei den Wasserstellen in der Wüste und in den Oasen noch nicht beobachtet hatte. Aus dem Boden drangen allenthalben in dichter Folge Blasen herauf, wodurch der Eindruck entstand, als befände sich das Wasser tatsächlich kurz vor dem Kochen und „sprudelte vor Hitze", wie Herodot berichtet. Eine mit der hohlen Hand geschöpfte und gekostete Probe ergab einen leicht salzigen, aber angenehmen Geschmack des Wassers, das jedoch keine Kohlensäure oder andere Gase enthielt. Die aufsteigenden Perlen waren Luftblasen, die durch den Druck der libyschen Wüstenplatte auf die unterirdische Süßwasserschicht, durch den die Flüssigkeit an die Erdoberfläche gepreßt wird, gleichzeitig mit entstehen. Nach dieser natürlichen Erklärung des Phänomens, das die Antike als das „Kochen des Wassers" bezeichnet hatte, begann ich zu ahnen, warum die Schriftsteller jener Tage von diesen eigenartigen Temperaturveränderungen des Brunnens innerhalb eines Zeitraums von vierundzwanzig Stunden berichtet hatten. Messungen mit dem Thermometer ergaben eine durchschnittliche Wasserwärme des Sonnenquells von 29° Celsius, die sich nur geringfügig bei hohen und niedrigen Außentemperaturen verändert. Nun kann es eintreten, daß in den Monaten, in denen der Chamasihn, der ägyptische Glutwind, auftritt, vom März bis Juni, das Thermometer in der Mittagsstunde auf über 50° Celsius im Schatten klettert. Eine unmittelbare Sonnenbestrahlung auf die Oberfläche des Brunnenbeckens vermag die Quecksilbersäule noch höher hinaufzutreiben. In der Nacht können die Temperaturen während des dritten Monats im Jahr auf 6° bis 8° zurückgehen. Dieser gewaltige Temperaturunterschied von mehr als fünfzig Grad wirkt sich bei einem Besucher des Sonnenquelles so aus, daß er beim Eintauchen einer Hand oder eines Fußes das Wasser des Brunnens während der kalten Nachtstunden als sehr warm und während der Mittagshitze als angenehm kühl empfindet. Nicht überprüfte Erfahrungen und der nachweisliche Hang der Schriftsteller zur Übertreibung haben dann, unterstützt durch die aufsteigenden Luftblasen, zu der über zwei Jahrtausende weitergegebenen Überlieferung geführt, daß der Sonnenquell während der Nacht siedet und zur Mittagszeit kalt sei. Von den dschinn in Schildkrötengestalt, die der Oasenwitwe beim Verzehren der Brotkrumen aufgefallen waren, konnte ich nichts wahrnehmen. Dafür kamen und gingen ununterbrochen Weiber und Kinder, die Gefäße und Ziegenhäute mit Wasser füllten und in die umliegenden Hütten und Behausungen trugen. Das Brunnenbecken des Sonnenquells besaß nur einen Abfluß, der an der Nordwestseite die steinerne Einfassung durchbrach und sich in die nahe heranreichenden Anpflanzungen ergoß.

Einige Zeit verweilte ich gedankenverloren am Rande des Brunnens. Meine Stute nutzte diese längere Pause, um ausgiebig und in Zwischenräumen von dem wohlschmeckenden Wasser zu saufen. Bevor ich wieder aufbrach, wickelte ich mein Gewehr in die Reitdecke und band es seitlich unterhalb des Sattels fest.

Bereits auf dem Wege durch 'ain el-hamahm hatte ich zur Linken wiederholt durch Lücken im üppigen Baumbestand auffälliges Gemäuer wahrgenommen, das etwas mehr als eine Meile entfernt sein mochte. Dahinter war der ähnlich wie bei Siwa bebaute Aguhrmifelsen, an dessen Fuß sich der einstige Hauptort der Oase erstreckt hatte, zu sehen gewesen. Ich wandte mich noch einmal, meine Stute hinter mir herführend, zum Sonnenquell zurück. Der Wasserspiegel war wie von unzähligen glitzernden Edelsteinen überzogen, die beim Zerspringen der an die Oberfläche drängenden Luftblasen entstanden und vergingen. Das Grüngelb der vom Mittagslicht durchleuchteten Palmwedel und das Braun der gekerbten Stämme vibrierten durch das Geflimmer, das in der Mitte des Teiches das zurückgeworfene Blau des Himmels brach. Zwischen dem bis an die Brunneneinfassung wachsenden Gras- und Strauchwerk stand bewegungslos und geduldig ein weißer Esel, dem ein junger Oasenbewohner die soeben gefüllten Wassersäcke aufbürdete. Von der jungen Witwe, die noch „guhla" war, jedem Unglück brachte, dem sie begegnete, und die sich in el-'ain el-hamahm „reinigen" wollte, war nichts zu sehen. Sie wartete sicher auf den günstigen Augenblick, unbemerkt mit voller Kleidung in den Sonnenquell steigen zu können.

Nach den Tagen und Nächten in der Wüste genoß ich jeden Schritt, jeden Atemzug, jeden Blick bei meinem Weg durch diesen Oasengarten. Die Olivenbäume im engeren Bereich von Siwa wurden auf nicht viel weniger als fünfzigtausend geschätzt.

An Dattelpalmen wuchsen mehr als die doppelte Anzahl. Der große Abfluß aus dem Sonnenquell, dem ich in seinem Verlauf nach Nordwesten folgte, spaltete sich in kleinere und größere Zweige auf, die den Pflanzen nach allen Seiten die lebensnotwendige Feuchtigkeit zuführten. Unvermittelt erreichte ich den nördlichen Rand dieser zusammenhängenden Großpflanzung. Vor mir tat sich ein schmaler, sandiger Streifen auf, jenseits dessen sich Mauertrümmer verteilten, zwischen denen ein hochragender, im oberen Teil weit ausladender Rest aus mächtigen Kalksteinblöcken sich auftürmte. Ich bestieg meine Stute, um von diesem erhöhten Platz aus einen günstigeren Überblick auf die Ruine zu haben.

Vor mir erhoben sich die Reste der Orakelstätte des Zeus-Amon von Umm el-behda. Warum dieser Ort von den Oasenbewohnern den Namen „Umma el-behda – Weiße Mutter" erhalten hatte, konnte ich mir nicht erklären. Merkwürdig war der Standort, an dem sich die Tempelüberbleibsel befanden. Der Hauptteil der Mauern ruhte auf einem nahezu viereckigen Kalkfelsen, an den stellenweise salziger Sumpfboden heranreichte, aus dem halbversunkene Quader, die aus dem Gesteinsverband herausgebrochen und abgestürzt waren, herausragten. An zwei Stellen schoben sich die Palmen eines gegen Sonnenuntergang sich anschließenden Haines nahe heran. Von dieser Seite aus vermochte ich vom Sattel meiner Stute die bereits erheblich verwitterten Flachreliefs an der Innenseite der Kultstätte zu erkennen, die in der Zeit der 30. Dynastie

(378–341 v. Chr.) unter dem Pharaonen Nektanebehs II. errichtet worden war. Unter einem durchgehenden, breiten Hieroglyphenband am höchsten Teil der Mauer zogen sich drei Streifen mit figuralen Darstellungen hin. In der obersten Zone thronte rechts Ammon mit einer hohen Krone, die aus Federn bestand und in den Umrissen zwei ausgestreckten, aneinanderliegenden und gleich langen Fingern ähnelte. Vor ihm kniete huldigend eine Gestalt, die in spagatähnlicher Beinstellung, den linken Unterschenkel eingezogen, mit erhobenen Händen sich dem „König der Götter" zuwendete. Die hinter ihr erscheinenden Figuren wandten sich merkwürdigerweise in die entgegengesetzte Richtung. Hinter ihnen erschien die Amongemahlin Mut, an der aufgesetzten Doppelkrone erkennbar, die zusammen mit ihrem ebenfalls abgebildeten Sohn Chons mit der Mondscheibe und ihrem Göttergemahl die „Götterdreiheit von Theben", Vater, Mutter und Sohn, bildete. Anscheinend handelte es sich bei der obersten Figurenreihe um einen Huldigungszug verschiedener Götter vor Amon. Der mittlere Streifen zeigte nach rechts gewandte Gestalten, die Hände anbetend erhoben, mit Menschen- und Tierköpfen. Unter den letzten war in der Mitte deutlich eine Figur mit Katzen- oder Löwenhaupt auszumachen. Die unterste noch erhaltene, aber stark zerstörte Reihe schien Bezug auf den Gott Osiris zu haben und Darstellungen aus der Trauer nach seinem Tod zu enthalten. Osiris wurde von seinem Bruder, dem Wüsten- und Gewittergott Seth, ermordet, der dadurch zum Inbegriff alles

Teuflischen und Bösen wurde. Der Sohn des Osiris, Horus, der sich in jedem Pharao inkarnierte, entwand seinem Onkel Seth das väterliche Erbe und folgte seinem Vater auf dem Throne. In Osiris, der als Attribut neben einem Wedel einen dem Bischofswahrzeichen ähnlichen Krummstab trug, und in Horus floß der alte ägyptische Naturmythos von der Unsterblichkeit mit dem Königsdogma zusammen. Der lebende Herrscher erbte das Reich von seinem toten Vater, der in ihm wieder auferstand.

Ich wandte meinen Blick von dem immer mehr zerfallenen Überrest einer untergegangenen großen Kultur zum Felsen von Aguhrmi hin, der sich links, etwa eine Meile entfernt, über den Kronen der Dattelpalmen erhob. Zwischen den meisten dachlosen Hütten, die sich an den steinernen Berg lehnten, mußten die von den Behausungen der Oasenbewohner überbauten Reste des großen, von Pharao Amasis noch vor der Perserzeit, fünfeinhalb Jahrhunderte vor dem Beginn unserer Zeitrechnung, errichteten Tempels sich erstrecken. Wo auch das in der ganzen antiken Welt weitberühmte Heiligtum des Zeus-Amon sich befunden haben mag, unter den Hütten des heutigen Aguhrmi oder innerhalb dieser Mauertrümmer, vor denen ich mit meiner Stute verweilte – dieser Boden war Zeuge von Ereignissen gewesen, die die antike Welt verändert haben. Mit fünfundzwanzig Jahren war Alexander der Große, vor seinem Rachefeldzug gegen die Perser, bei seinem Aufenthalt in Siwa auf dem afrikanischen Erdteil am weitesten nach Westen vorgestoßen. Das Orakel in der Oase des Amon hatte ihn „Gottes Sohn" und „Herr der Welt" genannt. Er kehrte dann nach Memphis zurück, von wo aus er noch im ersten Drittel des gleichen Jahres 331 v. Chr. zu seinem Eroberungszug aufbrach, der ihn bis nach Indien führte. Acht Jahre danach, am 13. Juni 323, starb Alexander, erst dreiunddreißigjährig, nach einem Gastmahl an einem „hitzigen Fieber", wie berichtet wird. Weniger seine militärischen Erfolge als vielmehr sein letztlich gescheiterter Versuch, das Abendland mit dem Morgenland zu verschmelzen, die Gegensätze zwischen Hellenen und Barbaren zu mildern, schufen ihm seine unversöhnlichsten Feinde. Hat uns die neue Zeit mit ihren schnellen Verkehrs- und Nachrichtenmitteln einem Ausgleich zwischen Orient und Okzident nähergebracht oder auch nur den Beginn einer Annäherung bewirken können?

Unter diesen Überlegungen wendete ich meine Stute und ritt in die westlich von Umm el-behda sich erstreckenden Gärten und Dattel- und Olivenanpflanzungen. Von der Sonnenglut eine Stunde nach Mittag war unter den Schatten der Baumkronen nicht allzuviel zu spüren, wenn auch die Luft warm über den zahlreichen Wasseradern stand, die sich von den zahlreichen Quellen ausbreiteten. Von den Oasenbewohnern war selten jemand zu erblikken. Sie hatten sich unter die schützenden Büsche und an die schattigen Ränder der Brunnen zurückgezogen, um die heißesten Stunden des Tages verstreichen zu lassen. Nach einiger Zeit kam ein Teich in Sicht, der ähnlich wie der Sonnenquell inmitten eines Palmenhaines lag und ebenfalls mit Quadern eingefaßt war. Da, wo das abfließende Wasser in einem schrittbreiten Graben die Brunnenschüssel verließ, hockte ein alter Fellache in einer zerfransten dschalabija und wärmte sich in der Sonne. Ich ritt hinzu, ließ mein Kamel niederknien und stieg aus dem Sattel.

„Sa'ihda, jah abu es-snihn – einen glücklichen Tag, o Vater der Jahre."

„Alehkum es-salahm, jah rarihb – Friede sei auf dir, o Fremder", antwortete er mit brüchiger, zitternder Stimme und blinzelte mich freundlich an. Ich setzte mich auf der anderen Seite des Ablaufes auf den Boden, dem Alten unmittelbar gegenüber. Er ließ meine Stute nicht aus den Augen, die damit beschäftigt war, wiederzukäuen. Sie hatte am Sonnenquell reichlich Wasser zu sich genommen, wodurch dem im Vormagen angesammelten Futter die für diesen Verdauungsvorgang notwendige Feuchtigkeit zugeführt worden war. Diese offensichtliche Aufmerksamkeit des bejahrten Fellachen hielt ich vorerst für eine verständliche Anteilnahme, wie sie ein gutes Reittier bei jedem Wüstenbewohner zu erwecken pflegt. Die ersten Worte nach unserer gegenseitigen Begrüßung schienen diese meine Annahme zu bestätigen, wenngleich ich mich darüber wunderte, daß die übliche endlose Reihe von Segens- und Glückwünschen ausblieb.

„Wann bist du mit deinem hadschihn in die Oase eingeritten, jah rarihb?" nahm der Alte das Gespräch wieder auf.

„Heute morgen beim Aufgehen der Sonne, jah

abu er-rah'hat il-bahl – o Vater der Gemütsruhe, bin ich am dschebel et-Tibtah vorbeigezogen und habe am 'ain Hendeli zum ersten Mal nach vielen Tagen meine nahka getränkt."

„So bist du durch el-bahr er-raml el-kebihr gewandert?"

„Aijwa, ich bin durch das ‚Große Sandmeer' geritten."

„Mahschallah, du mußt ein Liebling Allahs und seines Propheten sein, jah rarihb – o Fremder, daß sie dich, ohne dich verdursten zu lassen, bis nach Siwa brachten."

„Allah a'lam – Allah weiß am besten", antwortete ich.

„Wann wirst du die Oase wieder verlassen?" fragte der Alte.

„Allah a'lam", wiederholte ich und versuchte damit der vermeintlichen, geschwätzigen Neugier des Fellachen auszuweichen. Er schaute mich unverändert freundlich an.

„Es ist nicht die Neugier, die mich diese Frage an dich richten läßt, jah rarihb. Mein ab nannte mir viele weise Sprüche, die ihm von seinem Vater, der sie wiederum von seinem Erzeuger erfahren hatte, mitgeteilt worden waren. Und einer davon lautete: ‚Der Fremdling ist blind, auch wenn er sehende Augen hat!' Allah gab mir viele Jahre Gesundheit und Zufriedensein. Die Neugier lebt nicht so viele Jahre, wie sie mir geschenkt wurden, jah rarihb."

„Warum wolltest du dann wissen, wann ich von Siwa wieder abreite?"

„Es ist wegen deines vortrefflichen hadschihn."

„Wegen meines Kamels? Ich begreife nicht, was du damit sagen willst?"

„Es ist Allahs Wille, daß in Siwa keine dschmahl und auch keine hudschun sein sollen."

„Warum läßt Allah dann in dieser Oase so zahlreich die Büsche von el-aguhl* wachsen, deren getrocknete und zerstoßene Wurzeln nicht nur den Menschen als Nahrung dienen, sondern deren dornige Zweige so gern von den Kamelen gefressen werden?"

„El-lakohr wird von ..."

„Was ist el-lakohr?"

„Das ist ein anderer Name für el-aguhl. So nennt der Tibbu diese Pflanzen. El-lakohr wird von unseren Eseln gefressen."

„Und die dschmahl?"

„Allah hat nicht gewollt, daß in der Oase Siwa Kamele leben sollen, jah rarihb."

Ich schaute den Alten fragend an. Gleichzeitig kam mir zum Bewußtsein, daß ich tatsächlich seit den frühen Morgenstunden, in denen wir in die Oase eingeritten waren, wohl zahlreiche Esel, aber keine Kamele zu Gesicht bekommen hatte.

„In den Salzsümpfen lebt eine schu'arrahne", fuhr der Fellache fort, „die sich auf die Kamele setzt und sie sticht. Sie bekommen das Fieber und sterben daran."

„Eine schu'arrahne – eine Pferdefliege? Aber daran sterben die Tiere doch nicht. Die Larven set-

* Alhagi Maurorum

zen sich im Magen der Pferde fest, töten sie aber nicht."

„Dastuhrak, jah rarihb – mit Verlaub, o Fremder. Diese Bremse sieht nur esch-schu'arrahne ähnlich. Sie ist genauso groß und auch von der gleichen grauen Farbe. Aber wenn sie sticht, dann müssen die hudschun fast immer sterben. Auch die Kühe werden von ihnen gestochen. Die Männer der Oase lassen deshalb ihre Rinder auf den Hattien* im Norden der Oase weiden, wo es keine Salzsümpfe gibt."

„Gehen diese Bremsen auch auf Menschen?"

„Sie stechen auch manchmal die Bauern, die in der Nähe der Sümpfe arbeiten."

„Was geschieht, wenn jemand von diesen Fliegen gestochen wird?"

„Die Haut schwillt nicht an, jah rarihb. Aber sie blutet an der Stelle, wo die Bremse gesessen hat."

„Stirbt der Mensch auch an diesem Stich?"

„Ich habe darüber noch nichts gehört. Aber – Allah hat bestimmt, daß jeder einmal sterben muß und Allah a'lam – er weiß am besten, jah rarihb."

Während unseres Gespräches waren meine Augen immer wieder zu dem aus dem Becken strömenden Bach hingegangen, der stärker floß als der Abfluß bei dem Sonnenquell. Die Vorstellung erhitzten Blutes, das nach dem Stich einer Bremse durch schmarotzende Geißeltierchen vergiftet ist, weckte das Bedürfnis nach Erfrischung. Ich beugte mich vor und senkte die Rechte in das Wasser. Es

* Weide, mit Büschelgras bewachsenes Land

fühlte sich im Verhältnis zur heißen Nachmittagsluft kühl an. Da legte ich mich nieder, zog den Schleier von Nase und Kinn und trank unmittelbar aus dem Bachbett, in vollen Zügen, ohne Hast, so wie es auch die Kamele tun, wenn sie nach langen, trockenen Tagen einen Brunnen erreichen, zu dem sie sich niederbeugen können. Ich tauchte das ganze Gesicht unter und überließ mich, solange ich den Atem anzuhalten vermochte, dem lustvollen Gefühl des strömenden Wassers, das wie eine streichelnde Hand über meine verbrannte Haut und die Bartstoppeln strich. Zwei Vorstellungen schoben sich fast gleichzeitig in meine Gedanken, die beseligende Erkenntnis, warum Herodot eine Oase „Insel der Glückseligen“ genannt hatte, und die wehmütige Erinnerung an Munihra, wie sie mit ihren Händen mein Gesicht abgetastet hatte.

Der alte fällah beobachtete mich, wie ich mich zum Sitzen aufrichtete und mich gegen die Sonne wandte, die in Minutenschnelle die Feuchtigkeit von Stirn, Wangen und Kinn aufsog.

„Mah'ahjisch, Allahu akbar – Wasser ist Leben, Allah ist groß“, sagte er mit seiner dünnen Stimme, die den Klang der Kamelglöckchen besaß, der beim Wandern durch die Nacht die Stille bannt, ohne sie zu zerreißen.

„El-kalimahtak hikme, jah abu el-rah'hat – deine Worte sind Weisheit, o Vater der Ruhepause“, antwortete ich ihm. „Wer aus der Wüste kommt und reines Wasser trinken darf, den läßt Allah eine Stunde in das Paradies schauen, das die Heimat der Gerechten ist.“

„Das Ende aller Tage wird kommen, jah rarihb, wenn der Mensch das Wasser so verdorben hat, daß es stinkt und daß die hudschun und er selbst es nicht mehr trinken können!“ Wir starrten beide auf den bachähnlichen Abfluß der Quelle, an dessen Grund die Steine und der weiße Sand durch das Strömen in immerwährender Bewegung zu schwingen schienen.

„Im Wasser wohnt auch Kraft“, sagte der Alte weiter. „Da –“ er zeigte auf spärliche Mauerreste, die in einiger Entfernung beiderseits des Grabens in einem noch erkennbaren Viereck sich erstreckten, „da, wo du die Steine siehst, hat et-tahhuhne gestanden, die unser Getreide gemahlen hat.“

„Eine Mühle?“

„Ah – el-fällahihn brachten ihr Korn her und bekamen weißes Mehl, mit dem sie später Brot backten.“

„Wann war das?“

„In den Tagen des Mahdi* habe ich noch selbst die Säcke mit dem Korn, die ich unserem Esel auflud, hierher gebracht.“

„Warum ist et-tahhuhne nicht mehr erhalten? Wer hat sie zerstört?“

„Eines Tages kam ein inglihzi aus el-Kah'hira mit vielen dschmahl, die Körbe trugen, in denen Mehl war, das er in der Oase zu verkaufen gedachte. Aber das Mehl war sehr teuer. Niemand wollte es nehmen. In der dritten Nacht nach seiner Ankunft brach ein Feuer in der Mühle aus, die ganz ver-

* Von 1881 bis 1885

brannte. Während das geschah, war der Händler mit den vielen Körben bei el-mahmuhr in Siwa zu Gast, der früher unter et-turk el-mudihn genannt wurde. Als der Kaufmann wieder abreiste, waren seine Körbe leer. Er hatte alles Mehl verkauft."

Ich unterhielt mich noch eine Zeit mit dem alten Fellachen und erfuhr, daß der Brunnen, an dem wir saßen, el-'ain Muhsa, die Mosesquelle, genannt wurde. Der Alte konnte mir nicht erklären, warum sie diesen Namen trug. Dann brach ich auf, um nach Siwa zurückzukehren. Bis zu unserem Zusammentreffen an der 'ain Hendeli hatte ich noch mehrere Stunden Zeit. Vielleicht konnte ich im Oasenhauptort oder im Raum südlich davon, wo eine Piste nach Westen führte, etwas über die kahfile Hahzims erfragen.

2. Der bestohlene Heilige

Der Mittelpunkt allen Treibens in einer Oasensiedlung ist stets der Marktplatz. Dorthin wollte ich reiten und lenkte meine Stute in südwestlicher Richtung durch die Anpflanzungen. Nach kurzer Zeit bereits lichtete sich der in diesem Streifen aus Olivenbäumen bestehende Bestand, um bald ganz zu verschwinden. Aufgeworfene niedrige Erdwälle und aus Lehmbrocken zusammengesetzte Mauern legten sich quer zu dem Weg, der geradeaus durch diese Hindernisse führte. Stammlose Palmbüsche standen zwischen den Eingrenzungen. Dahinter öffnete sich ein sandiger Plan, der bis an eine dichtgedrängte Zusammenballung menschlicher Behausungen heranreichte. Der bebaute Siwafelsen erhob sich ein ganzes Stück dahinter. Die vor mir sich erstreckende Ansiedlung wurde, wie ich erfuhr, von den Eingeborenen Sebucha genannt und war als ein späterer Stadtteil des alten Siwa aus Raummangel an dieser Stelle entstanden, weil der um die Erhebung sich lagernde Hauptort der Oase keine baulichen Erweiterungen zuließ. Ich umritt diese Häusergruppe im Norden und bog dann wieder nach Süden ein. Vor mir zog sich in einiger Entfernung eine Lehmmauer hin, die einen riesigen Platz umfriedete und stellenweise ziemlich beschädigt schien. Wo sie vollständig zusammengefallen war, hatte man in einem sanft geschwungenen Bogen einen etwa mannshohen Graben, der rechts und links an der Eingrenzung auftraf, ausgehoben. Aber auch diese Vertiefung war zum Teil durch hineingewehten Sand verflacht worden. Vom Sattel konnte ich, nachdem ich herangeritten war, über die Abgrenzung hinwegblicken. Jenseits eines ausgedehnten Platzes erhob sich ein aus Lehm errichteter größerer Bau mit einem oberen Zinnenabschluß, flachem Dach und wenigen, winzigen Fensteröffnungen. Das war ohne Zweifel el-kasr, die Burg von Siwa.

Diese fast immer mit Ringmauern umgebenen Wehrbauten in den Wüstensiedlungen waren meist Sitz der Obrigkeit, mochte diese nun aus einem schehch oder einem mahmur bestehen. Sie beherbergten stets das Gefängnis und dienten zugleich als Beamtenwohnung und Kaserne, wenn eine Besatzung vorhanden war. Was mir aber besonders ins Auge fiel, war der vor el-kasr sich ausbreitende Platz. Auf einer großen Fläche lagen hohe und niedrige Haufen von Datteln aller Größen und verschiedener Farben. Dazwischen waren geflochtene Körbe aufgeschichtet, die wahrscheinlich gepreßte Früchte enthielten. Wo der Erdboden zutage trat, war er wie von braunem Lack beschichtet. Dieser Überzug, den der ausgetretene Dattelzucker gebildet hatte, mußte nach sehr langen Einlagerungen entstanden sein. Vor mir dehnte sich unter freiem Himmel, der hier über der Oase nur höchstens in Generationsabständen einen Platzregen niedergehen läßt, das Dattellager von Siwa, das sich seit Jahrhunderten auf diesem Platz befunden haben mußte. Forschungsreisende berichteten, daß in guten Erntejahren bis zu neuntausend Kamelladungen, das sind an die eineinhalb Millionen Kilogramm, dieser in Ägypten wichtigen Nahrung für Mensch und Tier von Siwa durch arabische Handelskarawanen ostwärts in das Nilgebiet gebracht wurden. Ganz besonders begehrt waren die süßen Sorten Rhaselli und Sultani.

Ein Rudel Hunde der verschiedensten Rassenmischungen vergnügte sich unter der Führung eines gelbweißen Rüden, der in Gestalt und Größe einem Schäferhund glich, kläffend zwischen den Dattelaufschüttungen herumzuhetzen und immer wieder einen Schwarm drosselgroßer Palmtauben aufzustöbern, der nach dem Auffliegen zwei, drei Bögen beschrieb und sich dann auf einen entfernteren Stapel der süßen Früchte niederließ, um von ihnen zu naschen. Die Hunde, deren Aufgabe es anscheinend war, jede Art von Dieben aus dem Lager zu vertreiben, fraßen zwischendurch selbst von den Vorräten, wobei sie sich nicht damit aufhielten, das Fruchtfleisch von den Kernen abzunagen, sondern diese einfach mit hinunterschlangen. Neben diesem ausgedehnten Freiluftmagazin von Palmenfrüchten schloß sich ein Bereich an, in dem ungedroschenes Getreide in dicken Bündeln von Weizen, Gerste und Mohrenhirse übereinandergestapelt war, deren Ähren darauf warteten, von im Kreis herumgetriebenen Eseln ausgetreten zu werden.

Ich ritt an der Mauer entlang, wobei ich mehrmals ausgehobenen Gräben ausweichen mußte, bog dort, wo die Lehmwand sich nach Süden kehrte, ebenfalls in diese Richtung ein und erreichte schließlich die ersten Häuser der Stadt. Auf einem Platz waren entlang der Behausungen primitive Buden mit Dächern aus Palmblättern aufgestellt, unter denen allerlei Gegenstände, wie einfache Werkzeuge, Schüsseln, Blechdosen und Seile, zum Verkauf angeboten wurden. Einige Händler waren noch dabei, ihre Stände aufzustellen. Im Schatten eines Johannisbrotbaumes, nicht unweit von dem Platz, wo ich meine Stute angehalten hatte, sah ich einen Mann, vor dem zahlreiche halbe Kokosnußschalen und ausgehöhlte, getrocknete Kürbishälften am Boden standen. Diese Behälter waren größtenteils mit dünnen, verrosteten Blechen zugedeckt, die ohne Zweifel von zerschnittenen Büchsen oder Behältern stammten. Die offenen Schalen enthielten Kristalle und Pulver.

Eben war der Händler, der bisher inmitten seiner Schätze gehockt hatte, auf die Füße gesprungen, nachdem eine in eine dschalabijja, das lange hemdartige Gewand der Fellachen, gehüllte Gestalt sich genähert hatte.

„Ta' bi-dschahi, jah bey – komm her, o bey. Tritt näher und bestaune diese Kostbarkeiten, die Allah geschaffen hat, damit der Gläubige seine Speisen damit würze und seinen Leib damit bestreiche, daß er wohl rieche." Er hockte sich wieder nieder und hob nacheinander die deckenden Bleche auf, um den Käufer einen Blick auf die „Kostbarkeiten" tun zu lassen. „Sieh her, da sind Pfeffer und

Zimt – Muskatnuß und Kampfer – Weihrauch – Indigo – Alaun und Kümmel – Ingwer – Gewürznelken und Lavendel – Mastix – Thymian – und – und Salbei und noch viele, viele andere Köstlichkeiten, die es nur bei mir und im Paradies gibt, wo sie den Gläubigen durch el-huhrijjaht, die Paradiesjungfrauen, gereicht werden." Diese Aufzählung der Köstlichkeiten und die Schlußworte hatte der Händler gesprochen, ohne einmal Luft zu holen. Das tat er jetzt, wobei er seinen Kunden voller Erwartung anschaute. Dieser zeigte auf eine halbe Kokosnuß, in der Gewürznelken lagen.

„Wieviel irtahl* möchtest du von diesen einmaligen käbsch krunful, die deinen Harem mit Wohlgeruch erfüllen werden, haben, jah bey?"

„Gib mir zwei darahihm** davon."

„Halan – sofort, jah bey! Hast du deinen Esel in der Nähe, damit ich ihm die schwere Last aufbürden kann?"

Der Händler war weder Fellache noch Beduine. Seine helle Hautfarbe, die Art zu sprechen und seine Bewegungen wiesen ihn eindeutig als Levantiner, einen besonderen Menschenschlag im Nahen Osten, aus. Levantiner werden die Nachkömmlinge jüdischer, französischer, italienischer und anderer europäischer Väter und orientalischer Mütter genannt. Ihnen wird nachgesagt, daß sie die gerissensten Kaufleute aller Erdteile in die Tasche zu stecken vermögen. Wahrscheinlich war dieser Gewürzkrämer auf dem Markt von Siwa ein Wander-

* 1 ratl (pl. irtahl) = 2,88 kg
** 1 dirham (pl. darahihm) = 3,12 g

händler, der sich mit seinen Waren in entlegene Gegenden, wie die westlichen Oasen der ägyptischen Libyschen Wüste, begab, um Geschäfte zu machen. Er sprach ununterbrochen auf den geduldig und stumm wartenden Fellachen ein. Dabei entwickelte er wegen der sechs Gramm Gewürznelken eine fieberhafte Tätigkeit. Vor ihm am Boden lag eine Krämerwaage, die vermutlich selbst gebastelt war. Zwei Kokosnußhälften, jede von drei Fäden gehalten, die durch Löcher am Rande gezogen waren, hingen an den beiden Enden eines daumendicken Holzstabes von Unterarmlänge. Dieser war in der Mitte durchbohrt. Ein dünnes Lederbändchen, das durch zwei Knoten gegen ein Herausrutschen aus der Bohrung gesichert wurde und am anderen Ende zu einer Öse verschlungen war, machte die ganze Vorrichtung unter der Voraussetzung zu einer Präzisionswaage, daß sie ohne Belastung im Gleichgewicht gehalten wurde. Da keine Aufhängemöglichkeit, wie ein Baumast oder ein vorstehender Balken, vorhanden war, beugte der Händler seinen Oberkörper nach vorn, nahm die Lederschnur zwischen die Zähne und die Schale mit dem Gewürz in die Linke. Mit der Rechten legte er die trockenen Blütenstiele einzeln in die oben hängende Waagschale, bis diese langsam nach unten zu sinken begann. Auch nachdem der Händler das Aufhängeband seiner Waage zwischen die Lippen genommen hatte, erfuhr sein Redeschwall keine Unterbrechung. Allerdings ging die Doppeltätigkeit seines Mundes als Halte- und Sprechwerkzeug eindeutig auf Kosten der Verständlichkeit seiner Worte. Vor dem Aufnehmen des Stabes mit den beiden Nußhälften hatte er aus einem Behälter eine Handvoll kleiner, linsenförmiger Kerne genommen, die er geschickt zwischen Daumen und Zeigefinger rutschen und unter lautem Zählen in die Gewichtschale seiner Waage gleiten ließ.

Ich war aus dem Sattel geglitten und während des Gespräches zwischen dem Oasenbewohner und dem Gewürzhändler nähergetreten, weil mich der Ablauf des Geschehens neugierig gemacht und ich zudem noch Zeit bis zu unserer Verabredung am 'ain Hendeli hatte.

Der Händler deutete dies als ein Zeichen dafür, daß sich ein neuer Käufer seiner Kostbarkeiten eingefunden hätte. Während er dem Fellachen die Gewürznelken in eine leere Konservendose schüttete und die Bezahlung entgegennahm, rief er mir zu:

„Allah jichallih-lak ulahdak – Allah erhalte dir deine Kinder, o schehch der Magabra, tritt heran und suche dir aus, wonach dein Herz begehrt!" Daß er mich wegen der Schlinge meines Kopfbundes als Magabra erkannt zu haben glaubte, wies ihn als weitgereisten Mann aus, der sich in den Saharagebieten auskennen mußte. Mich reizte es, ihn herauszufordern, um meine Annahme bestätigt zu finden, ob er wirklich zu den Levantinern zu zählen war. Ihnen sagt man nach, daß sie die wichtigsten europäischen Sprachen gleichermaßen beherrschen wie die Dialekte des Nahen Orients.

„Merci, Monsieur, pour votre gentilesse – danke, mein Herr, für Ihre Liebenswürdigkeit", antwortete ich. „Vous avez vraiment des épiceries magnifiques – Sie haben wirklich wunderbare Gewürze. Ich hätte nie erwartet, in der Oase Siwa solche Herrlichkeiten zu finden, die mir den Duft de la cuisine française, der französischen Küche, in die Nase steigen lassen."

„Oh miracle de Dieu – o Wunder Gottes!" rief er aus und schlug die Hände zusammen. „Ein monsieur français, der den Turban wie ein Magabra aus el-Kufahra wickelt, ist in Siwa ein noch größeres Wunder als meine Gewürze."

„Ich bin kein Franzose. Ich spreche nur ihre Sprache", antwortete ich, entschlossen, in Anbetracht der Lage keine weiteren Auskünfte über mich zu geben. Der Krämer schien jedoch weniger neugierig als vielmehr geschäftstüchtig zu sein. Denn er stellte keine Fragen mehr, sondern näherte sich mir und senkte seine Stimme, obwohl kaum jemand unser französisches Gespräch belauschen konnte.

„Maintenant je comprends – jetzt begreife ich. Deswegen haben Sie sich nicht, wie diese dummen Oasenbewohner, vor der guhla gefürchtet und sie auf Ihr Kamel gehoben."

„Das wissen Sie auch schon?"

„Naturellement, Monsieur, naturellement! Ich weiß auch, daß Sie heute morgen bei dem alten Gauner, der sich Abd ed-Dschahnn ibn Dschahnn nennt, auf dem dschebel Muta waren."

„C'est merveilleux, Monsieur – das ist zum Staunen, mein Herr! Wer hat Ihnen das berichtet?"

„Ne personne, Monsieur, ne personne – niemand, mein Herr! In der Wüste und in den Oasen verbreiten sich die Nachrichten schneller als über es-silk, den Eisendraht, wie die Fellachen das Telefon nennen."

Und ohne Übergang und ohne eine Pause einzulegen, sprach er weiter: „Ich verkaufe nicht nur Gewürze, Monsieur. Wer so wie ich vom Nil bis nach der Oase Siwa zieht, findet manche Kostbarkeit, die eines Handels wert ist."

„Ich bin nicht reich genug, mir Kostbarkeiten leisten zu können, mein Herr", schränkte ich vorsichtig ein.

„Man braucht nicht reich zu sein, um Kostbarkeiten zu besitzen, Monsieur. Mit dem Reichtum wachsen der Dünkel, die Dummheit und die Faulheit. Mit dem Geld ist es wie mit dem Wasser."

„Was heißt das?"

„Ich hörte einmal ein altes Lied der Tuareg, in dem ein Häuptling zu seinen Söhnen sagt: ‚Ich will euch fortführen aus der Oase, weil es dort Wasser in Fülle gibt, durch das die Menschen zu Sklaven werden!' So ist es auch mit dem Reichtum, Monsieur."

Da ich weder Lust verspürte noch die Zeit hatte, mich auf dem Markt von Siwa mit einem levantinischen Gewürzkrämer über die verheerenden Folgen des Wohlstandes zu unterhalten, gab ich keine Antwort auf seine letzte Feststellung. Aber er schien auch gar keine Erörterung über diese Frage erwartet zu haben, sondern fuhr nach einer kurzen Pause fort:

„Ich habe einen wunderbaren blauen Stein für Sie, mein Herr."

„Was soll ich mit einem blauen Stein?"

„Pardon, Monsieur – dieser Stein hat besondere Eigenschaften und geheimnisvolle Kräfte."

„Was ist das für ein Stein?"

„Die Fachleute in el-Kah'hira nennen ihn ‚dschamescht'. Er ist blauviolett und hat die Eigenschaft, die Trunkenheit zu vertreiben."

„Wie heißt dieser blaue Stein bei den Franzosen?"

„Amethyst wird er bei ihnen genannt, Monsieur."

Der Name Amethyst stammt aus dem Griechischen und bedeutet „Mittel gegen den Rausch". Das Christentum erwählte dieses zu einer Abart des Quarzes zählende Mineral zum Symbol der Dreifaltigkeit und schmückte die Ringe der Bischöfe damit.

„Woher haben Sie den Stein?"

„Permettez, Monsieur – gestatten Sie, mein Herr. Dieser Edelstein wurde nicht gestohlen. Ich habe ihn von einem Bischarin* in Assuan am Nil gekauft."

„Und woher hatte dieser Beduine den Stein?" fragte ich voller Mißtrauen.

„Ne savez-vous pas, Monsieur – wissen Sie denn nicht, mein Herr, daß die Bischarin noch heute die Orte kennen, wo die alten Ägypter ihre Edelsteine ausgegraben haben und manchmal dort selbst nach diesen Kostbarkeiten suchen?"

„Non, Monsieur, das wußte ich nicht", antwor-

* Nomadenstamm zwischen dem ersten Nilkatarakt und dem Roten Meer

tete ich wahrheitsgemäß. In diesem Augenblick rief der Fellache, der die Gewürznelken erstanden hatte, dem Gewürzkrämer zu:

„Du hast mir zuwenig von diesen käbsch krunful für mein Geld gegeben! Du hast mich betrogen! Amma sahihh – schämst du dich nicht?"

Bei unserem Gespräch hatten weder der Händler noch ich darauf geachtet, daß der Fellache sich niedergesetzt und an einer Stelle, die von weißem Sand bedeckt war, zehn oder elf kleine Häufchen aus den trockenen Blütenstielen der Gewürznelken gebildet hatte. Der Grund für diese Aufteilung wurde mir klar, als der Fellache sagte:

„Ich habe, wie das letzte Mal, als ich el-käbsch krunful kaufte, immer zehn Stück abgezählt und beiseitegelegt. Damals waren es zehn und drei Häufchen. Dieses Mal sind es nur zehn. Du hast mich betrogen!"

„Meine Gewürznelken sind größer als die der anderen. Deshalb wiegen sie mehr, und dann müssen es weniger sein. Hier hast du noch einige. Aber – Allah jichrib behtak – Allah zerstöre dein Haus!" antwortete der Krämer, langte in die Schale mit den Gewürznelken, nahm mit den Fingerspitzen einige heraus und warf sie dem Fellachen zu, der die einzelnen Stiele zusammenlas. Dann wandte der Händler sich wieder mir zu.

„Wenn ich das Bergland der Bischarin aufsuche, um dort meine Gewürze zu verkaufen, bieten mir die Männer manchmal solche Steine an. Ich habe zur Zeit nur noch einen einzigen. Dieser aber ist besonders schön. Wollen Sie ihn sehen, mein Herr?"

„Oui, Monsieur, aber er wird für mich zu teuer sein."

„Nous verrons – wir werden sehen."

Er holte unter seiner dschalabijja ein zusammengeknülltes, schmutziges Stoffstück hervor, schlug den Knäuel auseinander und hielt mir seine Hand, ganz gegen sein bisheriges Verhalten, wortlos entgegen. Auf dem grauen Fetzen, der früher einmal zu einem Turban oder einem läsme, dem Männerkopftuch, gehört haben mochte, lag ein daumengroßer, länglicher Stein, der zu zwei Drittel aus einer veilchenblauen, stellenweise ins Violette übergehenden Kristallgruppe mit ebenen Flächen und zu einem Drittel, am unteren Ende des Minerals, aus einem weißen, undurchsichtigen Quarzfuß bestand. Der Händler nahm mit Daumen und Zeigefinger der Linken den rohen Amethyst behutsam auf und hielt ihn gegen die Sonne. Obwohl er unbearbeitet war, leuchtete das Blauviolett des Halbedelsteins in einer Farbenpracht auf, die den gerissenen Gewürzkrämer zu den überschwenglichsten Ausrufen hätte verleiten müssen. Aber zu meiner Verwunderung sagte er nur:

„Sie sehen, mein Herr, daß ich Ihnen nicht zuviel versprach, als ich Ihnen versicherte, daß dieser blaue Stein eine wunderbare Farbe besitzt."

„Ich muß zugeben, daß Sie nicht übertrieben haben, Monsieur."

In keinem Augenblick, auch jetzt nach der Begutachtung nicht, hatte ich den Stein kaufen wollen. Abgesehen von der Geldfrage, schien mir der Erwerb eines solchen Stückes bei unserem Zug durch die Wüste und bei den Fährnissen, die uns bei der Verfolgung der kahfile noch bevorstanden, wenig sinnvoll. Deshalb sagte ich, um nicht erst eine Erörterung über den Preis aufkommen zu lassen:

„Dieser dschamescht wird jedes Kennerherz erfreuen, wenn er geschliffen und bearbeitet worden ist und feststeht, wieviel Karat er besitzt."

„Auch ungeschliffene Edelsteine werden gewogen und nach ihrem Gewicht verkauft, Monsieur."

„Haben Sie den Stein schon wiegen lassen?"

„Non, Monsieur – aber das ist gar nicht notwendig, weil ich das selbst tun kann." Und dann zeigte mir dieser levantinische Gewürzkrämer etwas Erstaunliches. Er nahm eine halbe Blechbüchse vom Boden auf, die mit den gleichen linsenförmigen Blättchen gefüllt war, wie er sie beim Abwiegen der Gewürznelken in die Gewichtschale seiner Waage gelegt hatte.

„Wissen Sie, mein Herr, was das für Kerne sind?"

„Sie sehen fast wie Linsen aus."

„Oui, Monsieur, mais ce ne sont pas des lentilles – ja, mein Herr, aber es sind keine Linsen. Das sind Samen von dem Baum, unter dem wir stehen. Die Araber nennen ihn schadschar charruhb, die Europäer Johannisbrotbaum, und bei den Franzosen sind seine Früchte als pain de St.-Jean – Brot des heiligen Johannes – bekannt."

„Und diese winzigen Samen dienen Ihnen als Gewichte?" fragte ich ungläubig.

„En effet, Monsieur – in der Tat, mein Herr, diese Kerne werden benutzt und sind auch anerkannt als Gewichte für kleinste Mengen kostbarer Waren, wie teure Gewürze oder Edelsteine."

Was mir der Levantiner nicht sagen konnte, weil es ihm wahrscheinlich gar nicht bekannt war, erfuhr ich in einem späteren Gespräch mit einem Botaniker. Der immergrüne Johannisbrotbaum, auch Karobe genannt, vom arabischen charruhb abgeleitet, ist ein in mehrfacher Hinsicht bemerkenswerter Vertreter der Pflanzenwelt Kleinasiens und des Mittelmeerraumes bis Portugal. Die kleinen, paarig gefiederten Blätter können die sengenden Sonnenstrahlen wirkungsvoll abhalten. Deshalb ist dieses Gewächs als Schattenspender hochgeschätzt. Die unscheinbaren, hellroten Blütentrauben fallen weniger durch ihre Farbe und ihre Größe als vielmehr durch ihren Geruch auf. Wenn sie aufspringen, verbreiten sie, besonders während der Nacht, einen derart unerträglichen Gestank, daß Menschen und Tiere das Weite suchen. Die fleischigen Früchte in Hülsenform sind, frisch gepflückt, ungenießbar. Sie werden in unreifem Zustand geerntet, in der Sonne getrocknet und nehmen dadurch die schokoladenbraune Farbe und ihre von den Kindern, in Europa besonders um die Weihnachtszeit, geschätzte Süße an, die auf den hohen Gehalt an Rohr- und Traubenzucker zurückzuführen ist. Die Kabylen, ein Mischvolk von Arabern und Berbern in der westlichen Hälfte Nordafrikas, zerstampfen die Früchte des Johannisbrotbaumes, vermengen diese Masse mit Erbsen- oder Grießmehl und fügen Olivenöl hinzu. Diese Speise gilt als Nationalgericht der

Stämme und wird „tomina“ genannt. Sogar Kaffee-Ersatz kann aus den Hülsen gefertigt werden, der unter dem Namen Karobenkaffee gehandelt wird.

Die Legende, daß sich Johannes der Täufer in der Wüste außer von Heuschrecken und wildem Honig auch von den Schoten dieses Baumes genährt hätte, zeigt, daß diese Pflanze bereits in frühester Zeit bekannt gewesen ist. Schon vorher hatten die Griechen den Früchten des Johannisbrotbaumes den Namen „keration“ gegeben, was soviel wie „kleines Horn“ bedeutet, womit die Form der Schoten beschrieben wurde. Die arabische Sprache übernahm den griechischen Wortstamm in dem Ausdruck „kihraht“ für die Hülsen. Weil die Samen erstaunlich gleichmäßig in Größe und Gewicht sind, wurden sie als Wiegeeinheiten bei Gold und Edelsteinen verwendet; das Wort „Karat“ für den Feingehalt von Gold und Silber und für das Juwelengewicht leitet sich davon ab.

„Ich zähle die Kerne ab, und nach ihrer Anzahl wird das Karatgewicht des Edelsteines festgestellt, sehen Sie, mein Herr, so –“

Er begann mit verblüffender Schnelligkeit die Plättchen aus der geschlossenen Hand über Zeigefinger und Daumen herabgleiten und in eine Kokosnußschale seiner Waage fallen zu lassen. Ich wollte ihn gerade fragen, wie viele dieser Samen auf ein dirham, also etwas mehr als drei Gramm, gingen, als ich Hamdi hinter einem vorstehenden Lehmgebäude hervortreten und in die nächste Gasse einbiegen sah, was meinem Gespräch mit dem levantinischen Gewürzkrämer ein rasches Ende setzte. Ich fand noch die Zeit, ihm zuzurufen:

„Au revoir! A plus tard, Monsieur – auf Wiedersehen! Auf später, mein Herr!“ Dann überquerte ich, meine Stute hinter mir herziehend, rasch den Platz und folgte dem Fezzaner, der dreißig Schritte vor mir herging und eine der Kameltaschen seiner Stute über die Schulter geworfen hatte.

„Heh jah flahn, heh, jah hammahl el-churdsch – heda, o Träger der Satteltasche, den sein Erzeuger Hamdi genannt hat!“

Der Angerufene fuhr herum.

„Jabaijeheh – o Himmel, hast du mich erschreckt, jah hherr!“ rief Hamdi aus und kam zurückgelaufen.

„Was trägst du da in der Satteltasche?“

Der Schwarze grinste über das ganze Gesicht.

„Da sind esch-schihd und et-tihn drin, jah hherr, mit denen ich el-mechoui zu bauen gedenke – inschallah.“

„Esch-schihd und et-tihn – Kalk und Mörtel? Und was ist el-mechoui, Hamdi?“

„Dastuhr, jah hherr – entschuldige, o Herr, el-mechoui wird den Gläubigen im Vorzimmer von ed-schinne, das die Christen das Paradies nennen, vorgesetzt, damit sie einen Geschmack bekommen von den ewigen Freuden, die sie darin erwarten. Denn dort kreisen Schüsseln von Gold, in denen sich herrliche Früchte finden, und Jungfrauen mit großen Augen reichen sie herum. Und es strömen Bäche von geklärtem Honig und von Wasser, das nicht fault. In anderen fließen Milch, deren Geschmack sich nicht ändert, und Wein, den zu trinken ein Genuß ist."

„Der Prophet hat das Weintrinken verboten, jah Hamdi el-Fezzani. In der fünften suhra des kurahn, die el-mah'ida, der Tisch, überschrieben ist, steht, daß die Bilder, das Spiel und der Wein ein Greuel und das Werk des scheitahn sind."

„Du hast recht, jah hherr! Aber im Paradies ist das Weintrinken erlaubt, weil dort, wie die dreiundachtzigste suhra, die el-mutaffifihn, die Betrüger, genannt wird, verkündet, der Wein mit Moschus versiegelt ist, und dieser Wein berauscht nicht – inschallah."

„Was ist nun dieses mechoui, das im Vorzimmer des Paradieses gereicht wird?" wollte ich endlich wissen.

„Das ist käbsch –"

„Hammel?"

„Aijwa, jah hherr – aber ein ganz besonderer käbsch, der anstelle der Eingeweide wohlriechende Kräuter und dort, wo sonst das Herz und die Lungen sich befinden, junges Weinlaub hat. Und diese Köstlichkeiten, die Allah wachsen ließ, vermählen ihren herrlichen Duft, wenn sich el-käbsch langsam über dem Feuer dreht, mit dem Fleisch des Hammels. Glaubst du nun, daß el-mechoui dir einen Vorgeschmack vom Paradies zu geben vermag?"

„Ich glaube es, nicht weil ich schon im Paradiese war, sondern weil ich mich genau daran erinnere, wie köstlich du am dschebel el-Ka'sa ed-dschahdschet habasch, die Truthenne, mit den dreierlei Gewürzen vermählt hast. Wo ist Radwahn?"

„Wir haben gemeinsam an der 'ain ben Lif, die nicht weit von hier zwischen Mittag und Sonnenuntergang liegt und wohlschmeckendes Wasser hat, unsere Schläuche gefüllt. Während ich die hudschun tränkte, hat sich et-Tibbu zum Grabmal von sihdi Sliman begeben, um dort sein Gebet zu verrichten."

„Wo befindet sich das Marabutgrab?"

„Bil-issn, jah hherr – mit Verlaub, o Herr! Das Grab von sihdi Sliman ist nicht nur die Begräbnisstätte eines murahbit. Es handelt sich um eine kleine Moschee, wo sich der Schrein befindet, in dem der Heilige ruht. Es ist also mehr ein mazahr oder makahm, ein Wallfahrtsort, wohin die Gläubigen ziehen und ihre Sachen niederlegen, bevor sie auf die Reise gehen."

„Lassen sie diese Gegenstände dort segnen?"

„La, la, jah hherr – nein, nein, o Herr. Sie übergeben dem Heiligen ihre Dinge, bis sie zurückkehren."

„Auch Wertsachen?"

„Sie legen selbst ihre Goldstücke in Beuteln an dem Rand des Schreines nieder."

„Ist noch nie etwas gestohlen worden?"

„Niemand wird es wagen, jah hherr, etwas wegzunehmen, was ihm nicht gehört. Das Unglück würde einen Dieb sein Leben lang verfolgen."

„Mahschallah!" rief ich aus und versuchte mir vorzustellen, in welchem Winkel des Abendlandes so etwas möglich wäre. Der Fezzaner hatte mich neugierig gemacht.

„Wo liegt diese Moschee, in der die Gebeine

sihdi Slimans dem Jüngsten Tag entgegenschlummern?" fragte ich Hamdi.

„Ich bin nicht dort gewesen, jah hherr. Aber Radwahn sagte mir, daß sie im Bereich von el-kasr, der Zitadelle, liegt."

Ich entsann mich, daß ich bei meinem Einritt in Siwa zwischen dem Dattelmagazin und dem Getreidelagerplatz die hohe, weiße Kuppel eines islamischen Gotteshauses wahrgenommen hatte.

„Wo ist Radwahn jetzt? Hält er sich noch in der Moschee auf?"

„La, jah hherr – nein, o Herr! Er ist bereits zurückgekehrt und mit unseren beiden hudschun zur 'ain Hendeli gezogen. Inzwischen habe ich die Dinge gekauft, die notwendig sind, um ein mechoui zu bereiten, das uns vortrefflich schmecken soll – inschallah!"

Bis zum Sonnenuntergang waren noch fast drei Stunden Zeit.

„Nimm meine nahka, Hamdi, und reite sie zur Hendeliquelle! Ich möchte mir den Schrein von sihdi Sliman ansehen und werde zu Fuß zum Brunnen kommen."

„Amrak, jah hherr – zu Befehl, o Herr!" antwortete der Schwarze, übernahm die Halfterleine, ließ die Stute niederknien und stieg in den Sattel. Den Beutel hängte er über den Bausch und trieb das Tier an. Ich ging zurück und erreichte in kurzer Zeit die äußere Umfassungsmauer der Burg von Siwa. Zwischen dem Platz, auf dem die Datteln gelagert waren, und den mannshohen Aufhäufungen von ungedroschenem Getreide führte ein ziemlich breiter, freier Streifen geradewegs auf die Grabmoschee sihdi Slimans hin. Über der Mitte eines würfelähnlichen Unterbaus erhob sich ein Oktagon und darüber eine weißgestrichene Kuppel. Die Anlage zeigte die weichen, abgerundeten Formen, die den aus Lehm errichteten Gebäuden eigen sind. Eine schmale, nach oben in einem stumpfen Spitzbogen abgeschlossene Tür führte in das Innere. Die hochgelegenen Zwillingsfenster des Zentralraumes ließen nur wenig Licht ein, so daß trotz brennender Kerzen und Öllämpchen Dämmerung herrschte und ich – von der Sonne geblendet – zunächst nichts zu sehen vermochte. Ich kauerte mich, mit dem Rücken an die Wand gelehnt, an der einen Seite nieder, wo bereits einige Gestalten hockten.

Im Raum erhob sich hüfthoch ein rechteckiger Klotz, über den el-kiswa, ein farbiges Brokattuch, gebreitet war. Ob dieser Stoff am Heiligengrab jedes Jahr, wie es an der kah'aba in Mekka der Brauch ist, erneuert wurde und ob darunter tatsächlich die Gebeine sihdi Slimans aufbewahrt wurden oder ob es sich lediglich um ein Kenotaph, ein leeres Gedächtnisgrab , handelte, war mir nicht bekannt. Um den Sarkophag herum befand sich eine Schranke aus durchbrochenem Mauerwerk, die von verschieden starken, schmucklosen Säulen getragen wurde. In dem Raum zwischen Umrahmung und Sarkophag standen und lagen die verschiedensten Gegenstände, aus Palmfaser geflochtene Beutel, Blechbüchsen, Holzkästen, Ledertaschen und andere Behälter. Aber auch auf dem Schrankenrükken selbst waren Dinge abgestellt, die dem Heiligen von den Oasenbewohnern anvertraut worden waren. Rechts neben mir betete ein Alter mit schütterem Bart mit halblauter Stimme den geheimnisvollen Lichtvers aus der vierundzwanzigsten Sure, die an-nuhr* überschrieben ist: „Allah ist das Licht der Himmel und der Erde. Sein Licht ist gleich einem Fenster, in dem eine Lampe steht. Die Lampe ist von einem Glas umgeben, das einem funkelnden Stern gleicht. Sie brennt mit Öl von einem gesegneten Baum, einem Ölbaum, der nicht von dieser Erde ist und dessen Öl fast schon leuchtet, auch wenn es nicht angezündet wird – Licht über Licht! Allah führt diesem Licht zu, wen er will. Und er gibt den Menschen die Gleichnisse. Allah weiß am besten."

Eine angenehme Kühle erfüllte den Raum der Grabmoschee. Die Stille, die sie erfüllte, erfuhr trotz der halblaut gesprochenen Gebetsworte, oder vielleicht sogar wegen ihrer Eintönigkeit, keine Schmälerung. Ich setzte mich mit angezogenen Knien gegen die Wand des Hauses, in dem Allah wohnte und das die Erinnerung an den heiligen Mann wachhielt. Allmählich gewöhnten sich meine Augen an das Dämmerlicht. Ich wurde gewahr, daß sich neben dem Grab mehr Bewegung abwickelte, als ich nach dem Betreten des Grabhauses angenommen hatte. Ein Paar durchschritt eben die Eingangspforte. Der Mann, von mittlerem Alter, trug ein chamis, das lange Hemdgewand, hatte einen Turban um den Kopf geschlungen und hielt die ausgetretenen in'ahl, die

* nuhr, anwahr = Licht (sing. und plur.)

Beduinensandalen, in der Linken. Die Frau war in ein sohb aus blauer Baumwolle gehüllt, das am Hals rot bestickt war. Dieses für die Fellachenfrauen typische Hemdkleid besitzt Ärmel, die fast so lang wie das Gewand selbst sind und, nach oben zusammengerafft, über den Schultern getragen werden. Sie war unverschleiert und hielt sich drei Schritte hinter dem Mann, der an das Grab herantrat, sich über die Schranke beugte und ehrfürchtig el-kiswa, die verhüllende Decke, küßte. Dann trat er zurück und wartete, bis das Weib den Stoff ebenfalls mit seinen Lippen berührt hatte. Daraufhin umschritt er das Grab. Die Mundbewegungen zeigten an, daß er stille Gebete sprach. Die Frau folgte dem Mann in geziemendem Abstand. Viermal umkreisten sie langsam gegen den Uhrzeigersinn den verhüllten Sarkophag. Beim fünften, sechsten und siebenten Mal beschleunigten sie ihre Schritte. In Mekka nennt der Gläubige das siebenmalige Umwandern der kah'aba in dieser Weise et-tawahf.

Der neben mir hockende Alte bemerkte die Aufmerksamkeit, mit der ich das Tun des Paares verfolgte.

„Ismail und sein Weib wollen den Heiligen günstig stimmen, bevor sie ihm ihre Bitte vortragen", sagte er, während er sich zu mir beugte.

„Mit et-tawahf?" fragte ich leise zurück.

„Ah – sie kommen jede Woche einmal hierher, um sihdi Sliman zu bitten, ihnen Söhne und Töchter zu schenken, die später in den Palmen- und Gemüsegärten bei der Arbeit helfen sollen."

„Allah a'lam – Allah allein weiß", antwortete ich.

„Ah – Allah a'lam und el-baraka wird ihnen helfen."

El-baraka bedeutet Segen. In Verbindung mit Heiligen ist damit aber eine übernatürliche Kraft gemeint, die von diesen Männern ausgeht, wenn sie auch nicht, wie Muhammed und die Propheten, als Träger und Übermittler der göttlichen Lichtsubstanz angesehen werden. Der Islam kennt keine Heiligsprechung, wie sie in der katholischen Kirche erfolgt. Aber el-baraka strömt aus allen Gegenständen, mit denen der Heilige in Berührung gekommen ist, und ganz besonders aus seinem Grab, das den Dahingegangenen verkörpert und zum Träger seiner übernatürlichen Segenskraft wird.

Der Mann war wieder an die Schranke herangetreten, beugte sich erneut herunter und küßte die Decke. Nach dem Aufrichten strich er dreimal über den Stoff, wandte sich zu seinem Weib und legte ihm seine Hand auf den Leib. Das wiederholte er noch zweimal. Dann schob er die Frau an das Grab heran. Sie verfuhr, wie ihr Mann es getan hatte, und legte sich dreimal, nachdem sie über den Sarkophag gestrichen hatte, die Hand auf den Schoß.

Dann ereignete sich etwas Merkwürdiges. Der Fellache zog einen geflochtenen Strick hervor, band eine Schleife hinein, legte ihn seiner Frau um den Hals und schlang das andere Ende des Seiles um eine der Säulen der Schranke.

„Was tut er? Warum bindet er sein Weib an das

Grab?“ fragte ich gedämpft den neben mir sitzenden Alten.

„Du bist fremd in Siwa, jah rarihb – o Fremder. So kannst du nicht wissen, daß Ismail bei seinem Weibe das tut, was die Bewohner der Oase es-sihir er-rabat nennen.“

„Es-sihir er-rabat – den Zauber der Bindung? Was bedeutet das?“

„Die Gläubigen, die eine Bitte an den Heiligen haben, lassen sich an die Stätte, wo er auf den jüngsten Tag wartet, anbinden, damit sie ihm ganz nahe sein können.“

„Soll durch diesen Strick el-baraka von sihdi Sliman in den Körper des Bittstellers einfließen?“

„Lä, lä – nein, nein, jah rarihb! So ist das nicht. El-baraka geht nicht durch ein Strohseil. Man muß sie durch Berührung mit einer Hand oder mit den Lippen oder einem anderen Körperteil in sich aufnehmen.“

„Warum hat er aber dann das Weib an das Grab gebunden?“

„Es-sihir er-rabat bindet nicht den Bittsteller. Der Bindezauber fesselt den Heiligen.“

„Das verstehe ich nicht. Erkläre mir das, jah abu es-sihir – o Vater des Zaubers.“

„Du mußt wissen, jah rarihb, daß der Heilige sihdi Sliman mit dem Seil, das Ismail um das Geländer bei seinem Grab geschlungen hat, nun selbst gebunden ist. Und um sich wieder zu lösen, muß der Heilige den Wunsch Ismails und seines Weibes erfüllen.“

„Wie lange hat die Angebundene so zu verharren?"

„Das ist verschieden, jah rarihb. Manchmal löst sich der Knoten in ganz kurzer Zeit."

„Der Knoten löst sich?"

„Ah, ah – ja, ja! Wenn der Heilige dem Wunsch des Bittstellers nachkommt, geht der Knoten auf."

„Ganz von selbst?"

„Ah, ah – ja, ja! Das macht el-baraka."

„Und wenn der Knoten sich nicht von alleine löst?"

„Dann muß die Bitte an den Heiligen neu vorgebracht werden, jah rarihb!"

„Allah a'lam – Allah weiß am besten", sagte ich und schaute zu der Frau hinüber, die bewegungslos dastand. Sie war einige Schritte zurückgetreten, so daß die Flechtschnur, mit der ihr Mann sie angebunden hatte, in einem Bogen, ohne den Boden zu berühren, herabhing. Der Fellache war an das Grab getreten und hatte einen tasbihh, den islamischen Rosenkranz, hervorgezogen und ihn auf dem Sarkophagtuch ausgelegt. Wenn die Gebetsschnur einige Zeit auf der Ruhestätte des Heiligen liegenblieb, dann lud sie sich anscheinend wie eine an den Stromkreis angeschlossene Batterie mit der übernatürlichen Kraft von el-baraka auf. Der Mann tauchte zwei Finger in ein Glasgefäß, das wohl Öl enthielt und sicher von einem anderen Bittsteller als Geschenk für sihdi Sliman auf das Grab gestellt worden war. Er rieb sich die Fläche der anderen Hand damit ein, trat zu seinem Weib hin und legte ihm diese auf den Leib.

„Mahschallah – was tut dieser Mann?“ flüsterte der neben mir hockende Alte plötzlich und beugte sich nach vorn. Ich hatte, während ich den Fellachen und sein Weib beobachtete, wenig auf die im Raum der Grabmoschee betenden oder langsam umhergehenden Gestalten geachtet. So war es mir entgangen, daß ein in eine weißbraun gestreifte dschellaba gekleidete Gestalt, mit übergezogener Kapuze, sich langsam dem Grab genähert hatte und schließlich vor der Schranke stehengeblieben war. Der Ankömmling drehte uns den Rücken zu. Mir fiel auf, daß seine Füße in halbhohen Stiefeln aus weichem Leder steckten. Der Mann schien sich an den bei dem Grab aufgestellten Gegenständen zu schaffen zu machen. Dabei verriet seine Haltung, daß er sich nicht wie der Fellache und sein Weib als Bittsteller am Grab des Heiligen bewegte. Das hatte die Verwunderung des neben mir sitzenden Oasenbewohners wachgerufen.

„Kennst du den Mann?“ fragte ich den Alten leise.

„Lä, lä – nein, nein“, antwortete er. „Es ist nicht ein Mann von Siwa. Keiner besitzt hier solche Schuhe, wie er sie trägt.“

Der Fremde stand eine ganze Weile unbeweglich links von der angebundenen Fellachin ganz nahe an der Schranke. Da er uns die Schultern zukehrte, konnten wir nicht beobachten, was seine Hände taten. Unvermittelt drehte er seinen Kopf dem halbrechts hinter ihm stehenden Weib zu, als wollte er prüfen, ob es ihn ansah. Für einen Augenblick war sein Gesicht zu sehen. Es hatte eine helle Hautfarbe und wurde von einem dunklen Vollbart eingerahmt. Das war – mahschallah!

Ich hielt den Atem an. Dann schob ich mich vorsichtig zentimeterweise an der Moscheewand hoch, an der ich gehockt hatte. Leise schleifte mein Wollmantel an der gekalkten Lehmwand. Gleichzeitig zog ich meinen rechten Arm aus dem kurzen Ärmel unter die dschellaba zurück und wollte den auf der linken Gürtelseite eingesteckten Smith & Wesson hervorziehen, besann mich aber anders und umspannte den Jadegriff des Dolches, den wir unseren Angreifern bei den Kalifengräbern abgenommen hatten. Ich mußte zuerst einmal fest auf den Beinen stehen, um einem möglichen Angriff auszuweichen oder standhalten zu können. Auf einen offenen Kampf am Grab sihdi Slimans durfte ich es auf keinen Fall ankommen lassen, wenn ich nicht Gefahr laufen wollte, in größte Schwierigkeiten zu geraten und die fanatische Wut der Eingeborenen auf mich zu lenken. Es blieb mir nichts anderes übrig, als den keine zehn Schritte von mir entfernt Stehenden dadurch wehrlos zu machen, daß ich ihm die Spitze der Klinge meines Dolches am Rücken zu spüren gab und ihn zwang, vor mir herzugehen und mit mir den Moscheeraum zu verlassen.

Vorsichtig und ohne ein Geräusch zu machen schob ich mich von hinten an den noch immer vor der Sarkophagschranke unbeweglich Verharrenden heran. Den Dolch wollte ich erst im letzten Augenblick hervorziehen, um die im Raum Anwesenden nicht vorzeitig zu alarmieren. Meine Rechte hielt seinen Griff fest umspannt. Die am Boden ausgebreiteten Matten machten das Aufsetzen meiner bloßen Füße unhörbar. Noch war ich drei Schritte von dem Mann entfernt – jetzt noch zwei – ich preßte die Lippen aufeinander und schickte mich an, ganz nahe an ihn heranzutreten. Da fuhr er blitzschnell nach links herum. Ich drehte mich instinktiv in die gleiche Richtung. Ein schwerer, harter Gegenstand krachte gegen meinen Bauch, schlug mir die Faust mitsamt dem Dolchgriff in den Magen, daß es mir die Luft nahm. Ich sah noch, daß der Angreifer krampfhaft einen mittelgroßen Lederbeutel in der Rechten hielt. Damit mußte er mich getroffen haben. Dann knickte ich zusammen und fiel auf die Knie. El-Wakil – er war es tatsächlich – stürzte quer durch den Raum und lief ins Freie.

„Harahmi! Harahmi! – Ein Dieb! Ein Dieb!" kreischte der Alte, der auf die Füße gesprungen und dem Flüchtenden nachgelaufen war. „Er hat die Goldstücke, die Hammuhde er-rarbijin gehören, gestohlen! Haltet ihn! Haltet ihn! Allah wird ihn verfluchen! Haltet den Dieb!"

Zusammengekrümmt kauerte ich am Boden und schüttelte, von Schwindelgefühl erfaßt und benommen, mehrmals den Kopf. Der Gegenangriff el-Wakils hatte mich vollkommen überrascht, weil ich überhaupt nicht damit gerechnet hatte. Mein erster klarer Gedanke, den ich zu fassen vermochte, war: Er hat also doch dem bahr er-raml el-kebihr, dem „Großen Sandmeer", entrinnen können! In wenigen Sekunden hatte ich den Schwächeanfall, der durch den Hieb in den Magen verursacht worden war, überwunden. Ich lief aus der Grabmoschee, in der wahrscheinlich zum ersten Mal seit ihrem Bestehen eine Opfergabe gestohlen worden war. Der Alte rannte noch immer schreiend hinter el-Wakil her, der zwischen die Stapel des ungedroschenen Getreides gesprungen war. Soeben erreichte er die Umfassungsmauer, die sich um el-kasr hinzog. Er hetzte an ihr entlang, bestieg sie an einer Stelle, wo sie zusammengestürzt war, und hastete noch ein Stück auf ihr hin, bis er eine Stelle erreichte, an der hinter dem Gemäuer Rücken und Kopf eines gesattelten Kameles sichtbar waren. El-Wakil löste die Kopfleine des Tieres, sprang in den Sattel und ritt davon. Ich war bis zu dem Platz hingelaufen, wo man die Festungsmauer hinter sich ließ. In südwestlicher Richtung galoppierte eine Stute von fast weißer Farbe mit schlanken, hohen Beinen und einem edel gebogenen Hals. Auf ihrem Rücken saß el-Wakil. Er drehte sich um und drohte mit erhobener Faust. Dann verschwand die Stute mitsamt ihrem Reiter zwischen den Stämmen der Palmen. Das bereitgestellte Dromedar ließ erkennen, daß el-Wakil den Diebstahl in der Grabmoschee und die anschließende Flucht ganz planmäßig vorbereitet hatte. Das unerwartete Zusammentreffen mit mir hätte, wenn ich vorsichtiger gewesen wäre, seine Absichten durchkreuzen können. Und meine Stute hatte ich mit Hamdi zur 'ain Hendeli geschickt, so daß es mir unmöglich war, dem Davonreitenden nachzujagen.

Es war schwer erklärlich, woher so plötzlich die

Männer, Weiber und Kinder gekommen waren, die das Geschrei des Alten, der el-Wakil nachgelaufen war, herbeigerufen hatte. Sie strömten laufend, rufend und gestikulierend zur Grabmoschee zurück. Um unangenehmen Fragen und endlosen Untersuchungen aus dem Wege zu gehen, zog ich es vor, mich in Richtung auf unseren Treffpunkt am 'ain Hendeli zu entfernen. Denn es konnte kein Zweifel bestehen, daß dieses neue Verbrechen el-Wakils, das der Entweihung eines in so großer Verehrung stehenden Heiligengrabes gleichkam, die Oasenbewohner stark beunruhigen und die Behörden, an der Spitze el-mahmuhr, auf den Platz rufen mußte.

3. Der Onkel der umflochtenen Hohlräume

Es waren noch etwa zwei Stunden bis Sonnenuntergang. Ich erreichte bald den Weg, den ich am Morgen mit dem verletzten Magier und meinen Gefährten von der Hendeliquelle aus eingeschlagen hatte und der größtenteils durch Palmen- und Olivenhaine und fruchtbare Gärten führte. Einen Steinwurf vom Brunnen, an dem wir uns zusammenfinden wollten, traf ich auf Radwahn und Hamdi. Der letzte war dabei, an einem bereits entzündeten Feuer die Köstlichkeit zu braten, die nach seinen Worten den Gläubigen im Vorraum des Paradieses vorgesetzt werden würde. Sahdik war noch nicht zurückgekehrt.

Es tat mir leid, den Fezzaner bei seiner mit Hingabe ausgeführten Unternehmung bremsen zu müssen. Aber ich hielt es für besser und sicherer, die Nacht nicht bei der 'ain Hendeli zu verbringen, weil ich nicht wußte, ob man nach den Ereignissen in der Grabmoschee nicht nach mir suchen würde. Meine Aussage als betroffener Beteiligter und Zeuge bei dem Raub am Sarkophag des Heiligen konnte dem untersuchenden Beamten so wichtig erscheinen, daß er nach mir fahnden ließ.

„Höre, jah Hamdi el-Fezzani", sagte ich, „es haben sich Dinge ereignet, die es angeraten sein lassen, diesen Brunnen zu meiden, sobald der badawi hier eintrifft."

„Jah lil-äsäf – o weh, wie schade!" antwortete der Schwarze. „Was soll mit el-mechoui geschehen, jah hherr? Dieses Feuer sollte die Geburtsstätte der Zartheit und des Duftes werden, nach denen dein Gaumen und der deines Freundes sich bis in die Ewigkeit sehnen werden – inschallah."

„Wir werden diese Geburtsstätte einige Meilen weiter gegen Sonnenuntergang verlegen, jah Hamdi. In der Oase wird es Unruhe geben, weil in der Grabmoschee sihdi Slimans vor zwei Stunden ein Lederbeutel mit Geldstücken gestohlen wurde, die sein Besitzer dem Heiligen anvertraut hatte."

„Jah sahtir – o Beschützer!" riefen Hamdi und Radwahn gleichzeitig aus.

„Ich war anwesend, als das Verbrechen geschah, und möchte nicht, daß ich in die Untersuchung, die el-mahmuhr durchführen wird, verwickelt werde, weil wir Hahzim ohne Verzögerung folgen müssen."

„Und du hast – entschuldige, o Herr – du hast den Verbrecher an seiner Untat nicht gehindert?"

„Ich wollte es, aber er hat mich niedergeschlagen." Die beiden schauten mich an, als hätte ich ihnen nahegelegt, die Datteln mit der linken Hand zum Munde zu führen.

„Er hat mir den Beutel mit den gestohlenen Goldstücken gegen den Magen geschleudert –"

„Jah haserti – o mein Schmerz!" Hamdi hob erschrocken die Arme.

„ – dadurch ist es ihm gelungen zu fliehen.“

„Allah! Allah!“ entfuhr es Radwahn.

„Allah a'lam – Allah weiß am besten!“ fügte der Fezzaner hinzu. „Er kennt den Namen dieses Übeltäters und wird ihn in dschahännäm für diesen Frevel büßen lassen!“

„Es war el-Wakil“, sagte ich, wütend über mich selbst. Radwahn ließ den Wasserschlauch, den er mit beiden Händen gehalten hatte, fallen. Hamdi riß die Augen auf. Der Topf, den er bei meinem Eintreffen aufgenommen hatte, polterte zu Boden. Sein Mund stand weit offen, aber er brachte keinen Ton hervor. Ich wandte mich ab und ging zu meiner Stute hin, die sich niedergelassen hatte und wiederkäute. Als ich bemerkte, daß sich der Fezzaner und der Tibbu mit hängenden Köpfen untätig neben dem zusammensinkenden Feuer hingehockt hatten, rief ich ihnen zu:

„Beladet die Stuten und haltet euch bereit, damit wir sofort aufbrechen können, wenn el-badawi zurückkehrt!“

„Amrak, jah hherr – zu Befehl, o Herr!“ antwortete Hamdi und erhob sich. Radwahn zerrte die schwelenden Zweige und Äste auseinander und trat die glimmenden Reste mit den Füßen aus. Als Sahdik auf seinem Kamel zwischen den Palmen nördlich von uns heraustrabte, bestiegen wir unsere Tiere und erwarteten ihn im Sattel.

„Was ist geschehen, jah Hami?“ fragte er mich und zügelte seine Stute. „Die Leute von Siwa erzählen, daß der Mann, der el-guhla auf sein hadschihn hob, in der Moschee am Grabe sihdi Slimans von einem Dieb niedergeschlagen wurde. Dieser sei dann mit einem Beutel voller Goldstücke, die ein Oasenbewohner vor seiner Abreise bei dem Heiligen hinterlegt hatte, davongeritten."

„Die Leute von Siwa sagen die Wahrheit, jah chaiji", mußte ich zugeben, „der Dieb konnte mich, da ich nicht vorsichtig genug war, überraschen und mich mit dem Behälter, in dem das Geld enthalten war, niederstrecken."

„Mahschallah – ich kann es nicht glauben! Das muß ein ganz besonderer Dieb gewesen sein!"

„Es war kein gewöhnlicher Dieb, jah Sahdik Nassahr. Es war ein Mörder und Menschenräuber. Es war – el-Wakil!"

„Allah! Allah!" fuhr der Beduine auf. „Wiederhole mir deine Worte, jah chaiji, damit meinem Verstand erlaubt ist zu glauben, nicht richtig gehört zu haben!"

„Deine Ohren haben richtig verstanden. El-Wakil stand einen Schritt vor mir und drehte mir den Rücken zu. Die Heiligkeit des Ortes, wo sich das ereignete, am Grabe des Heiligen im Innern der Moschee nahe el-kasr, verbot mir, offen eine Waffe zu ziehen. Ich wollte ihn unauffällig mit der Spitze meines chandschar aus dem Hause Allahs drängen und im Freien überwältigen. Aber er schlug mich mit dem Beutel, der die gestohlenen Goldstücke enthielt, nieder."

„Wie war das möglich, jah chaiji? Berichte, wie das geschehen konnte!"

„Du sollst es von mir hören. Aber es wird gut sein, wenn wir uns jetzt rasch wieder von hier entfernen. El-mahmuhr wird nicht weniger begierig sein als du zu erfahren, was sich am Grabe sihdi Slimans abgespielt hat. Er wird Männer aussenden, die mich suchen und zu ihm bringen sollen. Aber es wird besser sein, seinen Fragen nach dem, was geschehen ist und nach dem Grund unserer Bewaffnung, aus dem Wege zu gehen. Das unerhörte Verbrechen, durch das die Ruhe des Heiligen gestört wurde, können wir ohnehin nicht mehr ungeschehen machen."

„Wir wollen abreiten", sagte der badawi und lenkte seine Stute nicht wieder auf den vom Westen heranführenden Weg, auf dem er sich eben genähert hatte, sondern schlug eine südliche Richtung ein. Mir wurde sofort klar, warum er der nach Siwa geleitenden Straße auswich. Falls Oasenbewohner auf eigene Faust sich aufmachten oder Männer des Untergouverneurs oder der Besatzung aus el-kasr auf die Suche nach mir ausgeschickt wurden, mußten sie vor allem auf dieser vom Hauptort der Oase heranführenden Verbindung sich nähern.

Diese Piste hatten wir heute morgen bereits, als wir uns vom „Großen Sandmeer" aus der Oase näherten, in entgegengesetztem Sinne zurückgelegt. Sie zog sich am Westfuß des halbhohen dschebels hin, der in Nord-Süd-Richtung sich erstreckte, fünf nebeneinanderliegende Spitzen besaß und dessen felsige Wände von zahlreichen höhlenartigen Öffnungen durchsetzt waren. Als wir das Gebiet erreichten, wo die Salzmoraste und -landstrecken mit den nördlichen Ausläufern der Dünenwüste zusammenstießen, bog der an der Spitze unserer

Gruppe reitende Beduine nach rechts ab. Er hielt sich auf dem Übergangsstreifen, der zwar keinen ausgetretenen Pfad bildete, auf dem klar erkennbare Hufspuren aber deutlich zeigten, daß er auch den Oasenbewohnern gelegentlich als Weg diente.

Die sebcha, wie die Eingeborenen die Salzmarschen bezeichnen, zog sich rechter Hand von uns flach und eintönig dahin. Vereinzelt war sie von Palmengruppen bewachsen. Häufiger traten die niedrigen dornigen Alhagisträucher auf, die aguhl genannt werden und trotz ihrer sperrigen und stacheligen Zweige mit besonderer Vorliebe von Kamelen und Eseln gefressen werden. Wo der Salzboden nicht sumpfig war, wichen wir bei unserem Ritt nach Westen auf ihm aus, um die unregelmäßigen Dünenzungen, die am Übergang zur erg auftraten, zu umgehen.

Die Sonne näherte sich dem Horizont. Wir ritten in ihre tief über die Landschaft hingelegten Strahlen hinein, die alle Schatten zusehends verlängerten und den während des Tages grauen Boden mit den dazwischengestreuten Sumpflachen mit goldenem Licht überzogen. Rechts von uns tat sich unversehens, etwas über eine Meile entfernt, die glitzernde Fläche eines ausgedehnten Sees auf, in dem mehrere, wenig über den Wasserspiegel sich erhebende Inseln verteilt lagen. Das erst durch das letzte Sonnenlicht hervorgerufene Blinken der Gewässeroberfläche hatte erkennen lassen, daß sich die sebcha nicht ohne Unterbrechung nach Norden und Westen hinzog, sondern in dieser Richtung an einen See grenzte.

„Ist das der Birket el-Marahki?" fragte ich den Fezzaner.

„La, jah hherr, das ist der Birket Siwa. Der See, nach dessen Namen du fragst, liegt eine gute Stunde weiter gegen Sonnenuntergang, wenn unsere hudschun einen raschen Trab einschlagen, so wie jetzt."

Hahzim sollte nach dem Befehl el-Wakils mit seiner Karawane und den geraubten Haddedihnmädchen zwischen dem Birket el-Marahki und dem Kuhr esch el-Gurahb hindurchziehen und dann genau nach Westen bis zur Grenze von Libyen reiten. Es war anzunehmen, daß die Erhebung Kuhr esch el-Gurahb irgendwo in Sichtweite vom Südufer des Birket el-Marahki liegen mußte.

„Ist dir eine kahret esch el-Gurahb bekannt?" wandte ich mich noch einmal an Hamdi.

„Mah twahchissnihsch, jah hherr – entschuldige, o Herr, den Namen habe ich noch nie gehört. Wo soll dieser dschebel liegen?"

„In der Nähe des Birket el-Marahki, vermutlich gegen Mittag vom See."

„Dastuhrak, jah hherr – mit Verlaub, o Herr, Allah und du und dein Freund werden wissen, wo unsere nuhk entlangtraben werden, aber die Karawanenwege von Siwa nach Sonnenuntergang zur Oase Dscharabuhb führen alle im Norden der großen Gewässer der Oase vorbei."

„Hahzim soll mit der kahfile zwischen dem Birket el-Marahki und dem Kuhr esch el-Gurahb hindurchziehen."

„Dann muß sich dieser dschebel im Mittag des

Birket el-Marahki befinden, weil ich die Berge entlang der Kamelpisten von Siwa nach Dscharabuhb alle mit Namen kenne. Wir werden, wenn wir am Rande dieser sebcha weiterreiten, den Kuhr esch el-Gurahb finden – inschallah."

Sahdik lenkte in diesem Augenblick seine Stute nach rechts hinüber. Er hielt auf eine kleine Gruppe von Palmen zu. In einigem Abstand von den Pflanzen, inmitten der sebcha, erhob sich ein großer Schutthaufen, an dessen Rand mehrere mächtige Kalksteinblöcke so zusammenlagen – ob das zufällig oder mit Absicht geschehen war, war nicht zu erkennen –, daß sich ein gegen den Nordwestwind geschützter Winkel ergab.

„Laßt uns Allah danken und seine Barmherzigkeit erbitten!" sagte der Beduine und sprang aus dem Sattel. Wir folgten seinem Beispiel. Während meine Gefährten sich anschickten, el-mirrib salaht, das Gebet bei Sonnenuntergang, zu verrichten, entnahm ich der an der rechten Seite meines Kamels hängenden Ledertasche mein Fernglas, hing es mir um und schlenderte zu der unweit gelegenen Palmengruppe hin, die zum größten Teil aus niedrigen, stammlosen Gewächsen bestand, deren Wedel unmittelbar aus dem Erdboden hervorgebrochen zu sein schienen. Dieser niedrige Wuchs machte die Gruppe undurchsichtig. Ich wollte nachsehen, ob vielleicht eine Quelle der Grund für das Gedeihen der Dattelbäume und -büsche war. Gleichzeitig hielt ich es für angebracht zu überprüfen, ob sich kein Beobachter unbemerkt in unserer Nähe aufhielt. Ich fand weder eine Quelle noch ein menschliches Wesen zwischen den Büschen. Auch ein Rundblick mit dem Feldstecher zeigte in der abendlichen Landschaft keine Bewegung.

Bei meiner Rückkehr traf ich den Fezzaner und den alten Radwahn an, wie sie ihre Anstalten trafen, um uns die Köstlichkeiten des Paradiesvorzimmers zu bereiten. Hamdi hatte das Feuer innerhalb des von den Kalkblöcken gebildeten Bereiches angelegt, weil es hier windstill war und der Schein der Flamme nicht weithin über das flache Land wahrgenommen werden konnte. Sahdik hatte sich so nahe neben seiner ruhenden Stute niedergesetzt, daß er sich mit dem Rücken an ihren Leib lehnen konnte. Den Kamelen waren die Sättel, die Wasserschläuche und auch die Taschen abgenommen worden, damit sich die Haut der Tiere während einiger druckfreier Stunden von den Anstrengungen der letzten Tage erholen konnte. Der Beduine hatte sein Gewehr el-kilme el-adahle, das „Wort der Gerechtigkeit", hervorgeholt und war damit beschäftigt, die Waffe von den Spuren des überstandenen Sandsturms im bahr er-raml el-kebihr zu reinigen. Ich wickelte meine Mauser aus der Reitdecke und ließ mich Sahdik gegenüber nieder, um mein Gewehr ebenfalls von dem feinen Sandstaub zu befreien. Ohne aufgefordert worden zu sein, berichtete ich Sahdik von meiner Begegnung mit el-Wakil. Aus den Worten meiner Schilderung mußte er meine Enttäuschung über den Ausgang des Zusammentreffens herausgehört haben. Er unterbrach seine Putzarbeit, ließ el-kilme el-adahle auf die Oberschenkel sinken und sprach:

„Mein ab pflegte mir zu sagen, wenn ich mich nicht in eine Sache schicken wollte: ‚Für alles ist Geduld Arzenei; aber für Mangel an Geduld gibt es keine Arzenei!‘, jah chaiji. El-Wakil, den Allah verfluchen möge, wird seinem verdienten Schicksal nicht entgehen!“

Ich hob abweisend die Rechte:

„Es ist nicht die Geduld, die mir abgeht, jah Sahdik. Ich mache mir Sorge, große Sorge.“

„Hast du deswegen die Baumgruppe da drüben abgesucht?“

„La – das geschah mehr aus Gewohnheit, um zu wissen, ob sich andere Männer in der Nähe unseres Rastplatzes aufhalten. Nein, jah Sahdik – ich mache mir große Sorge, daß el-Wakil wieder in die Nähe der Mädchen kommt. Um sich an uns zu rächen, wird er vor keiner Schurkerei zurückschrecken.“

Der Beduine antwortete nicht. Er hatte seine Reinigungstätigkeit wieder aufgenommen. Inzwischen war die kurze Dämmerung in die Nacht übergegangen. Wir saßen nicht weit vom Feuer, dessen Schein uns genügte, um die Verschlüsse unserer Gewehre herauszunehmen und alle Metall- und Holzteile der Waffen vom Sandstaub zu säubern.

„El-Wakil ist aus dem ‚Großen Sandmeer‘ entkommen, obwohl wir ihn um seine Wasservorräte gebracht haben“, sagte ich nach einiger Zeit und rieb die Schloßkammer, die ich an ihrem geraden Knopf festhielt, gedankenversunken mit einem Lappen ein, über den ich einige Tropfen von dem Petroleum geträufelt hatte, das wir seit el-Kah'hira mit uns führten. „Was ist aus den vierzehn anderen geworden? Der Kabyle Abd er-rahmahn wird sicher den Brunnen 'ain Dalla erreicht haben – aber die anderen vierzehn? Ist es möglich, jah Sahdik, daß el-Wakil sie aus el-bahr er-raml el-kebihr herausgeführt hat?“

„Das ist unmöglich, jah Hami! Sie hätten mindestens, wie wir, drei Nächte und vier Tage über die hohen Dünen und die dazwischenliegenden breiten Korridore wandern müssen, ohne einen Tropfen Wasser – nein, Hami, das ist ein Ding der Unmöglichkeit.“

„Und wenn sich die Reiter in den Sätteln festgebunden haben und ihre hudschun allein den Weg zum nächsten Brunnen suchen ließen?“

„Dann wären die Stuten sicher nicht nach Norden, hier zur Oase Siwa, gewandert, sondern zurück zur 'ain Dalla. Die Kamele vergessen nie einen Weg, auch wenn sie ihn nur einmal zurückgelegt haben.“

„Ich bin nur el-Wakil begegnet. Er war allein, als er mit dem geraubten Gold Siwa verließ. Aber seine Gefährten können irgendwo auf ihn gewartet haben. Denke an el-kubab et-tehsch, jah Sahdik, an die ‚Türme des Leichtsinns', und daß wir uns vorgenommen haben, nicht ein zweites Mal auf unser Glück und Allahs Barmherzigkeit zu vertrauen. Hamdi, brauchst du Radwahn noch auf deinem Weg in das Vorzimmer zum Paradies?“

„La, jah hherr, ich benötige ihn nicht mehr. Die Wächter des Gartens der Wonne, die Engel, werden ihn ohnehin nicht einlassen in das Paradies mit den

Bächen und den großäugigen Jungfrauen, weil Radwahn et-Tibbu nicht an die fliegenden hudschun und an Dschabir ibn Hajjahn, den Heiligen des Tabaks, glaubt. Mir wird es an der Pforte zu den Gefilden, wo die Seligen in grünen Kleidern von Seide und Brokat wandeln und auf herrlichen Diwanen sitzen, zwischen denen Bäche fließen, besser ergehen – inschallah!“

„Dann nimm das baruhde Hamdis“, befahl ich dem Alten, „und setze dich auf den höchsten Punkt dieses Schutthaufens, damit wir nicht von heimlich sich nähernden Feinden überrascht werden können!“

Radwahn bezog umgehend seinen Posten. Hamdi drehte geduldig einen kleineren Hammel, den er nach der Einfüllung der Gewürze und des jungen Weinlaubes mit selbstgebogenen Drahtklammern wieder verschlossen hatte, über dem Feuer. Ab und zu strich er mit einem fingerdicken Zweig das herausrinnende Fett, das reichlich in die Glut tropfte und jedesmal für einen Augenblick gelbrote Flammen hervorzüngeln ließ, über das Fleisch, das langsam eine appetitliche, rostbraune Farbe annahm.

„Es gibt noch einen Grund, warum die Männer el-Wakils nicht aus el-bahr er-raml herausgekommen sein können“, nahm Sahdik unsere Überlegungen wieder auf.

„Welchen?“

„El-gibli, jah Hami! Er hat die drei Tage, nachdem wir die Wasserschläuche der kahfile zerschnitten haben, angehalten. Wahrscheinlich wird in den

Mittagsstunden der Sandsturm aufgestanden und über die Karawane hergefallen sein. Allah a'lam – Allah allein weiß am besten. Aber el-Wakil wird sich heimlich oder mit Gewalt des letzten Tropfens Wasser, der vielleicht noch in kleinen kirab vorhanden gewesen ist, bemächtigt und seine Gefährten ihrem Verderben überlassen haben."

„Es ist schrecklich, jah chaiji!" rief ich aus. „El-Wakil hinterläßt, wohin er seinen Fuß setzt, Tod und Verderben. Vor wenigen Tagen starben elf Menschen bei den Sänften des Todes. Wenn deine Überlegungen zutreffen, dann wurde vierzehn anderen Männern das ‚Große Sandmeer' zum Verhängnis. Sie sind elendiglich verdurstet und zugrunde gegangen."

„Sie waren alle Räuber und verstießen gegen die Gebote Allahs, jah chaiji."

„Bist du dessen so sicher? Denke an die Männer, die Hahzim in der Oase Baharija angeworben hat und die jetzt zu seiner kahfile gehören. Sie müssen ihre Väter, Mütter, Brüder, Schwestern und Kinder mit ihrer Arbeit ernähren. Und", ich senkte meine Stimme, „hat nicht auch Radwahn et-Tibbu zu den Leuten der kahfile Hahzims gehört? Nun sitzt er da oben und wacht über unsere Sicherheit. Ich bin allen diesen Männern, die sich unsere Feinde nennen, nie zuvor begegnet. Auch du kennst sie nicht. Trotzdem trachten sie uns nach dem Leben."

„Sie haben unsere Frauen geraubt, jah chaiji! Allah verdamme sie!" warf der Beduine ergrimmt ein.

„Du hast ja recht, jah Sahdik", stimmte ich ihm zu. „Aber für diese Tat verantwortlich ist allein el-Wakil. Er hat nach islamischer Auffassung göttliches Recht verletzt und ist durch den Raub und die Entführung eurer Mädchen el-hadd, der Koranstrafe, verfallen, auch wenn die Heilige Schrift der mihsilmihn das Verbrechen des Menschenraubes nicht nennt."

„Bei schwerem Straßenraub hat der Prophet im Koran festgesetzt, daß der Schuldige getötet und sein Leichnam nachträglich gekreuzigt werden soll."

„Aber der Prophet hat auch bestimmt, daß niemand ungerechterweise getötet werden darf –"

„El-Wakil ist ein Mörder und Mädchenräuber!" fiel mir der Beduine ins Wort.

„Ich sprach nicht von ihm. Ich meinte die elf Männer, die bei den Sänften getötet wurden. Was sie getan haben, hätte ihnen nach dem Koran nicht den Tod gebracht. Sie verloren zu Unrecht ihr Leben. ‚Ist aber jemand ungerechterweise getötet, so geben wir seinem nächsten Anverwandten Vollmacht für Rache. Er soll aber nicht maßlos im Töten sein', heißt es in der siebzehnten Sure, deren Offenbarung in Mekka erfolgte und die el-israh – die nächtliche Reise – genannt wird, weil in ihr von der wunderbaren Nachtfahrt Muhammeds von der Ka'aba nach Jerusalem und zum Himmel empor berichtet wird."

Ich machte eine Pause. Sahdik blieb stumm.

„Aber Allah ist barmherzig", fuhr ich fort. „Er will nicht, daß die Blutrache zu einem endlosen Morden werden soll. Er hat dem Propheten in der zweiten Sure geoffenbart: ‚Ihr Gläubigen! Bei

Mord ist euch die Wiedervergeltung vorgeschrieben: Ein Freier für einen Freien, ein Sklave für einen Sklaven und ein Weib für ein Weib. Wenn aber von einem Mörder durch den Bruder des Ermordeten anstelle der Wiedervergeltung durch Tötung nur ein Blutgeld gefordert wird, so soll die Bezahlung auf rechtliche Weise erfolgen. Das ist eine Erleichterung und Barmherzigkeit durch Allah. Wenn aber einer trotz einer solchen Regelung den Mörder tötet, so hat er im Jenseits eine schmerzhafte Strafe zu erwarten.' Bismih llahhi r-rahmahni r-rahihmi – im Namen Allahs, des Barmherzigen und Gütigen."

In Kairo hatte ich des öfteren mit meinen arabischen Studienfreunden tiefsinnige und lange Gespräche über den Islam und über das Christentum, über den Koran und über die Bibel geführt. Dabei waren die Fronten klar abgesteckt gewesen. Das Hauptanliegen bei diesen Unterhaltungen hatte darin bestanden, daß jeder versuchte, der anderen Seite nachzuweisen, wie weit oft Auftrag und Ausführung, Wort und Tat auseinandergeklafft hatten, was aufgrund der geschichtlichen Überlieferungen meistens gar nicht schwerfiel. Daß sich meine Gesprächspartner dabei mir gegenüber fast immer im Vorteil befanden, lag vor allem daran, daß der Koran im Gegensatz zur Heiligen Schrift der Christen das Wort „Nächstenliebe" nicht kennt. Bei allem Schwung und trotz der echten Begeisterung aller Teilnehmer waren diese Aussprachen bedrückend akademisch lebensfern und blutarm gewesen. Das lag wohl daran, daß meinen arabischen Freunden jede Kenntnis abendländischer Lebensformen abging und ich orientalischen Wesen bisher vorwiegend nur in Städten begegnet war. Ich kannte zu jener Zeit die Wüste und ihre Nomaden noch nicht.

Der Aufbruch von Masr el-Kah'hira, das Zusammensein mit meinem Bruderfreund Sahdik und die gemeinsam bestandenen Fährnisse hatten mein Leben vollkommen verändert, ja geradezu umgestülpt. Die Worte, die eben verstummt waren, hatten nur zur Hälfte Sahdik gegolten – zum Teil betrafen sie mich selbst. Bereits nach dem blutigen Ausgang des Zusammentreffens bei den Sänften des Todes hatte mich eine verzweifelte Wut erfaßt, weil ich nicht imstande gewesen war, das zu verhindern. Der Zug in das „Große Sandmeer" und das knappe Entrinnen aus der Todesgefahr am vergifteten Brunnen hatten das Grübeln zurücktreten lassen. Unsere Überlegungen über das traurige Schicksal der vierzehn Gefährten el-Wakils in der wasserlosen erg hatten meine Auflehnung gegen die erbarmungslosen Abläufe, die nach der Überzeugung Sahdiks vom „Gesetz der Wüste" bestimmt wurden, neu und heftiger als zuvor aufleben lassen.

Meine wiederholten Zitate aus dem Koran waren auch nicht schulmeisterlicher Überheblichkeit und schon gar nicht der Unduldsamkeit eines Eiferers zuzuschreiben. Ich, der Abendländer, war unvermittelt und ungewollt in die seltsame Lage geraten, den Propheten Muhammed und die ihm gemachten Offenbarungen einem Muslim, meinem Freund Sahdik, gegenüber zu verteidigen. Denn in den Städten der arabischen Länder wird das Zusammenleben der Menschen wie in Europa von Eigensucht, Gerissenheit, Lüge, Neid und Habsucht bestimmt, die bestimmte Formen der Anpassung hervorgebracht haben. Hier kann sich das Recht des geistig und körperlich Stärkeren nur unter bestimmten Voraussetzungen, und dann fast immer nur in mittelbarer Weise, durchsetzen. In den weiten Räumen der dschebel, der Steppen und Wüsten, fallen die Spielregeln, die durch ein enges und beengendes Zusammenleben der Menschen erforderlich sind, fort. Hier müssen andere Gesetze befolgt werden. Und der Beduine, dessen Gläubigkeit ein Stück seiner Seele ausmacht, findet auch eine Bestätigung seines Handelns in den scheinbar harten, kompromißlosen Geboten, die ihm der Prophet im Auftrage Allahs hinterlassen hat. Aber der Koran ist nicht nur für den höchstens in seinen Stamm sich einfügenden Nomaden geoffenbart worden. Muhammed war ein Stadtmensch. Und die einzige hadd-Strafe, die keine Milderung erfährt, ist der Abfall vom Islam. Alle anderen Verstöße, selbst gegen die göttlichen Rechte, können bei echter Reue der Barmherzigkeit und der Güte Allahs teilhaftig und durch entsprechende Sühnen bereinigt werden. Die Versuchung, sich bei Gewalttaten und Überlegenheit dem Schwächeren gegenüber auf Koranstellen zu berufen, die diesen Bestrebungen entgegenzukommen scheinen, ist bei den Beduinen und Nomaden sehr groß. Die Blutrache ist ein besonders eindrucksvolles Beispiel einer solchen, von den Gläubigen willkürlich eingeengten Gebotstreue. Muhammed fand, als er zu predigen begann, den uneingeschränkten Brauch der privaten Wiedervergeltung bei Mord und Totschlag schon vor. Das ausgeprägte Ehrgefühl der Araber verbot ihm, die Blutrache völlig abzuschaffen. Er nahm die Voraussetzungen für das Gegebensein und die Ausmaße einer talio, wie die Römer diese Selbsthilfe nannten, in die Korantexte auf. Gleichzeitig aber gab er Einschränkungen für dieses Recht. Es ist nach Allahs Willen verdienstvoll, auf die Blutrache zu verzichten und die Verletzung göttlichen Rechtes durch andere Bußen zu sühnen.

Sahdik Nassahr ben Kara, der Enkel des Hadschi Halef Omar, war bei Gesprächen über diese Themen aus anderem Holz geschnitzt als meine Studienfreunde in Kairo. Anstelle akademischer Schlußfolgerungen stand bei ihm die harte Wirklichkeit des Beduinenlebens, das vom richtigen Einschätzen des Gegners abhing. Bei unseren Unterhaltungen zeigte er ein bis zum Widersinn folgerichtiges Denken, das mich manchmal erheblich in Verlegenheit zu bringen vermochte.

„La, aber alle Kämpfe erzeugen es-sahr, weil bei den Überfällen auf die Dörfer der Stämme Menschen getötet werden. Meistens geht der Streit um Quellen und um Weideplätze –“

„Das waren auch die Gründe, warum die Männer aus uhruhbah und amehrika Krieg miteinander geführt haben.“

„Wegen der Quellen und der Viehweiden?“

„Nicht gerade wegen dieser beiden Dinge. Aber in Europa und in Amerika leben die Menschen anders als im bilahd il-arab, Sahdik. Sie wohnen in großen Städten und Dörfern, haben das Land überall mit Gebäuden bebaut oder es bepflanzt. Es gibt kaum noch ein freies Stück Land, das keinen Besitzer hat."

„Jah salahm – du meine Güte! Dann haben alle Leute deines Stammes ein Feld, auf dem sie ihre Kamele weiden lassen können?"

„La, Sahdik, bei uns gibt es keine Kamele. Und nur die Bauern besitzen Pferde, Kühe, Hühner und Gänse. Die anderen, die in der Stadt wohnen, gehen arbeiten und verdienen sich ihr Leben damit."

„Aber du sagtest, daß bei euch der Krieg wegen der Quellen und Weidegründe geführt würde."

„Ich habe das nicht wörtlich gemeint, jah Sahdik. Aus den Quellen, an die ich dachte, fließt nicht Wasser, wie in einem bihr in der Wüste, sondern der Wohlstand, er-rafah'ha, wie der Fellache sagt."

Der badawi blickte verständnislos zu mir herüber.

„Die Männer und Frauen meines Volkes erzeugen mit ihrer Arbeit Kleidungsstücke, Möbel, Arzneimittel, Maschinen und viele andere Dinge –"

„Brauchen die Männer und Frauen deines Stammes denn alle diese Gegenstände?"

„Sie schaffen sie nicht für sich."

„Für wen dann?"

„Für Männer, die ihnen den Auftrag geben, diese Dinge zu machen, und die sie dafür bezahlen."

„Was machen die Männer mit den Möbeln und den Maschinen und – den Kleidungsstücken?"

„Sie verkaufen diese Sachen."

„An wen?"

„An Personen, die solche Dinge brauchen."

„Auch an die Männer und Frauen, die diese Gegenstände hergestellt haben?"

„Aijwa – auch an diese."

„Mahschallah, Allah a'lam – o Wunder, aber Allah weiß am besten! Warum behalten eure Männer und Frauen die Kleider und die Maschinen und die Möbel nicht gleich, wenn sie diese hergestellt haben?"

„Weil sie ihnen nicht gehören. Das Holz und das Eisen und die Stoffe, aus denen alle diese Gegenstände gemacht werden, gehören dem Mann, der sie für ihre Arbeit bezahlt."

„Das verstehe ich nicht", sagte der badawi und dachte nach. „Ich verstehe auch nicht, warum die Franken deshalb Krieg führen und sich gegenseitig töten."

„Es gibt in uhruhbah und auch in amehrika Völker, die mehr Maschinen und Möbel und Kleidungsstücke herstellen, als sie selbst brauchen, dann gehen die beijah'ihn, die wir Kaufleute nennen, zu den anderen Völkern und versuchen bei ihnen ihre Gegenstände zu verkaufen."

„Diese Stämme werden froh sein, daß sie die Gegenstände kaufen können."

„Die Männer und Frauen dieser Völker sind stets froh, wenn sie weniger dafür zahlen müssen als für die gleichen Sachen, die bei ihnen hergestellt werden."

„Das ist gut, Hami."

„Nicht froh aber sind jene Männer dieses Volkes, die solche Gegenstände herstellen ließen und nicht verkaufen können, weil sie mehr kosten als jene der fremden Kaufleute."

„Gibt es deswegen Kriege bei den Franken?"

„O nein! Die beijah'ihn, die ihre Waren nicht loswerden, tun sich zusammen, gehen zu ihrer Regierung und beklagen sich. Die Politiker machen dann ein Gesetz, durch das für alle Gegenstände, die von anderen Völkern kommen, ed-darihbe, der Zoll, gezahlt werden muß. Dadurch werden diese Waren so teuer, daß die Kaufleute, die sich beschwert haben, ihre Gegenstände bei dem eigenen Volk verkaufen können."

„Das ist gut für die beijah'ihn, aber schlecht für die Männer und Frauen, die mehr für die Sachen bezahlen müssen. Doch ich verstehe nicht, warum es deshalb einen Krieg geben muß, jah Hami."

„Deshalb gibt es auch keinen Krieg, weil jedes Volk in seinem eigenen Land das tun muß, was seine Politiker wollen."

„Was geschieht aber mit den Maschinen und Möbeln und Arzneimitteln, die von den Männern, denen sie gehören, nicht verkauft werden können?"

„Diese Kaufleute suchen andere Völker auf, bei denen solche Gegenstände nicht hergestellt werden, und verkaufen hier ihre Waren."

„Allah ist barmherzig und sorgt dafür, daß alle Menschen zufrieden sind!"

„Allah scheint nur den mu'minihn zu helfen, zufrieden zu sein. En-nasahra, die Christen, halten sich nicht an die Gebote, die ihnen Jasuh' el-masih'h, ihr Religionsstifter, verkündete."

„Warum sagst du das?"

„Bei den Menschen, in deren Land die Maschinen, Kleidungsstücke, Möbel und anderes verkauft werden können, treffen el-beijah'ihn aus vielen Ländern zusammen und versuchen sich gegenseitig beim Handel auszustechen. Wo das nicht gelingt, weil die einen vielleicht bessere Waren zu billigeren Preisen liefern, greifen die Regierungen, wenn sie können, unter irgendeinem Vorwand ein."

„Das verstehe ich nicht, jah Hami. Wenn in solchen Ländern diese Waren nicht hergestellt werden, dann müßte der schehch dieses Stammes doch froh sein, daß seine Männer und Frauen gute Waren zu billigen Preisen kaufen können!"

„Du hast recht, und was du sagst, ist vernünftig und einleuchtend. Aber leider setzt sich in der Politik nur selten das durch, was vernünftig und einleuchtend ist."

„Erkläre mir das!"

„In manchen Ländern hat nicht esch-schehch, das Oberhaupt, wie du sagst, alles zu entscheiden –"

„– in el-masr, Ägypten, und esch-scham, das die Franken Syrien nennen, zum Beispiel regieren el-inglihz und el-fransahwijje, und die Araber haben wenig zu sagen."

„Mazbuht – richtig! In diese Länder lassen die Politiker, die dort regieren, die Waren nicht herein, die nicht von den Männern und Frauen ihres eigenen Volkes hergestellt worden sind. Es gibt aber auch Fälle, bei denen sie das nicht verhindern können. Sie ärgern sich darüber und versuchen auf andere Weise, den Händlern der anderen Völker zu schaden."

„Indem sie Krieg machen?"

„Das ist nicht immer möglich, Sahdik, weil manchmal kein Grund zum Kriege gefunden werden kann."

„Was tun sie, wenn sie keinen Grund für el-harb finden?"

„Ich bin kein Politiker, jah chaiji", mußte ich zugeben, „aber es gibt bestimmt verschiedene Möglichkeiten, die als lästig empfundene Gegenseite beim Handel auszuschalten."

„Nenne mir eine!" drang der badawi hartnäckig weiter in mich.

„Es fällt mir im Augenblick keine ein, Sahdik. Vielleicht machen die Politiker Gesetze, gegen welche die von den unerwünschten Händlern angebotenen Gegenstände, zum Beispiel Maschinen oder Arzneimittel, verstoßen. Dann haben sie einen Grund, die Waren nicht ins Land zu lassen. Oder –"

Ich senkte beim Nachdenken den Kopf. Dabei fiel mein Blick auf das Fernglas, das auf meiner Brust baumelte. Die drei Worte „made in Germany", die auf der Oberseite des einen Prismengehäuses eingraviert waren, sprangen mir geradezu ins Auge.

„– oder sie verlangen, daß auf den eingeführten Waren Zeichen angebracht werden, damit die Herkunft dieser Gegenstände erkennbar ist, und fordern die Leute auf, diese Sachen nicht zu kaufen."

Solche Winkelzüge geschäftstüchtiger Franken schienen dem badawi unverständlich zu bleiben, denn er schaute mich fragend an.

„Hier auf dem Fernglas“, ich hielt ihm den Feldstecher hin, „hier sind die drei Worte eingeschnitten: ‚made in Germany‘.“

„Was bedeuten diese Worte?“

„Das heißt in der Sprache der inglihz ‚gemacht in Deutschland‘ und wurde von den Engländern –“

„Ist dieses mirkab, mit dem du deine Augen auf die Reise in die Ferne schicken kannst, in almahnja gemacht worden?“

„Aijwa.“

„Warum schreiben die Männer deines Stammes dann diese unnützen Worte darauf? Eine Wahrheit wird nicht wahrer, wenn man sie wiederholt.“

„Die almahn sind nicht die Erfinder dieser unnützen Wahrheit, wie du soeben gesagt hast. Sie wollten dieses Fernglas – nicht das hier, das ich in der Hand halte, denn es werden sehr viele gleiche Stücke davon angefertigt –, sie wollten also Feldstecher nach England und bei anderen Völkern, die von den inglihz regiert werden, verkaufen. Das durften sie aber erst, nachdem sie die drei Worte ‚made in Germany‘ darauf gut lesbar angebracht hatten.“

„Und dann haben die Häuptlinge der inglihz ihre Männer aufgefordert, diese Ferngläser nicht zu kaufen?“

„Ob sie das so deutlich gesagt haben, weiß ich nicht, Sahdik. Aber el-inglihz haben vor fünfundvierzig Jahren, fünf Jahre nachdem sie el-masr erobert und besetzt hatten, ein Gesetz gemacht, daß alle Waren aus almahnja, wenn sie wegen ihrer Verpackung oder Beschriftung mit Gegenständen verwechselt werden konnten, die in England hergestellt wurden, die Worte ‚made in Germany' zeigen mußten."

„Die Kaufleute deines Stammes werden wütend darüber gewesen sein, jah Hami?"

„Auch das weiß ich nicht, weil es so lange zurückliegt. Aber wenn sie es gewesen sind, dann nur für eine kurze Zeit."

„Warum? Haben die inglihz das Gesetz wieder aufgehoben?"

„La, sie haben es, soviel ich weiß, bis heute nicht aufgehoben. Aber es dauerte nur ein paar Jahre, dann wollten die Männer und Frauen in England und in den von el-inglihz regierten Ländern nur Maschinen und Möbel und Ferngläser kaufen, auf denen ‚made in Germany' geschrieben stand."

„Jah adschihbe – wunderbar!"

„Aber nicht nur das. Die Fabrikanten in ingilterra brachten auf ihren in England hergestellten Worten das ‚made in Germany' an, obwohl das verboten war, um für diese Gegenstände schneller einen Käufer zu finden."

„Jah salahm – du meine Güte!" Sahdik schlug sich vor Vergnügen auf den Oberschenkel, daß seine hinter ihm liegende Stute verwundert die kleinen Ohren zur Seite drehte. „El-inglihz sollen in die Weltgeschichte als die Männer eingehen, die el-bahruhde erfunden haben, das nach hinten losgeht! Mein sihd Halef Omar und auch mein ab Kara ben Halef haben immer gesagt, daß el-almahn die gescheitesten und tüchtigsten Männer aller Völker sind!"

„Mah twanchissnihsch, habihbi – nimm es mir nicht übel, mein Lieber! Erstens trifft das nicht zu, was dein sihd und dein ab gesagt haben, und zweitens ist eine solche Behauptung sehr gefährlich."

„Gefährlich? Für mich?"

„La – nicht für dich, jah chaiji, aber für el-almahn."

„Deine Worte sind mir unverständlich, jah Hami."

„Wenn die Leute das hören, was dein sihd und dein ab in ihrer Freundschaft zu el-almahn glaubten oder noch glauben, dann wuchert eine Pflanze auf, die eine ähnliche Wirkung für el-almahn haben könnte wie der Oleanderstrauch auf die hudschun."

„Du sprichst in Rätseln, jah Hami."

„Ez-Zarihfe, die Anmutige, die dich auf ihrem Rücken von den Weidegründen deines Stammes bis vor die Tore von el-Kah'hira getragen hat, fraß die Blätter von ed-difla, von jenem Strauch, der von den Franken Oleander genannt wird."

„Sie starb daran."

„Mazbuht – richtig! Und die Pflanze, von der ich sprach, trägt den Namen el-hasad."

„Ich kenne kein Gewächs, das ‚der Neid' heißt."

„Es gibt auch keines solchen Namens. Aber ich habe das bildlich gemeint. Die Tüchtigkeit der almahn ist das beschwerlichste Erbe, das ihnen Allah auf ihren Lebensweg mitgegeben hat."

„Weil sie soviel arbeiten müssen, um tüchtig zu sein?"

„La, jah Sahdik. El-almahn ohne Arbeit wären

wie Fische, die auf dem Trockenen liegen, oder wie Wassersäcke, die keinen Inhalt haben. Nein – esch-schatahra, wie der Araber die Tüchtigkeit nennt, hat den Deutschen von jeher den Neid anderer Völker eingetragen und sie bei ihnen verdächtig und verhaßt gemacht."

Der badawi saß eine Zeit wortlos mir gegenüber.

„Willst du damit sagen, jah chaiji", sagte er unvermittelt, „daß der letzte große Krieg deswegen ausgebrochen ist?"

„La, ich wollte das nicht so verstanden wissen, obgleich – obgleich ich schon sehr oft darüber nachgedacht habe. Aber es gibt zahlreiche gelehrte Männer auf der Erde, die das behaupten. Sie sagen, der Sieger gewinnt nicht nur den Kampf, sondern er kann auch seine Widersacher daran hindern, dort ihre Waren zu verkaufen, wo er lieber selbst das Geschäft machen möchte."

„So verletzt bei den Franken der, welcher seine Waren zu einem niedrigeren Preis anbietet, das göttliche Recht?"

„Ich verstehe deine Frage nicht, jah Sahdik."

„Vom Propheten werden im kurahn die Verbrechen genannt, die eine Verletzung der göttlichen Rechte bedeuten."

„Was hat das mit den Kaufleuten zu tun, die ihre Waren billiger anbieten als die anderen?"

„Der Prophet hat auch die Strafen, die der Gläubige el-hadd nennt, für die Verletzungen der göttlichen Rechte festgesetzt. Der Missetäter darf aber nur für bestimmte Vergehen, wie Ehebruch und Unzucht, widerrechtliche Tötung und schweren

Straßenraub, mit dem Tode bestraft werden –"
„– und?"
„– wenn die Stämme der Franken sich im Krieg gegenseitig töten, weil ihre beijah'ihn sich um den Verkauf ihrer Waren streiten, dann wird ihr heiliges Buch ihnen auch das Recht dazu geben. Denn der Mensch soll nur das tun, wozu er sich am Tage der Auferstehung bekennen kann, ohne in die dschahännäm gestoßen zu werden."
Statt eine Antwort zu geben, schaute ich zu dem badawi hinüber. Seine Stimme hatte nicht ironisch geklungen. Aber seine Worte konnten nicht ernst gemeint gewesen sein, wenngleich mich die absurde Folgerichtigkeit der Überlegungen Sahdiks betroffen machte.
„Ist es nicht so, jah Hami?"
„La – es ist nicht so. Du hast das heilige Buch der Christen erwähnt. Das schreibt ihnen vor, nicht zu töten."
„Dann verstoßen die Franken dagegen, wenn sie miteinander Krieg führen."
„Es kann Gründe für einen Krieg geben, jah Sahdik."
„Du führtest einen an: der Kampf gegen den anderen, dem der Weidegrund nicht gegönnt wird."
„Haben eure Stämme nicht auch schon deswegen miteinander gekämpft?"
„Eh billahh – gewiß! Sie führen dauernd Kriege darum. Aber es ist ein großer Unterschied zwischen den Weideplätzen der bidu und den ‚Weideplätzen' der Franken, jah chaiji!"
„Welcher?"

„Auf den Weiden der Beduinen findet sich Wasser, und es wachsen Gräser und Büsche, von denen die Kamele sich nähren. Und die Tiere geben den Stämmen Milch, Butter, Fleisch, Leder und Haare und, solange sie leben, auch ihren Mist zum Feuermachen. Wenn die bidu ihre Last- und Reittiere nicht mehr ernähren können, sind sie selbst auch dem Untergang geweiht."

„Du sprachst von dem Unterschied zwischen den beiden Weidegründen. Was wächst nach deiner Meinung auf denen der Franken?"

„Auf den ‚Weideplätzen' der Franken wächst das, was der badawi verachtet und was der Städter el-fluhs, das Geld, nennt. Man kann es nicht essen, sich nicht darin kleiden, keine Zelte daraus machen."

„Aber die Menschen können sich alles dafür kaufen, was sie brauchen – was ist, jah Hamdi?" Der Fezzaner hatte schon einige Zeit neben dem Feuer gestanden, die Glut mit einem Holzstück auseinandergeschoben und zu uns herüber geblickt.

„'An isnak, jah hherr – erlaube mir, o Herr, dir und deinem Freund zu sagen, daß el-mechoui bereit ist, seine Wanderung in die Inwendigkeit eures Daseins anzutreten. Darf ich euch die von der Glut des Feuers geküßten Teile des Hammels und die anderen Köstlichkeiten vorsetzen, die euch, wie ihr bereits wißt, in die Vorkammer des Paradieses geleiten werden – inschallah?"

Hamdis Angebot hatte das Gespräch zwischen dem Beduinen und mir gerade in dem Augenblick unterbrochen, als mir die Überlegung durch den

Kopf ging, was wohl das schwierigere Unterfangen sein mochte: zu versuchen, einem Sohn der Wüste in für ihn verständlicher Form die verwickelten Zusammenhänge einer abendländischen Volkswirtschaft des zwanzigsten Jahrhunderts zu erklären oder einem europäischen Leser die einfachen, aber folgerichtigen Gedankengänge eben dieses Beduinen über solche verwirrenden Abläufe begreifbar zu machen.

„Es kann in diesem Augenblick nichts Wichtigeres geben, jah Hamdi el-Fezzani", antwortete ich dem Schwarzen, „als die Bekanntschaft mit diesem geküßten mechoui zu machen. Stimmst du mir zu, jah Sahdik Nassahr?"

„Dein Mund spricht meine Gedanken aus, jah Hami el-amlahk", antwortete der Beduine.

„Alsdann – jalla! Jalla! – Los!"

Hamdi schob mehrere aus Palmblattfibern geflochtene kleine Matten, die wir bereits von unserem Truthennenessen am Fuße der Karat el-Ka'sa kannten, zwischen Sahdik und mir zusammen, ging zum Feuer, holte den gebratenen Hammel, der einen verlockenden Duft verbreitete, und legte ihn langsam und feierlich vor uns auf das Geflecht. Dann kramte er aus seiner Satteltasche, mit der er am Nachmittag in Siwa einkaufen gegangen war, Zwiebeln, Knoblauch, Tomaten und Datteln hervor und breitete diese Früchte um das gebratene Fleisch herum aus. Noch zweimal langte er tief in den ledernen Behälter und brachte Aprikosen, Orangen, Weintrauben, schwarze Oliven und mehrere kleine Zitronen herbei. Brot und ein Stück

Schafkäse vervollständigten diese Umrahmung des duftenden Mittelpunktes.

Hamdi kehrte noch einmal zum Feuer zurück und entfachte es aufs neue, nachdem er den Braten zu uns herübergetragen hatte. Die Flammen beleuchteten die vor uns aufgebauten Köstlichkeiten und das strahlende Gesicht des Schwarzen, der uns erwartungsvoll anschaute.

„Meine Augen und meine Nase sagen mir, daß du die Wahrheit gesprochen hast, jah Hamdi el-Fezzani, als du uns den Vorgeschmack des Paradieses versprachst“, lobte ich ihn für die große Mühe, die er sich gemacht hatte. „Laß uns sehen, jah Sahdik, ob unsere Zunge und unser Gaumen sich dieser Meinung anschließen.“

Ich zog meinen Dolch aus der Scheide.

„Wakkif – halt!“ sagte der Beduine und wandte sich mir zu. „An der Karet el-Ka'sa haben wir Hamdi zum Abu es-sanduhk el-harb, zum Vater der Kriegskasse, ernannt, jah Hami. Dieses von der Glut geküßte mechoui, wie Hamdi es vorhin bezeichnete, läßt uns keine andere Möglichkeit, als ihn zum amir kull et-tabbahchihn, zum Oberbefehlshaber aller Köche, zu befördern. Bist du damit einverstanden, jah Hami el-amlahk?“

„Das ist ein guter Vorschlag, jah Sahdik.“

„Dann wollen wir beginnen. Sahhtehn – doppelte Gesundheit.“

„'A kalbak – das wünsche ich deinem Magen!“

Wir schnitten uns jeder ein tüchtiges Stück von dem Braten ab. Hamdi wartete, bis wir zu essen begonnen hatten. Dann trennte er die beiden Vorderschenkel mitsamt einem Brustteil ab, nahm zwei Stück Brot und kletterte zu dem alten Radwahn hinauf. Für eine Zeit waren außer einem gelegentlichen Schmatzen nur das dünne Kläffen eines Fennek und das klagende Keifen von Nachtvögeln zu hören. Mit einem Mal sprang Hamdi auf und sprang vom Schutthaufen herunter.

„Wie konnte ich das nur vergessen!" rief er aus. Er nahm einen der kleinen Wasserschläuche auf, goß zwei Blechbehälter voll und stellte sie vor den Beduinen und mich hin. Ich hatte gar nicht an Trinken gedacht, weil ich neben dem Fleisch mehrere Tomaten und auch zwei von den kleinen Zitronen, die nach Apfel schmeckten und mitsamt der Schale genossen werden konnten, gegessen hatte. Nun aber nahm ich einen ausgiebigen Schluck von dem vermeintlichen Wasser.

„Was ist das?" fragte ich den Fezzaner und hielt ihm die Büchse entgegen. Die Flüssigkeit war kühl und hatte einen angenehmen, traubensaftähnlichen Geschmack.

„Die Bewohner von Siwa nennen dieses Getränk el-lupki, jah hherr."

„Woher kommt dieses Getränk?"

„Es ist die Milch der Palme, jah hherr. Wenn man ein nicht zu kleines Blatt dieses Baumes nahe dem Stamm abschneidet, dann tropft ein Saft heraus, den man auffangen kann."

„Der Prophet hat den Wein verboten", mischte sich Radwahn in unser Gespräch.

„Wird man berauscht, wenn man el-lupki trinkt?" fragte ich.

„La – aijwa", antworteten Hamdi und der Alte gleichzeitig, wobei der erste nein und der zweite ja sagte.

„Wer hat nun recht von euch beiden?" wollte ich wissen.

„Ana – ich!" erklang es im Duett.

„Sage du deine Meinung, Radwahn", versuchte ich Klarheit zu schaffen.

„En-nbihd en-nachl – der Wein der Palme, jah sihdi, verwirrt die Gedanken der Männer. Nachdem sie ihn getrunken haben, reden sie wirres Zeug. Deshalb hat der Prophet verboten, diesen berauschenden Saft zu trinken."

„Was sagst du dazu, jah Hamdi?" wandte ich mich an den Fezzaner. Er hielt einen noch halb mit Fleisch bedeckten Knochen in der Rechten. Als er antwortete, unterstrich er seine Rede mit Bewegungen, als leitete er ein Orchester.

„Glaube seinen Worten nicht, jah hherr! Was dieser Vater der Ungenauigkeit von sich gibt, ist eine Schande. Denn: Erstens ist das, was du getrunken hast, nicht en-nbihd en-nachl, also kein Wein der Palme, sondern es ist el-laban en-nachl, die Milch der Palme. Zweitens ist diesem Großvater des kurzen Gedächtnisses entschwunden, was ich ihm, als wir bei der Karet dschahännäm lagerten, ausführlich erklärt habe. Der Prophet hat, wie Abu Hanihfa uns lehrt, dem Gläubigen nur den Genuß des Weines untersagt, und drittens –"

„Aber", unterbrach der alte Radwahn den Fezzaner, „Asch-Schahfi'ch sagt, daß alle Getränke –"

„– Allah lasse dir die Zunge im Mund verdorren!“ fuhr Hamdi den Tibbu an. „Wenn ich unserem Herrn die verwickelte Geschichte mit dem Wein erklären muß, sind deine Unterbrechungen meiner Rede wie ein Sieb, in das ein dummes Weib Wasser füllen will. Dastuhrak, jah hherr – mit Verlaub, o Herr! Entschuldige, daß ich meine Worte von dir ab und zu jenem Onkel der durchlässigen Wasserbehälter wenden mußte. Ich – ich – jetzt fällt mir nicht mehr ein, was ich dir klarmachen wollte.“

„Du sagtest: und drittens“, versuchte ich ihn zu erinnern.

„Mazbuht, jah hherr – richtig, o Herr. Drittens hat es eine eigene Bewandtnis mit dieser laban ennachl. Man darf sie nur zu bestimmten Zeiten trinken, dann schadet sie nicht.“

„Kann diese Milch der Palme, wie du sie nennst, denn auch schaden?“

„Manchmal, jah hherr – wirklich nur manchmal.“

„Wie kann sie schaden, jah Hamdi?“

„Sie kann den Takt der Füße beim Gehen verändern.“

„Was noch?“

„Sie kann auch dem Gleichgewicht des Geistes und des Körpers eine Drehung geben.“

„Ist das alles?“

„O nein, jah hherr! Sie kann der Zunge ihre Beweglichkeit nehmen und die Augen zwei Dinge zugleich schauen lassen – inschallah!“

„Das ist eine geheimnisvolle Krankheit, jah Hamdi el-Fezzani. Und du gibst uns diese gefährliche Milch der Palme zu trinken, damit wir von diesem Leiden befallen werden?"

„Diese laban en-nachl ist nicht gefährlich, jah hherr. Du und dein Freund, ihr werdet bestimmt nicht krank werden – inschallah!"

„Woher weißt du das?"

„Weil ich selbst zwei Stunden vor Sonnenuntergang gesehen habe, wie diese Milch aus den Stümpfen der abgeschnittenen Blätter herausgetropft ist."

„Sieht man dieser Flüssigkeit, die hier in der Oase el-lupki genannt wird, an, ob sie einem schadet oder nicht?"

„Nein, jah hherr! Man sieht el-laban en-nachl vorher nicht an, ob sie dem Gleichgewicht eine Drehung gibt. Aber man kann das vermeiden, wenn man sie nur, wie ich dir schon erklärte, zu bestimmten Zeiten trinkt."

„Das verstehe ich nicht."

„Laß es dir erklären, jah hherr. Wenn du nicht mehr als fünf Stunden zwischen dem Abzapfen und dem Trinken verstreichen läßt, kann dir el-lupki nicht schaden. Aber während der Mittagszeit dürfen es nur drei Stunden sein."

„Und am Abend oder während der Nacht?"

„Wenn du ein Gefäß bei Sonnenuntergang mit dem Saft der Palme gefüllt hast, dann kannst du ihn am nächsten Morgen nach Sonnenaufgang trinken, ohne daß er dir schadet."

„Warum ist das so, jah Hamdi?"

„Ich weiß es nicht, jah hherr. Aber die Männer von Siwa sagen es – und sie müssen es wissen –, inschallah!"

„Wir wollen ihnen glauben", sagte ich und nahm einen langen und ergiebigen Schluck von dem wohlschmeckenden und erfrischenden Getränk.

Was mir der Fezzaner in aller Breite und Ausführlichkeit von der Wirkung des lupki klarzumachen versucht hatte, ohne die Ursachen zu kennen, lief auf eine höchst einfache Erklärung mit allerdings verwickelten Zusammenhängen hinaus. Der von den Palmen auf verschiedene Weise abgezapfte Saft ist ein erfrischendes, stark zuckerhaltiges Getränk, das, wenn die Gefäße, in denen es aufgefangen wird, sauber sind, im Gegensatz zum Wasser vollkommen keimfrei ist. Der in dieser „Milch", wie Hamdi die Flüssigkeit bezeichnet hatte, enthaltene Traubenzucker setzt sich unter dem Einfluß von Pilzen durch Gärung in Alkohol um, wodurch der harmlose Saft in ein berauschendes Getränk umgewandelt wird. Diese Spaltung des Zuckers in Alkohol und Kohlensäure wird durch Hitze beschleunigt und durch niedrigere Temperaturen verzögert. Deshalb nannte der Fezzaner verschiedene Zeiträume für die heißen Mittags- und die kühlen Nachtstunden, die notwendig sind, um aus dem erfrischenden Saft ein berauschendes Getränk werden zu lassen.

Das Wort Alkohol stammt aus dem Arabischen. Wenn man den sprachlichen Zusammenhängen nachzugehen versucht, beginnen die Dinge ein wenig schwieriger zu werden. Al-kuhl ist der arabische Name für das vielseitige Element Antimon, mit dem sich die arabischen Frauen die Augenbrauen bemalen. Unter bestimmten Voraussetzungen wird es den Metallen zugerechnet. Es dient für Legierungen, zur Herstellung von Geschossen, zum Bronzieren, zum Färben und wird auch als Heilmittel verwendet. Die Alchimisten, das sind Männer, die den „Stein der Weisen“ gefunden zu haben vorgaben, mit dem sie alle Krankheiten zu heilen und das menschliche Leben zu verlängern versprachen, diese „Adepten“, wie sie auch genannt wurden, bemächtigten sich sehr bald des vielseitigen Spießglanzes, ein anderer Name für das Antimon, zerrieben es und trieben ihre schwarzen Künste damit. Antimon läßt sich schmelzen, verbrennen und in „Königswasser“ mühelos lösen. Letzteres spielte in der Alchimie, deren Wiege in Ägypten stand, eine große Rolle. Das ägyptische Wort „chemie“ bedeutet „schwarzes Land“. Damit ist eben Ägypten gemeint. Königswasser wiederum ist ein Gemisch aus drei Teilen Salzsäure und einem Teil Salpetersäure und löst Platin und Gold, den König der Metalle, auf. Daher rührt der Name für die Salpetersalzsäure. Mit der Zeit bezeichneten die Alchimisten jedes feine Pulver und jede verflüchtigte Substanz als al-kuhl, woraus sich allmählich das Wort Alkohol für den verdunsteten Weingeist herausbildete.

Auch ohne Kenntnis dieser Zusammenhänge schmeckte meinen Gefährten und mir el-laban en-nachl, die Milch der Palme, vorzüglich. Dem Fezzaner gelang es sogar, den alten Radwahn zu überreden, von dem Saft zu kosten und ihn schließlich eine ganze Büchse leeren zu lassen. Nach der Zerlegung des gebratenen Hammels wischte ich meinen

Dolch ab, indem ich ihn in den lockeren Sandboden stieß und dann in die Scheide zurückschob. Sahdik folgte meinem Beispiel. Hamdi trug, nachdem er uns wiederholt vergeblich aufgefordert hatte, weitere Stücke von dem Braten abzusäbeln, diesen mitsamt den geflochtenen Unterlagen auf den Schutthaufen, wo er sich mit der Unterstützung des Tibbu daran machte, el-mechoui bis auf die Knochen verschwinden zu lassen.

Der Beduine zog zwei Zigaretten hervor. Beim sich kräuselnden Rauch begannen sich unsere Überlegungen den vor uns liegenden Ereignissen zuzuwenden. Zwischen uns fiel kein Wort. Aber es bedurfte nicht der Rede, um zu wissen, daß sich jeder damit beschäftigte, eine Abschätzung, Wertung und Teilung der vor uns liegenden Stunden vorzunehmen. Ich erinnerte mich an die „Ebene der Buckel", wo wir das Gespräch zwischen el-Wakil und Hahzim belauscht hatten. „Wenn ihr den Hügel esch el-Gurahb links von euch liegen seht, sind es bis zur Grenze vier knappe Kamelstunden", hatte el-Wakil gesagt.

„Ich gäbe etwas darum zu wissen, wie weit wir vom Kuhr esch el-Gurahb entfernt sind, jah Sahdik", sagte ich zu dem Beduinen. Er sah mich an.

„El-Wakil sagte, daß die hudschun von diesem Hügel aus noch vier Stunden bis zur Grenze zu gehen hätten." Die Antwort des Beduinen erfolgte ohne Zögern. Seine Stimme aber verriet deutlich die Genugtuung, daß sich unsere Gedanken in die gleiche Richtung bewegt hatten.

„Hamdi kennt den Namen des Hügels nicht,

aber er meinte, daß wir auf ihn stoßen müßten, wenn wir das gegen Mittag liegende Ufer des Birket el-Marahki entlang reiten."

„Wir bleiben am besten bis zum Anbruch des Tages an diesem Platz, jah Sahdik. Bei Licht übersehen wir das vor uns liegende Gebiet besser. Und vielleicht begegnen wir Oasenbewohnern, die uns den Weg zum Kuhr esch el-Gurahb und zum Marahki-See zeigen können."

„Taijib – nun gut", willigte Sahdik ein. Die Wachen wurden so eingeteilt, daß jeder zwei Stunden von der höchsten Stelle des Schutthügels aus das Gelände rings um unseren Rastplatz im Auge behalten sollte. Die Nacht verging ohne Zwischenfälle. Der Mond, der das zweite zunehmende Viertel bereits überschritten hatte, zog über den Gesichtskreis herauf, als ich Hamdi zum Antritt der letzten Wache wachrüttelte. Auf meiner Uhr war es kurz vor vier. Nach el-fadschr salaht, dem Gebet bei Tagesanbruch, verteilte der Fezzaner die bei dem Festessen am Vorabend übrig gebliebenen schwarzen Oliven, Zwiebeln und Tomaten, die wir im Stehen aßen. Die süßen Siwadatteln und der Rest des noch frischen Brotes vom Oasenbäcker ergänzten das für unsere Verhältnisse vielseitige Frühstück. Meine Gefährten tranken das leicht salzhaltige, aber wohlschmeckende Quellwasser dazu.

„Sind die letzten Tropfen aus el-kirbe, in dem du el-laban en-nachl verwahrtest, schon ausgeronnen, jah Hamdi?" fragte ich den Fezzaner, als er mir eine gefüllte Blechbüchse zum Trinken herreichte.

„La, jah hherr, in der Haut wird noch soviel von

dem Saft der Palmen sein, um diesen Behälter zu füllen – inschallah."

Ich trank das Wasser aus und hielt dem Schwarzen die Dose hin.

„Gieße mir die Milch der Palme hier hinein. Nach deinen Worten kann man sie, wenn sie bei Sonnenuntergang aus dem Baum getropft ist, am nächsten Morgen nach dem Aufgang der Sonne trinken, ohne daß man Schaden erleidet. Ist es so?"

„Das stimmt, jah hherr!"

„Dann gib mir el-laban en-nachl zu trinken, damit ich prüfen kann, ob sie nicht zu nbihd en-nachl, zu Palmenwein, geworden ist, den der Prophet den Gläubigen verboten hat."

„Sogleich, jah hherr", sagte Hamdi, holte den kleinen Wassersack herbei, in den er gestern den Palmensaft eingefüllt hatte, und goß den Rest in die Blechbüchse, die damit nur zu zwei Drittel gefüllt wurde. Das Getränk hatte nichts von seiner Frische eingebüßt, aber es schmeckte spritziger als am Vorabend. Ich schrieb das der einsetzenden Gärung zu.

Während des Frühstücks hatte ich Gelegenheit, die Schuttanhäufung, in deren Nähe wir gelagert hatten, bei Tageslicht zu betrachten. Die Trümmer bestanden aus stark verwitterten Gesteinsbrocken aus Muschelkalk, die wohl eine Bearbeitung durch Menschenhand erkennen ließen, aber keine Einzelheiten mehr zeigten. Nur die großen Kalkblöcke, zwischen denen Hamdi das Feuer angelegt hatte, wiesen Formen auf, die weniger auf ägyptische und griechische, sondern eher auf römische Einflüsse schließen ließen. Ich vermeinte sogar, zwei keilförmige Teile einer Bogenlaibung, eines Tores oder eines Triumphbogens etwa, ausmachen zu können.

Da der Salzboden sich neben und vor uns trokken hinzog, verzichteten wir darauf, wieder zum Rand des erg zurückzukehren, sondern lenkten unsere Stuten genau nach Westen. Im klaren Morgenlicht erglänzte rechts von uns die grün leuchtende Oberfläche des Birket Siwa. Daran schloß sich nach Westen ein Salzbodengebiet an, das von ziemlich hohen Sanddünen abgelöst wurde. Dahinter erhoben sich zwei Zeugenberge mit senkrecht abfallenden Wänden. Deutlich zeichnete sich in dieser frühen Stunde zum Gesichtskreis nach Norden und Nordwesten die tagsüber nicht sichtbare Bruchstufe der Libyschen Wüstenplatte ab, auf der sich verschiedene dschebel in die Oasenniederung von Siwa vorschoben.

Eine halbe Stunde nach unserem Aufbruch bemerkten wir in ziemlicher Entfernung vor uns eine Bewegung, deren Ursache uns vorerst nicht erklärlich war. Eine ovale Ballung kugelähnlicher Gegenstände schwebte schwankend über dem Wüstenboden. Beim Näherkommen entpuppte sich das Ungetüm als ein beladener Esel. Von dem Grautier waren nur der nickende Kopf und die vier zierlichen Beine zu sehen. Dem geduldigen Langohr waren von seinem Begleiter, der auf der rechten Seite stützend neben ihm ging, über fünfzig leere, neue Flechtkörbe aufgebürdet, die etwa einen Meter lang waren und vierzig Zentimeter Durchmesser hatten. Ein besonderes Meisterwerk stellte die Verschnürung dieser Ladung dar, die auf beiden Seiten mehr als zwei Meter über das schmächtige Tragtier hinausragte, ohne am Boden zu schleifen. Der Besitzer mit Sandalen, halblangen Hosen, weißem Hemdkleid und ebenfalls weißem Kopfbund schnalzte, als er noch zwanzig Meter entfernt war, mit der Zunge, worauf der Esel stehen blieb. Jetzt erst bemerkten wir, daß hinter der Körbemasse auf der linken Seite eine Frau die Flechtarbeiten von hier aus im Gleichgewicht hielt. Das Weib hatte, als wir uns näherten, einen Schleier vor das Gesicht gezogen. Beim Anhalten des Esels wendete es sich ab und drehte uns den Rücken zu.

„Allah ma'ak, jah abu es-sällaht – Allah sei mit dir, o Vater der Körbe!" grüßte Sahdik den Mann.

„Allah jahfasak, jah sihdi – Allah behüte dich, o Herr!" antwortete der Angesprochene.

„Allah erhalte dir deine Kinder, o Großvater der Dattelbehälter!"

„Allah verlängere dein Leben, o Herr!"

„Ich danke dir, o Onkel der umflochtenen Hohlräume!"

„Keine Ursache, o Herr!"

„Wohin führt dich so früh am Morgen dein Weg?"

„Nach Siwa, o Herr. Meine Dattelkörbe sind dort viel gefragt und sehr begehrt."

„Von den Männern, die ihre Datteln in Siwa verkaufen?"

„Nein, o Herr, von den Männern, welche die Datteln kaufen."

„Ist da ein Unterschied?"

„Ein sehr großer, jah sihdi."

„Worin besteht dieser Unterschied?“

„Wisse, o Herr, daß die Datteln nicht nach Gewicht, sondern nach Maß verkauft werden. Wenn man viele Datteln in einen Behälter füllen will, muß dieser Behälter sehr fest und haltbar sein, damit man mehr Früchte hineinpressen kann als in einen Korb, der schnell aus den Fugen geht, jah sihdi.“

„Jah salahm – du meine Güte! Allah soll dir Palmzweige aus Kupfer und Bast aus Messing wachsen lassen, damit deine Körbe bis zum Jüngsten Tage halten.“

„Ich danke dir, o Herr, für deine Segenswünsche. Aber mein Esel könnte nur wenige Körbe aus Kupfer und Messing tragen. Ich habe schon Last genug mit diesen Behältern aus Reisern und Rohr.“

„Sind sie auch zu schwer?“

„Im Gegenteil, jah sihdi, im Gegenteil. Allah sollte sie manchmal schwerer machen – inschallah!“

„Ich verstehe das nicht!“

„Laß es mich dir erklären, jah sihdi. Vor zwei Monaten wollte ich, wie heute, mit meinen Körben nach Siwa gehen. Unterwegs kam ein heftiger Sturm auf, der in meine Körbe kroch, die leider an diesem Tage alle offen und ohne Deckel waren.“

„Mahschallah, was geschah mit diesen Körben voller Sturm?“

„Sie wurden vom Boden aufgehoben – in die Luft aufgehoben – und flogen davon!“

„O Unglück, so hat es-samuhm alle Früchte deiner Arbeit dir entführt, o Ahne der zerquetschten Datteln?“

„Nicht nur das, jah sihdi! Mein Esel war so fest mit den Körben verbunden, daß er mit in die Luft gehoben und davongeführt wurde."

„Hast du ihn wiedergesehen?"

„Ah, jah sihdi! Aber er hatte alle Beine gebrochen, und ich mußte ihn töten. Es war schrecklich, jah sihdi!"

„Ich glaube es dir, o Vater des fliegenden Esels. Kennst du dich hier in der Oase Siwa gut aus?"

„Ei freilich! Ich bin hier geboren – in Chamihsa. Mein Vater ist auch hier geboren – in Chamihsa. Mein Großvater ist ebenfalls hier geboren – in Chamihsa. Glaubst du nun, daß ich mich in der Oase auskenne, jah sihdi?"

„Ich glaube es dir. So wirst du uns auch sagen können, wie wir zum Birket el-Marahki kommen?"

„Ihr müßt in diese Richtung", er zeigte nach Nordwesten, „links an den zwei verfallenen Türmen vorbeireiten, die ihr dort seht, und den Weg zwischen el-Bled el-rum und Amudein einschlagen."

„Sind das zwei Dörfer?"

„La, jah sihdi. Das sind keine Dörfer. Das sind Ruinen von Gebäuden, die von den Ungläubigen vor vielen, vielen Jahren errichtet worden sind. Wenn ihr, ohne abzubiegen, weiterreitet, kommt ihr auf die Straße, die nach der Oase Dscharabuhb führt und die den Namen Masrab el-ichwahn trägt."

„Und wo finden wir el-Kuhr esch el-Gurahb?"

„Den findet ihr in einer ganz anderen Richtung, jah sihdi. Dieser dschebel liegt eine Wegstunde gegen Mittag vom Südufer des Birket el-Marahki entfernt."

„Wie kommen wir dahin?"

„Indem ihr von hier aus genau nach Sonnenuntergang reitet. Wenn ihr euch immer auf der Linie haltet, wo der erg mit es-sebcha zusammentrifft, könnt ihr el-Kuhr esch el-Gurahb nicht verfehlen, jah sihdi."

„Ich danke dir. Deine Auskünfte waren klar wie eine Nacht, die durch das Licht von el-bädr, dem Vollmond, erleuchtet wird. Allah jidschahzihk – Allah möge es dir vergelten!"

Ehe der Korbflechter antworten konnte, sagte ich: „Willst du mir, wenn ich dich darum bitte, eine Frage beantworten, o Vater der dauerhaften Körbe?"

„Ich will es gern tun, wenn ich die Antwort auf deine Frage weiß, jah sihdi."

„Trägt jener Ort", ich zeigte in die Richtung, aus der wir gekommen waren, „wo die alten Steine übereinanderliegen und die großen Quader zusammengeschoben sind, einen Namen?"

„Dieser Platz wird von uns el-bab el-medina genannt, jah sihdi."

„Warum heißt diese Stelle das ‚Tor zur Stadt'?"

„Ich weiß es nicht, jah sihdi. Mein ab nannte die Stätte so. Auch mein Großvater gab ihr diesen Namen. Sie wird ihn schon immer getragen haben."

„Aschkurak – ich danke dir, o Urahne aller Flechtwerke. Allah ebne deinen Weg."

„Allah jiridschha'alehk, jah sihdi – Allah möge dich erheitern, o Herr!"

Dieser Wunsch, der einem Bedrängten geboten wird, machte mich stutzig.

„Allah schickt uns die Bedrängnis, damit wir unsere Zuversicht in seine Barmherzigkeit und unseren Eifer im Glauben beweisen sollen. Warum aber meinst du, daß er unsere Lage erleichtern soll?"

Der Korbflechter schaute uns vier der Reihe nach an.

„Dastuhrak, jah sihdi – verzeihe, o Herr, daß ich es wage, euch danach zu fragen. Reitet ihr zur Grenze von Libya?"

„Allah a'lam – Allah allein weiß es. Warum willst du das wissen?"

„Es ist keine Neugierde, jah sihdi. Ich möchte euch nur warnen."

„Warnen? Wovor?"

„Ihr müßt sehr vorsichtig sein, wenn ihr euch der Grenze nähert. El-italjahn – Allah verfluche sie – schießen auf alle, die sich mit einem langen Gegenstand der Grenze nähern. Sie werden eure Gewehre bemerken und ganz bestimmt auf euch schießen, jah sihdi."

„Sie werden es nicht wagen, ihre Waffen nach Sonnenuntergang zu richten und abzufeuern."

„Sage das nicht, jah sihdi! Vor zehn Tagen haben sie einen Hirten erschossen, weil er einen langen Stab trug."

„Wer hat dir das berichtet?"

„Ich weiß es ganz genau, jah sihdi!"

„Woher?"

„Der erschossene Hirt war der Bruder meines Weibes."

Dem Vorfall schien mehr als ein Gerücht zugrunde zu liegen. Wir sprachen dem Korbflechter unser Mitgefühl aus und ritten dann in westlicher Richtung, in der el-Kuhr esch el-Gurahb liegen mußte, davon.

Die Landschaft war eben, der Boden fest und trocken. Unsere Stuten schlugen einen raschen Trab ein, der uns gut voranbrachte. In weniger als einer Stunde hob sich halblinks vor uns ein einzelner Tafelberg aus den Dünenzügen des erg. Kurz darauf blinkte rechts eine weite Wasserfläche auf.

Das mußten el-Kuhr esch el-Gurahb und der Birket el-Marahki sein. Wir trabten, uns auf der Berührungslinie der Sandwüste mit dem Salzbodengebiet haltend, zwischen ihnen hindurch und stießen bald auf Flugsandrücken, die sich quer zu unserer Richtung hinzogen. Sahdik, der an der Spitze unserer Gruppe ritt, bog nach Norden ein und bewegte sich am Fuße der Düne hin. Diese lief allmählich aus. An ihrem Ende erhob sich eine mehrere Meilen lange Felsengruppe, die sich niedrig dahinzog und ein nach Norden gerichtetes Halbrund bildete. In den senkrechten Gesteinswänden, die an keiner Stelle die Höhe einer ausgewachsenen Palme erreichten, öffneten sich zahlreiche, von Menschenhand ausgehauene Höhlen, die an die antiken Begräbnisplätze im Berg der Toten von Siwa erinnerten.

Wir bogen in die riesige, bühnenähnliche Rundung der Kalksteingruppe ein und hielten unsere Stuten bei einem Marabutgrab an, das über achthundert Meter von den Felsmauern entfernt lag.

„El-Wakil hatte Hahzim doch befohlen, zwischen dem Birket el-Marahki und dem Kuhr esch el-Gurahb hindurchzuziehen und dann gegen Sonnenuntergang weiterzureiten", wandte sich der Beduine zu mir.

„Aijwa, jah Sahdik. Wir haben rechts von uns den See und links den Hügel gesehen. Auf diesem Wege muß die kahfile entlang gezogen sein."

„Wenn sie aber genau nach Westen geritten sind, müssen sie ihre Kamele wieder in el-bahr er-raml el-kebihr hineingetrieben haben, um nach vier Stunden die Grenze zu erreichen, wie el-Wakil sagte."

„Warum bist du bei der ersten großen Düne nach Norden abgebogen, jah Sahdik?"

„Ob die Spuren von Hahzims Karawane, die einige Tage Vorsprung vor uns hat, noch erhalten sind, ist nicht sicher –"

„– wegen des Sandsturmes?"

„Aijwa, jah Hami. Aber ich will trotzdem nach ihnen suchen. Da dies für einen einzelnen Reiter einfacher ist als für uns vier, bin ich nach rechts ausgewichen, um einen geeigneten Platz zu finden, an dem ihr auf mich warten könnt. Wenn ich von hier aus jenseits von el-gard gegen Mittag reite, muß ich auf die Fährte der kahfile stoßen, wenn sie el-gibli nicht verweht hat. Selbst wenn Hahzim etwas nördlich von der Richtung nach Sonnenuntergang abgewichen sein sollte, kann ich erhaltene Spuren nicht verfehlen."

„Achte auch auf Eindrücke von einem oder mehreren Reitern."

„Du denkst an el-Wakil?"

„Aijwa. Es ist möglich, daß er gestern bei seiner Flucht aus Siwa der kahfile nachgeeilt ist."

„Ich werde es tun, jah Hami."

„Wie weit nach Süden willst du reiten?"

„Wenn ich nicht vorher auf das stoße, wonach ich suche, werde ich meine nahka zwei Stunden laufen lassen. Ich weiß noch nicht, ob hohe Sandrükken in dieser Richtung liegen, die mich aufhalten könnten. Nach zwei Stunden aber werde ich umkehren."

„Ich will inzwischen das Gebiet in dieser Richtung", dabei umschrieb ich die Landschaft nach Westen und Nordwesten, „in einem großen Bogen durchqueren, jah Sahdik. Es ist nicht unmöglich, daß el-Wakil auf diesem Wege die Grenze aufgesucht hat. Vielleicht habe ich Glück und finde eine Spur, die uns nützen kann – inschallah."

Sahdik zog ohne ein weiteres Wort die Kopfleine seiner Stute an, daß diese sich auf der Stelle drehte, und trabte davon, um auf der Westseite des großen Flugsandrückens die Wüste nach den Spuren unserer Gegner abzusuchen.

Während unseres Gespräches war der Fezzaner, ohne sein hadschihn niedergehen zu lassen, aus dem Sattel gesprungen und zu dem Grab des Marabut getreten. In den länglichen Hügel aus Sand waren zwei senkrecht herausragende, bearbeitete Steinpfähle, ein kurzer und ein längerer, eingegraben, die wohl Kopf und Fuß des Bestatteten anzeigten. Dazwischen waren flache Kalksteinplatten über die Aufschüttung verstreut und an den Seiten angelehnt, die dem Verwehen des Sandes entgegenwirken sollten. Mehrere in den Boden gesteckte Holz- und Bambusstäbe trugen größere, mit Bindfaden angebundene Stoffstücke in der Farbe der unmittelbaren Nachkommen des Propheten, der Abkömmlinge Fatimas, der Tochter Muhammeds und ihres Mannes Ali ibn Abi Tahlib, der ein Neffe und Adoptivsohn seines Schwiegervaters war. Das satte Laubgrün hob sich leuchtend vom warmen Gelb des Sandes ab.

Hamdi hatte ein an den Rändern ausgebrochenes, etwa kokosnußgroßes Tongefäß mit geschwungenem Fuß am Henkel gefaßt und von einer der Kalkplatten aufgenommen. Als er es schüttelte, erklang ein metallischer Ton.

„Was ist das, Hamdi?“

Er hielt mir die gebrannte Form entgegen.

„Bismi ’llahi rahmahni rahihm – im Namen Allahs des Erbarmers, des Barmherzigen! Wohltätige Hände haben dem heiligen Mann, der hier begraben liegt, Münzen anvertraut und in dieses Gefäß gelegt. Ich will mich diesem guten Vorbild anschließen und mich von drei Piastern trennen.“

Er stellte das Gefäß wieder auf das Grab, holte drei Geldstücke hervor und ließ sie von oben herabfallen, daß ihr Klirren beim Auftreffen zu hören war.

„Warum tust du das, jah Hamdi el-Fezzani?“

„’An isnak, jah hherrr – bitte erlaube es mir, o Herr, die Segenskraft dieses heiligen Mannes anzurufen, daß er dich, deinen Freund und mich bei unserem gefährlichen Unternehmen beschützen und unsere Feinde vernichten möge!“

„Und wer soll Radwahn et-Tibbu in seinen Schutz nehmen?"

Hamdi grinste, drehte sich zu dem Alten um, der noch auf seinem hadschihn saß und sagte:

„Radwahn et-Tibbu wird sogleich von seiner nahka herabsteigen und drei kuruhsch in dieses Gefäß fallen lassen, damit dir und deinem Freund und ihm selbst die Hilfe von el-murahbit angedeiht, jah hherr!"

Der Angesprochene machte ein verdrießliches Gesicht, gab keine Antwort und rührte sich nicht. Ich unterbrach das eingetretene Schweigen, nachdem ich drei Münzen hervorgeholt hatte.

„Hier, Hamdi Kamahl ben Abd il-Hamihd ibn Ali ibn Muhammed el-Gatruni, fange diese Geldstücke auf und vertraue sie dem heiligen Mann an, der unter diesem Sand ruht. Er soll Fürbitte bei Allah und seinem Propheten halten, damit mein Freund Sahdik, du Hamdi el-Fezzani und Radwahn et-Tibbu vor Gefahr und Tod verschont bleiben."

Hamdi fing die Piaster geschickt auf, trat an das Grab heran und machte Anstalten, die Münzen in das Gefäß fallen zu lassen. Doch dann hielt er inne, drehte sich zu mir und sagte:

„Mahschallah – welches Wunder! Soeben habe ich die Stimme von el-murahbit vernommen. Er teilte mir mit, daß er unser Anliegen, deines, o Herr, und meines, nur weitergeben kann, wenn deine Gabe auf meiner und der Radwahns zu liegen kommt. Hast du gehört, Radwahn et-Tibbu?"

Der Ausdruck im Gesicht des Alten schwankte zwischen Zorn, als er Hamdi anschaute, und Unsicherheit, wobei er zu mir herüberblickte. Er zögerte kurz, dann warf er das rechte Bein über den Sattelknopf und glitt von seinem Tier herunter. Er trat an den Hügel und sagte:

„Bismi 'llahi rahmahni rahim – im Namen Allahs des Barmherzigen, des Erbarmers! Ich kenne weder deinen Namen noch el-maulid, den Tag und den Ort deiner Geburt, o heiliger Mann. Verzeihe mir meine Unkenntnis. Aber erhöre meine Bitte!" Der Alte legte langsam eine – zwei – drei – vier Münzen in das Tongefäß. „Beschütze unseren sihdi Sahdik Nassahr ben Kara ibn Halef Omar, beschütze unseren hherr Hami el-amlahk ben Ahrahr Juhsif el-fahhar, beschütze Hamdi el-Fezzani, beschütze die geraubten Mädchen der Haddedihn."

Er ging zu seiner Stute zurück, zog sie nieder, stieg in den Sattel und ließ das Tier wieder aufstehen. Hamdi machte ein Gesicht, als habe er in einen mit Essig getränkten Schwamm gebissen. Dann erinnerte er sich, daß er die Geldstücke, die ich ihm zugeworfen hatte, noch in der Hand hielt. Er ließ sie einzeln in das Gefäß fallen.

„Diese kuruhsch hat mir unser hherr gereicht, damit ich sie an dich weitergebe, o heiliger Mann in der Weite des bahr er-raml el-kebihr. Erbitte bei Allah und seinem Gesandten, daß sie uns beistehen im Kampf gegen die Verletzer des göttlichen Rechtes, die Mörder ihrer eigenen Gefährten, die Räuber rechtgläubiger Mädchen. Und –" er machte eine Pause „– und weil du in den Gärten wandelst, die Allah für die Auserwählten bereitet hat und die von Strömen durchflossen werden, bitte ich dich, wenn du dort el-abu er-rujuhm zurk, dem ,Vater der blauen Wolken' begegnest, ihm meine unendliche Dankbarkeit auszusprechen und ihm zu berichten, daß ich ihm meine beiden Beutel mit den ,Blättern der Wonne' und der ,Verzauberung des Tabaks' durch dich übersende, damit er weiß, welche Freuden er mir und meinem ab und meinem sihdi bereitet hat. Mutschakkir chalis – vielen Dank, jah Dschabir ibn Hajjahn."

Hamdi hob ein handtiefes Loch aus der lockeren Aufschüttung des Grabhügels aus, versäumte aber nicht, sich noch eine kräftige Prise trockener Tabakblätter und ein Bröckchen Natron zuzuführen, bevor er die Ledersäckchen, die er von seinem Gürtel abgeknüpft hatte, darin versenkte und den Sand darüberschob. Während er zurücktrat, warf er einen Blick zu mir herauf, den unruhigen Blick eines Kindes, das eine Bestätigung sucht, ob die Erwachsenen seine Geste nicht mißverstanden hätten. Der Gesichtsausdruck des alten Radwahn, dem das Tabakkauen des Fezzaners nicht aus ästhetischen, sondern aus religiösen Gründen ein Greuel war, bewahrte mich davor, eine auch nur scherzhafte Bemerkung über die kindliche Vertrauensseligkeit Hamdis zu el-baraka, den übernatürlichen Kräften des Marabut, zu machen. Ich hatte das Gefühl, daß dem Fezzaner der Ernst, mit dem ich sein Aufschauen zu mir erwiderte, eine Selbstbestätigung vermittelte, die diesem treuen, immer heiteren und selbstlosen Weggefährten nicht vorenthalten werden durfte.

„Sage mir, jah Hamdi", fragte ich ihn, „was geschieht mit den Münzen, die von den Gläubigen dem murahbit geschenkt werden? Der Heilige wandelt in einem Land, wo diese kuruhsch keine Gültigkeit mehr haben."

„El-murahbit freut sich über jeden Piaster, jah hherr, von dem sich der Gläubige trennt, und wird am Tage der Auferstehung Zeugnis davon ablegen vor seijidna 'ischa, unserem Herrn Jesus, der die Menschen richten wird nicht nach ihren Worten, sondern nach ihren Taten – inschallah."

„Bil-issn – mit Verlaub, jah sihdi!" warf der alte Radwahn ein. „Hamdi el-Fezzani hat deine Frage zwar richtig, aber nur teilweise beantwortet. Allah ist barmherzig – wenn ein Mensch an diesem Grab vorübergeht, der in große Not geraten ist, dann erlaubt ihm Allah, diese Opfergaben zur Linderung der eigenen Not an sich zu nehmen."

„Allah a'lam – Allah weiß am besten! Wenn aber nun ein Mensch hergeht, der nicht in Not ist und die Münzen trotzdem an sich nimmt?"

„Solche Gedanken, mah twahchissnihsch – nimm es mir nicht übel, jah sihdi, kann nur ein Franke haben oder ein Araber, der in den Städten lebt und dort mit el-fransahwijje oder el-inglihz zusammengekommen ist. Jeder a'rahbi oder badawi hat das Gefühl, daß er, wenn er ohne große Not diese Münzen wegnimmt, in Allahs Gewand greift und ihn bestiehlt. Großes Unglück wird ihn sein Leben lang verfolgen, und sein Schlaf wird sein wie ein Wasser, das vom Sturm gepeitscht wird."

Ich zog es vor, keine Antwort auf diese Behauptungen zu geben und auch keine weiteren Fragen zu stellen. Ich erinnerte mich daran, wie ein Mann, der sich el-Wakil nennen ließ, einen Beutel mit Goldstücken vom Grab eines verehrten Heiligen entwendet und das Weite damit gesucht hatte.

Bevor ich mich zu meinem Erkundungsritt aufmachte, sagte ich zu Hamdi und Radwahn:

„Wartet hier auf mich und den badawi. Bis zum Mittagsgebet werden wir zurück sein."

„Wir werden uns keinen Schritt von diesem Platz entfernen, jah hherr; denn wir werden ein Allah wohlgefälliges Werk vollbringen, damit er uns bei unserem Unternehmen gegen el-Wakil helfe."

„Was hast du vor?"

„Radwahn und ich werden das Grab von el-murahbit in Ordnung bringen, jah hherr, den Sand wieder zusammentragen, die Steinplatten wieder aufrichten und aneinanderlehnen. Du wirst bei deiner Rückkehr dieses Haus der heiligen Gebeine nicht mehr wiedererkennen – inschallah!"

4. Die Beduinin Leila

Am westlichen Ende des Felsriegels, dessen Ausdehnung in der Breite ich auf mehr als drei Meilen schätzte, setzte wieder reine Sandwüste ein, die von niedrigen, von Südost nach Nordwest gerichteten Dünen durchzogen war. Meine Stute fiel wegen des lockeren Bodens in Schritt, hatte aber keine große Mühe, die allmählichen Steigungen und sanften Hänge zu bewältigen. Ich wollte einen großen Bogen einschlagen, dessen innere Seite nach Nordosten gerichtet war, um das Gebiet nach Spuren oder anderen auffälligen Zeichen zu überprüfen. Hahzim hatte mit seinen Männern und den geraubten Mädchen ohne Zweifel schon vor Tagen die Grenze nach Libyen überschritten. Aber das Auftauchen el-Wakils vor weniger als vierundzwanzig Stunden in Siwa bereitete mir Unbehagen. Er war ein gefährlicher, skrupelloser Gegner, dem jede Teufelei zuzutrauen war. Wir mußten uns vor ihm vorsehen.

Nachdem meine Stute den Rücken einer Flugsandwelle, die beträchtlich höher als die bisher überschrittenen Züge war, erklommen hatte, hielt ich mein Reittier überrascht an. Zu meinen Füßen, anschließend an den Steilhang der Düne, zog sich eine mit Sträuchern und Gräsern bewachsene Fläche hin, die bis an das Ufer eines ovalen Gewässers von tiefblauer Farbe und einer Länge von mehr als einer Meile reichte. In dichten Gruppen standen Salzkräuter von der Art, die der Beduine ed-domrahn und el-hahd nennt und die von den Kamelen mit großer Begierde gefressen werden. Schachtelhalmähnliche Sträucher, el-alenda, und vereinzelte Palmbüsche waren dazwischen verstreut.

Zwei Dutzend Dromedare weideten in der Ebene. Ein junger Bursche, dessen Hemdgewand fast bis zum Boden reichte und der einen viel zu großen Kopfwickel trug, hatte einen geflochtenen Korb über der linken Schulter hängen. Mit der Rechten stützte er sich auf einen Stab, der ihn um einiges überragte. Er stand unbeweglich und schaute zu mir her. Ich sprang aus dem Sattel und führte meine Stute schräg den steilen Dünenhang hinab.

„Sa'ihda, jah hahris ed-dschmahl – guten Tag, o Wächter der Kamele“, begrüßte ich ihn, als ich ihn erreicht hatte. Er schaute mich forschend an, wobei sich zwei Falten zwischen seinen Augenbrauen bildeten, gab aber keine Antwort.

„Issaijak – wie geht es dir?“

Er machte den Mund nicht auf. Ich griff in einen Beutel an meinem Gürtel und holte eine Bronzemünze hervor.

„Du sollst mir nur sagen, welchen Namen dieser See trägt, der da vor uns liegt“, erklärte ich dem Jungen und warf bei diesen Worten das Geldstück in die Luft. Er sprang herbei und fing es geschickt auf. Nachdem er einen raschen Blick darauf geworfen hatte, beeilte er sich, mir zu antworten:

„Mutschakkir, jah sihdi, sa'ihda, jah sihdi – danke, o Herr, guten Tag, o Herr. Das ist der Birket Schiahta, jah sihdi."

Es schien mir, als wäre mir dieser Name schon einmal untergekommen. Aber ich konnte mich nicht erinnern, bei welcher Gelegenheit ich ihn gehört hatte.

„Sind viele und große Fische in dem See?"

„Gar keine, jah sihdi."

„Habt ihr sie schon alle herausgeholt?"

„La, es waren nie welche darin. Mein ab sagt, es sind deswegen keine Fische im Birket, weil das Wasser so salzig ist."

„Ach so. Was tun dann deine dschmahl, wenn sie durstig sind?"

„Sie gehen zur 'ain ed-domrahn, jah sihdi, weil das Wasser dieses Brunnens süß ist."

„Wo liegt diese Quelle ed-domrahn?"

„Ganz nahe von hier, jah sihdi. Dort, wo die niedrigen Palmen wachsen, da findest du el-'ain ed-domrahn."

Er zeigte westwärts, wo in einiger Entfernung vom Seeufer eine größere Gruppe der von dem Jungen genannten Pflanzen sichtbar wurde.

„In dieser Richtung muß auch die Grenze von Libya liegen. Wie weit ist es bis dahin?"

„Ich bin noch nicht dort gewesen, jah sihdi. Deshalb weiß ich es nicht und kann es dir nicht erklären. Aber mein ab sagt, daß es besser ist, nicht dorthin zu reiten."

„Warum?"

„Er sagte, daß es dort gefährlich ist."

„Schukran – ich danke dir für deine Auskünfte, o Besitzer des langen Hirtenstabes. Hier noch eine Münze. Sa'ihda mbahrak – auf Wiedersehen."

„Darf ich dich etwas fragen, jah sihdi?"

„Frage, jah zraijar – Kleiner!"

„Bist du ein dschundi?"

„Ein Soldat? Warum fragst du, ob ich ein Soldat bin?"

„Weil du ein Gewehr hast, jah sihdi."

„Ach deswegen – nein, ich bin kein Soldat."

„Warum hast du dann ein Gewehr, jah sihdi?"

„Weil – weil – ich reite durch Länder, in denen wilde Tiere leben. Um mich vor ihnen zu schützen, trage ich ein Gewehr. Ma'a s-salahma – lebe wohl!" sagte ich, ließ meine Stute niederknien und stieg in den Sattel.

„Kumi! Kumi! – Auf! Auf!" Sie erhob sich und ich ritt davon.

„Allah jisallemak, jah sihdi – Allah bewahre dich, leb wohl, o Herr!" rief mir der Hirtenjunge nach. Dann fügte er hinzu: „Mein ab hat auch ein Gewehr. Aber er versteckt es immer, damit die Männer von el-mahmuhr es ihm nicht wegnehmen!"

Innerhalb von vierundzwanzig Stunden war es das zweite Mal, daß im Zusammenhang mit unseren Gewehren Andeutungen gemacht wurden, die erkennen ließen, welche besondere Aufmerksamkeit diese Waffen erweckten. Hing das damit zusammen, daß wir uns der Grenze von Libya näherten?

Ich lenkte meine Stute zur 'ain ed-domrahn hin. Die Wasserstelle bestand aus einem Becken von etwa fünfzehn Metern Durchmesser. Ihre Tiefe war gering, wie vereinzelt herausragende Steine zeigten. Die Ränder bestanden aus weißem Sand und dazwischenliegenden, flach eintauchenden Kalksteinplatten. Daß die Flüssigkeitsmenge in dieser Jahreszeit allem Anschein nach ihren normalen Stand hatte, ließ darauf schließen, daß die nicht erkennbare, unterirdische Quelle stetig und gleichmäßig floß. Mein Reittier beugte sich zum Wasser hinab, schnupperte daran und hob den Kopf wieder, ohne zu saufen.

Auf dem Rückweg holte ich weiter nach Westen aus. Damit kam ich in die Nähe einzelstehender Zeugenberge, die Pyramidenform aufwiesen und durch ihre waagrechten Steinschichtungen, die verschiedene Verwitterungsstufen zeigten, besonders auffällig waren. Zweimal vermeinte ich, an den Füßen dieser Felsmassen Bewegungen wahrzunehmen, was mich zu besonderer Vorsicht veranlaßte. Aber beim Näherkommen und Vorbeireiten blieb alles still. Das Flimmern der Luft – es ging auf die Mittagsstunde zu – mußte mir Trugbilder vorgegaukelt haben. Nachdem ich zwischen dieser Gruppe von Gesteinskernen, die der Jahrtausende währenden Abtragung durch Wasser und Wind standgehalten hatten, durchgezogen war, erreichte ich wieder einen sandigen Wüstenbereich, der meine Stute zwang, im Schritt zu gehen. Bei dieser geruhsamen Fortbewegung fiel mir unvermittelt ein, wann ich das erste Mal auf den Namen Schiahta gestoßen war.

In den geheimnisvollen Aufzeichnungen in deutscher Sprache, die ich in der Wohnhöhle des alten

Magiers im „Berg der Toten“ bei Siwa aufgefunden hatte, war von einem „fruchtbaren Thal Schiahta“ die Rede gewesen. Ohne Zweifel hatte sich dieser Hinweis auf das Gebiet bezogen, das ich vor kurzer Zeit durchquert und wo ich mich mit dem Hirtenjungen unterhalten hatte. Was ich zu diesem Zeitpunkt noch nicht wissen konnte, später aber durch Nachforschungen zu einem geschlossenen Bild zusammenzufügen vermochte, betraf eine jener dramatischen Begebenheiten, an denen die frühe Erforschungsgeschichte Afrikas so reich ist. Zur Erinnerung und zum Verständnis der folgenden Zusammenhänge wiederhole ich den bereits beim Auffinden der Niederschrift in der Katakombe des Totenberges angeführten Wortlaut: „Entfernen Sie schnell und heimlich die folgenden Gegenstände aus dem Gepäck: das Tagebuch meiner Reise, die Mumienreste, die Mineralien und die vier Bücher. Übergeben Sie diese Dinge alle dem Sklaven unseres Gastfreundes, dem Scheik der Twater, damit er sie verberge. Ich werde zu den Siwaern gehen und mit ihnen sprechen. Mischen Sie sich nicht in meine Verteidigung, als bis ich Sie dazu auffordern werde. Fr. H.“ Fr. H. bedeutet Friedrich Hornemann. Das ist der Name eines Mannes, der aus der bewegten Erforschungsgeschichte Afrikas nicht wegzudenken ist.

Friedrich Konrad Hornemann studierte zur Zeit kurz nach der Französischen Revolution 1789–1792 Theologie in Göttingen. Während dieser Zeit reifte in ihm der Plan, Afrika zu erforschen. Er wandte sich mit einem Vorschlag an die Afrikanische

Gesellschaft, die seine Absichten guthieß. Ein Jahr lernte er Arabisch. Von Paris aus ging er 1797 über Marseille nach Kairo, wo er sich zehn Monate aufhielt. Die Landung der Franzosen 1798 in Ägypten schien seine Forscherpläne zunichte zu machen. Aber General Bonaparte ließ ihm, obwohl er Deutscher war, jede Hilfe bei seiner Arbeit zukommen und befahl sogar, die Post Hornemanns ungeöffnet in das feindliche England nach London weiterzuleiten. Hornemann brach noch im Jahre 1798 in Begleitung des zum Islam übergetretenen Deutschen Joseph Frendenberg mit einer Karawane von Kaufleuten und Pilgern aus Mekka von Kairo auf. Als zweiter Abendländer nach Alexander dem Großen – sechs Jahre zuvor war der Engländer William Brown in Siwa gewesen – betrat er die Zeus-Amon-Oase. Die Wißbegier des angeblichen Moslems für die antiken Stätten erregte das Mißtrauen der Einwohner von Siwa, die der Karawane folgten und sie in Schiahta einholten, um den Ungläubigen zur Verantwortung zu ziehen. In dieser gefährlichen Lage erteilte Hornemann, bevor er sich den Siwaern stellte, seinem Gefährten Frendenberg schriftlich den Auftrag, alles belastende Material, wie seine Aufzeichnungen und Bücher und Sammelstücke, dem Sklaven des Karawanenführers zu übergeben. Hornemann gab sich bei der Überprüfung wegen seiner hellen Hautfarbe als Mamluk, das ist ein Nachkomme türkischer Sklaven, aus, bestand glänzend die Prüfung als koranfester Moslem und durfte mit der Karawane weiterziehen, mit der er am 17. November 1798 Murzuch im

Fezzan erreichte. Alle seine Frendenberg übergebenen Unterlagen aber gingen verloren. Er schrieb später in Tripolis die Geschehnisse auf der Strecke von Kairo bis Schiahta aus der Erinnerung nieder. Wie der Magier in Siwa in den Besitz der Tagebuchaufzeichnungen und der Anweisung an Frendenberg gelangte, wird immer ein Rätsel bleiben.

Hornemann zog nach einem Abstecher, den er nach Tripolis machte, um von dort aus seine Berichte nach London abzuschicken, weiter nach Bornu, nachdem sein Begleiter Frendenberg in Murzuch am Fieber gestorben war. Er verschwand auf dem Weg nach Bornu zum Niger. Vermutlich ist er, wie spätere Forscher feststellen konnten, in einem Dorf namens Bokani, kaum eine Tagereise von dem geheimnisvollen Strom Niger entfernt, einem tückischen Fieber erlegen.

Bei meinem Ritt vom Birket Schiahta zum Grab des Marabut, bei dem Hamdi und Radwahn warteten, wußte ich noch nichts von diesen Zusammenhängen. Wenn diese mir damals bereits bekannt gewesen wären, hätte ich es vielleicht unternommen, zu dem Magier zurückzureiten, um die bei ihm liegenden Aufzeichnungen sicherzustellen. Aber wenn ich es recht bedenke, hätten mich unter Umständen die Ereignisse in der Grabmoschee sihdi Slimans davon abhalten können, nach Siwa zurückzukehren, weil die Folgen meines Auftauchens in der Oase nicht vorauszusehen gewesen wären.

Nach meinem Dafürhalten mußte ich schärfer

nach links, in Richtung nach Osten, einbiegen, wenn ich nicht zu weit südlich über unseren Treffpunkt hinausgelangen wollte. Mein Rückweg durch die Dünenkorridore hatte wegen der Lage der Flugsandzüge ein mehrmaliges Überschreiten der Wellenrücken notwendig gemacht. Ich war überzeugt, nach Ersteigung der vor mir sich hinaufziehenden Böschung von oben das Felsenhalbrund vor mir zu sehen, wo Hamdi und Radwahn sich aufhalten mußten. Eben hatte ich meine Stute durch den lockeren Treibsandstreifen am Fuße der Düne getrieben und wollte die Steigung zu ihrem höchsten Punkt hinauf angehen, als hinter mir ein Ruf erklang. Ich wandte mich rasch um und versuchte gleichzeitig mein Gewehr vom Sattelknopf abzuhängen. Auf der hinter mir liegenden Flugsandwelle stand ein Beduine und zielte mit aufgenommener Waffe auf mich. Er war keine vierzig Meter entfernt.

„Nimm die Hände hinter den Kopf!“ rief er mir mit heller Stimme zu. Ohne die Halfterleine meiner Stute loszulassen, gehorchte ich. Mir blieb keine andere Wahl.

„Lenke deine nahka mitten in el-gassi hinein!“ befahl mein Gegner. Er war von zierlicher Gestalt und mußte nach dem Klang seiner Worte noch sehr jung sein. Das Gesicht war so vom litahm verhüllt, daß nur die Augen durch einen schmalen Schlitz freien Blick hatten. Es war merkwürdig. In diesem Zeitpunkt höchster Gefahr bemerkte ich, daß er ein viel zu großes Hemdkleid anhatte, das in weiten Falten herabhing und fast bis zum Boden reichte.

Mit einem Fersendruck auf den fünften Halswirbel meiner Stute lenkte ich sie wieder in den schmalen Dünenkorridor hinunter, wo ich sie durch ein erneutes Druckzeichen zum Stehen brachte. Die Gewehrmündung folgte allen meinen Bewegungen.

Anscheinend war der Beduine allein, zumindest vorerst noch. Überdies sah das Ganze nicht nach einem Unternehmen el-Wakils oder einem seiner Männer aus, eher nach einem ganz gewöhnlichen Raub. Die nächsten Worte bestätigten dies.

„Was willst du von mir?“ rief ich dem Mann zu.

„Dein hadschihn! Steige ab!“

Ohne meine Stute niedergehen zu lassen, hob ich das rechte Bein über den Kreuzkopf meines Tuaregsattels und glitt auf der linken Seite des Kamels herab. Ich wollte versuchen, das Tier zwischen mich und meinen Angreifer zu bringen. Er schien das aber bemerkt zu haben.

„Tritt zur Seite!“ befahl er. „Laß die Kopfleine los und entferne dich dreißig Schritte in dieser Richtung!“ Er winkte kurz mit dem Gewehrlauf nach der Seite.

„Das geht nicht!“ antwortete ich nach kurzem Zögern.

„Tritt zur Seite oder ich töte dich!“ wiederholte er.

„Das würde dir nichts nützen.“

Mein Gegner schien zu überlegen. Dann fragte er: „Warum?“

„Meine nahka ist so furchtsam. Wenn ich ihre Kopfleine aus der Hand lasse, stürmt sie davon, und keiner kann sie mehr zu Fuß einholen.“

Wieder trat Schweigen ein. Ich überlegte fieberhaft, wie ich den Beduinen überrumpeln konnte. Anscheinend schreckte er vor einem nackten Mord zurück, sonst hätte er mich bereits niedergestreckt. Oder wollte er nur den weithin hörbaren und verräterischen Knall eines Gewehrschusses vermeiden? Es war mir unmöglich, an einen meiner unter der dschellaba steckenden Revolver heranzukommen und ihn hervorzuziehen, solange der Lauf der Waffe auf mich gerichtet war.

„Bewege dich nicht!" drohte er mir und stieg langsam, Schritt für Schritt, den Steilhang der Düne herunter, ohne das Gewehr abzusetzen. Wieder hatte ich trotz der angespannten Lage die lächerliche Vorstellung, daß er auf den Rand seines Gewandes treten und kopfüber die Böschung herabkugeln müßte. Aber er schob vorsichtig einen Fuß nach dem anderen vor und kam näher und näher. Es war kein gutes Gefühl, in die kleine runde und dunkle Öffnung starren zu müssen, aus der jeden Augenblick das tödliche Geschoß kommen konnte, sollte mein Gegner stolpern oder ich eine falsche Bewegung machen.

Ich riß meinen Blick gewaltsam von dem kleinen Loch in der Laufmündung los. Der Zeigefinger der rechten Hand meines Gegenübers lag innerhalb des Bügels vor dem Abzug. Dahinter erhob sich der weiß verhüllte Kopf. Aus dem Schlitz des litahm schauten mich zwei große dunkle Augen starr und entschlossen an. Seltsam, daß sie beide offen waren und das linke nicht, wie es beim Zielen üblich ist, zusammengekniffen wurde.

Zwei Schritte vor mir hielt der Beduine an. Dann ließ er langsam das Gewehr sinken, ohne den Finger vom Abzug und die Laufmündung aus der Richtung meines Körpers zu nehmen. Das Ziel war aus einer solchen Entfernung nicht zu verfehlen. Die Waffe war ein italienischer Militärkarabiner vom Typ Parariccini-Carcano 91 TS mit gekrümmtem Kammerstengel vom Kaliber 6,5 mm.

Wir standen uns unter dem Hals meiner Stute gegenüber und starrten uns an. Er hob die Waffe wieder ein wenig, preßte sie, unentwegt auf mich gerichtet, in die Hüfte und streckte mir die Linke entgegen:

„Wirf mir die Leine zu!“

„Hole sie dir“, sagte ich, „sonst läuft uns die nahka davon!“

Er schob sich ganz langsam näher. Der Lauf des Gewehres befand sich jetzt unterhalb des Kamelkopfes und zeigte auf meinen Unterleib. Was ich jetzt tat, war kein kalt berechnendes Unternehmen, sondern eine rein gefühlsmäßige Handlung. Ich reichte meinem Gegenüber die Halfterleine hin, die eine Sekunde lang den Gewehrlauf neben dem Korn berührte. Jetzt ließ ich meine Hand mit einer gleichzeitigen Bewegung zur Seite kurz sinken, daß die Schnur sich über die Waffe legte. Mit einem Schwung zog ich die Leine wieder an, daß sie um den Lauf zu liegen kam, und riß sie zur Seite, indem ich mich gleichzeitig in die entgegengesetzte Richtung warf. Der Schuß peitschte rechts von mir vorbei. Beim jähen Zurückweichen mußte mein Gegner auf den hinteren Rand seines überlangen

Hemdkleides getreten sein. Er stürzte rückwärts zu Boden, wobei ihm das Gewehr entfiel. Ich warf mich über ihn und versuchte seine über der Brust abwehrend verschränkten und mich zurückstoßenden Arme an den Gelenken zu fassen, um sie seitlich der Schultern gegen den Boden zu drücken und ihn damit wehrlos zu machen. Ich konnte nicht wissen, ob er unter seinem Gewand Faustfeuerwaffen oder einen Dolch trug.

Bei diesem erbitterten, stummen Ringen glitten meine Hände ab, als ich versuchte, meinen Gegner an der Brust zu Boden zu drücken.

„Großer Gott!" rief ich aus und riß dem Beduinen mit einem Ruck das Kattungewand von den Schultern.

„Mahschallah, anti bint – du bist ein Mädchen!" rief ich erschüttert aus. Ich zog behutsam den litahm herunter und streifte den Kopfwinkel nach oben ab. Meine Gegnerin hatte jeden Widerstand aufgegeben, blieb bewegungslos liegen und hielt das Gesicht zur Seite gedreht. Die Augen waren geschlossen. Langsam schob ich das entzweigerissene Kleid über ihre Brüste und erhob mich.

„Stehe auf! Sage mir, warum du gegen das Gebot Allahs handelst, der den Straßenraub mit el-hadd belegt, mit einer harten Strafe, die das Leben des Gläubigen fordert, der dagegen verstößt."

Das Mädchen blieb bewegungslos liegen, als wäre es bewußtlos geworden. Ich kniete nieder. Hatte ihm der Kampf so zugesetzt, daß wirklich alle Kraft von ihm gewichen war? Ich hatte keine Erfahrung mit weiblichen Wesen, nicht mit solchen aus meiner Heimat und noch viel weniger mit Beduinenmädchen. Als ich die Tränen sah, wußte ich mir nicht mehr zu helfen.

„Stehe auf, Mädchen", redete ich ihm zu. „Laß uns zu meinem Freund und Bruder Sahdik reiten. Er wird –"

Mit einem Schrei fuhr die scheinbar Ohnmächtige auf.

„Sahdik! – Sahdik – hast du gesagt!"

„Aijwa, Sahdik Nassahr ben Kara ibn Halef Omar vom Stamm der Haddedihn ist mein Bruder und Freund", antwortete ich und erhob mich. Das Mädchen stemmte ihre Arme in den Sand und schaute zu mir auf. Sein Mund öffnete und schloß sich, ohne daß ein Ton zu hören war, als ich den Namen des Beduinen aussprach.

„Dann bist du – bist du –?"

„Ich bin sein Bruder und Freund. Er nennt mich Hami el-amlahk –"

Sie schnellte hoch und warf sich an mich. Ihre Arme lagen um meinen Nacken.

„Allah! Allah! Allah!" sagte das Mädchen tonlos und legte ihren Kopf an meine Schulter. „Allah ist barmherzig! Allah ist gütig! Allah! Allah! Allah!"

Ich wußte wirklich nicht, wie mir geschah. Vor wenigen Minuten noch hatte der vermeintliche Beduine eine tödliche Waffe gegen mich gerichtet, jetzt preßte sich dieser Beduine, der in Wirklichkeit ein Mädchen war, an mich. Allah a'lam – Allah allein weiß!

„Wer bist du?" fragte ich und schob sie behutsam zurück, um ihr in das Gesicht blicken zu können. Es war verweint und verquollen.

„Ich heiße Leila und bin die Freundin von – von Munihra, jah Hami el-amlahk. Gestern nacht bin ich geflohen –“

„Geflohen – aus der kahfile el-Wakils?“

„La – nein, jah Hami. Vor den italjahn.“

„Ich verstehe dich nicht.“

„Hahzim hatte mich und Sa’da, die Glückliche, el-italjahn – geschenkt.“

„Geschenkt – und Munihra?“

„Sie ist mit der kahfile weitergezogen.“

„Wo ist Sa’da?“

„Sie ist tot. Sie hat sich einen der chanahdschir, die Sahdik uns im Wadi Rissu gab, ins Herz gestoßen, als ihr niemand mehr helfen konnte.“

„Und du?“

„Ich habe meinen Dolch dem italjahn in die Brust getrieben, als er sich auf mich legen wollte. Dann bin ich mit seinem Gewehr geflohen, nach Sonnenaufgang. Ich hatte nichts zu essen und auch kein Wasser. Aber an diese Dinge habe ich nicht gedacht. Ich wollte fort, weg von dieser verfluchten Grenze von Libya. So sah ich dich kommen, auf einem vortrefflichen hadschihn. Ich wollte dieses Kamel haben, um zurückkehren zu können, zu meinem Stamm, zu den Haddedihn.“

Ich hatte während dieser Worte Leilas das Messingplättchen mit dem Haarbüschel von Sahdiks Schwester hervorgezogen.

„So hast du diesen Gruß Manihras an dich gefunden, jah Hami“, sagte sie lebhaft, als sie die Paillette erblickte. „Es ist ein Liebesgruß. Munihra liebt dich, Hami el-amlahk. Liebst du sie auch?“

Die Lage wurde für mich immer schwieriger. Das auf mich gerichtete Gewehr des vermeintlichen Räubers hatte mir Angst eingejagt, Angst vor einer unvorhergesehenen Gemütsbewegung, die den Finger des mich Bedrohenden hätte zittern lassen können. Diese Frage Leilas aber ließ mein Herz so stark schlagen, daß mein Hausarzt unruhig geworden wäre.

„Ich – ich –“, stieß ich heraus, „ich habe – noch nie mit – mit Munihra gesprochen.“

„Wenn man sich liebt, bedarf es keiner Worte“, sagte das Mädchen vom Stamm der Haddedihn und hielt mich mit ihren dunklen, brennenden Augen mehr in Schach als vorher mit der kalten, kleinen Seele des Gewehrlaufes. In diesem Augenblick dämmerte mir die Erkenntnis, wieso verschiedene Berberstämme Nordafrikas, vor allem die Tuareg, noch heute das Matriarchat für die beste Lösung ihres sozialen Zusammenlebens zu halten scheinen.

„Du wirst durstig sein und Hunger haben“, sagte ich und hoffte, durch diese Feststellung vorerst einer Gewissensforschung durch Leila zu entrinnen. Ich holte aus meinen Vorräten Brot, Schafskäse und Siwadatteln hervor und goß Wasser aus dem süßen Brunnen der Oase in eine Blechbüchse. Wir setzten uns, entgegen der Wüstenregel, nach der ein Lagerplatz weite Übersicht bieten sollte, im Dünental nieder. Leila kaute mit vollem Munde, als plötzlich drei Kamelreiter gleichsam den östlichen Horizont verdunkelten, der einen Steinwurf von uns entfernt durch den Flugsandrücken der vor uns liegenden Welle gebildet wurde. Sahdik, Hamdi und der alte Radwahn hielten ihre Tiere nebeneinanderstehend an und musterten erstaunt das Bild, das sich ihnen bot. Leila schluckte und fand gerade noch Zeit, mir zuzuflüstern:

„Laß Sahdik nicht wissen, daß du mich hast weinen sehen. Bei den Haddedihn sind den Frauen die Tränen nur im ehelichen Zelt erlaubt."

Ich nickte ihr zu, ohne begriffen zu haben, was sie mit diesem Wort sagen wollte oder bezweckte.

„Mahschallah! Mahschallah!" rief der Beduine aus und trieb seine Stute die Dünenböschung hinab. „Leila – wo kommst du her? Wo sind Munihra und die anderen Mädchen?"

„Fast hätte ich deinen Freund und Bruder Hami el-amlahk getötet, jah Sahdik Nassahr", sagte Leila, ohne die Frage nach ihren Gefährtinnen zu beantworten. Unser gefährlich begonnenes, aber glimpflich abgelaufenes Zusammentreffen stand ihr noch so nahe vor Augen, daß sie diese Nachricht zuerst loswerden mußte.

„Was ist geschehen?" fragte der Beduine und sprang aus dem Sattel. „Wir hörten einen Schuß und ritten in die Richtung, aus der wir ihn vernommen hatten."

Das Mädchen und ich begannen zu berichten, was sich ereignet hatte. Sahdik unterbrach uns bereits nach wenigen Sätzen und wandte sich an Hamdi und den Tibbu, die ihm in das Dünental herunter gefolgt waren.

„Geht auf den Rücken der gard hinauf und

wacht, daß uns niemand überrascht. Berichtet weiter!" wandte er sich uns wieder zu.

„Allahu akbar – Allah ist groß!" rief er aus, als er erfuhr, wie Leila bei der Nennung seines Namens durch mich zu der Erkenntnis gekommen war, daß sie Freunde angetroffen hatte. „Wie aber kommst du hierher? Allein und zu Fuß? Wo sind Munihra und die anderen Mädchen der Haddedihn? Sprich!"

Als der Beduine vom Tod Sa'das erfuhr und von den Umständen, die dazu geführt hatten, glich sein Gesicht einer Maske. Aber in den Augen brannten Wut und Haß, wie ich sie noch nie an ihm beobachtet hatte. Er wandte sich ab und trat zu seiner Stute, der er geistesabwesend über den Hals strich. Weder Leila noch ich wagten es, ihn mit Worten aus seinem Brüten zu reißen. Immer wieder glitt seine Hand über das Fell seines Reittieres.

„Solange zwei Schurken am Leben sind, die sich el-Wakil und Hahzim nennen, werden die Männer und Frauen der Haddedihn das Lachen nicht mehr kennen, jedes frohe Wort aus ihren Zelten verbannen, fünfmal am Tag mit Worten zu Allah beten und vierundzwanzig Stunden vom Sonnenaufgang bis Sonnenaufgang schweigend darum bitten, daß diese beiden Verbrecher eine Strafe treffe, die sie die dschahännäm als einen Ort des Friedens herbeisehnen lassen soll. Ich hätte –" Sahdik drehte sich zu mir um, „ich hätte el-Wakil und Hahzim im es-sähl el-hurdabbaht, in der ‚Ebene der Buckel', von ihren Stuten herabschießen sollen. Dann würde Sa'da heute nicht tot sein. Ich werde jede Gelegenheit wahrnehmen, das Versäumte nachzuholen, keiner wird mich daran hindern können, keiner – jah chaiji!“

Ich begriff, daß die letzten Worte des Beduinen an mich gerichtet waren und daß er meinen Ratschlägen, nicht Gewalt mit Gewalt zu beantworten, vorerst nicht mehr Gehör zu schenken gedachte. Ich glaubte aber nicht, daß die Lage der geraubten Haddedihnmädchen erleichtert worden wäre, hätten wir damals in der „Ebene der Buckel“ unsere beiden Hauptgegner getötet. Die Frauen wären zweifellos erst einmal der Willkür der führerlosen Karawane ausgeliefert gewesen, deren zahlenmäßige Überlegenheit uns eine schnelle und gefahrlose Befreiung sehr erschwert hätte. In diesem Augenblick mußte mir zum ersten Mal der Gedanke gekommen sein, die Raubkarawane durch das Einschalten einer nichtorientalischen Behörde, nämlich der Italiener, festhalten und die beiden Hauptpersonen, el-Wakil und Hahzim, durch die belastenden Einzelheiten ihrer Verbrechen zur Verantwortung ziehen zu lassen. Ich hütete mich aber, eine Andeutung dieser Überlegungen Sahdik gegenüber zu machen, da ich es für richtig hielt, einen günstigeren Zeitpunkt abzuwarten.

Während meines Erkundungsrittes zum Birket Schiahta hatte ich mir verschiedene Fragen durch den Kopf gehen lassen, deren Klärung für unser weiteres Vorgehen von größter Wichtigkeit war. Das unvorhergesehene Zusammentreffen mit Leila konnte uns dabei von ganz erheblichem Nutzen sein. So war sie zweifellos imstande, uns über Lage und Anlage des Grenzüberganges, an dem Hahzim mit der Karawane von Ägypten nach Libyen hinübergewechselt war, zu berichten. Uns wurden damit zeitraubende und gefährliche Erkundungen erspart. Nachdem es Hahzim gelungen war, mit seinen Leuten und den geraubten Mädchen die ägyptisch-libysche Grenze von Osten nach Westen zu überschreiten, hatte sich für uns eine sehr schwierige Lage ergeben, die wir noch nicht besprochen hatten. Ich beschloß deshalb, in diesem Augenblick des ohnmächtigen Zornes nicht auf Sahdiks letzte Worte einzugehen, sondern die Frage, die mich besonders beschäftigte, aufzurollen.

„Was sollen wir jetzt weiter unternehmen, jah Sahdik?" wandte ich mich an den Beduinen.

„Wir nehmen noch in dieser Stunde die Verfolgung der kahfile auf. Da wir nun wissen, wo Hahzim mit seinen Leuten über die Grenze gegangen ist, können wir an der gleichen Stelle in Libya einreiten und ihm folgen."

„Gut. Wie stellst du dir den Übergang über die Grenze vor?"

„Wie meinst du das, jah Hami?"

„Die italjahn haben einen eisernen Zaun von der Küste des Mittelmeeres bis in el-bahr er-raml elkebihr errichtet, in dem sie nur einige wenige Löcher offengelassen haben."

„Dann werden wir durch eines dieser Löcher nach Libya reiten."

„Diese Stellen sind von Soldaten bewacht, jah Sahdik, die jeden, der das dahinterliegende Land betreten will, nach seinen Ausweisen fragen –"

„Was sind Ausweise?"

„Der Ägypter nennt diese Papiere dschawahz safar, tahkihk oder issbaht. El-italjahn verlangen, daß auf diesen Ausweisen eine suhra befestigt ist."

„Mahschallah – ein Kapitel aus dem Heiligen Buch der muslimihn?"

„La, es-suhra bedeutet in diesem Falle eine Fotografie, das ist ein Bild des Mannes, der dieses Papier überbringt. Warum der Ägypter für ein Kapitel aus dem Koran und eine Fotografie das gleiche Wort, es-suhra, gebraucht, kann ich dir nicht erklären, jah Sahdik, weil ich es nicht weiß."

„Taijib – gut! Sprich weiter!"

„Also, el-italjahn werden uns nach unseren Ausweisen fragen –"

„Wir haben keine solchen Papiere mit einem Bild, das der Prophet verboten hat, jah Hami. Ich werde el-italjahn sagen, daß ich zum Stamm der Haddedihn gehöre und eine Karawane verfolge, die Mädchen unseres Stammes geraubt hat."

„Das wird ihnen nicht genügen, jah Sahdik."

„Ich lüge nicht!" fuhr der Beduine auf.

„Das weiß ich, jah chaiji. Ich kenne dich. Aber el-italjahn glauben nur, was ihnen diese Ausweispapiere sagen. Dann ist noch etwas, jah Sahdik. Sie werden uns mit unseren Waffen nicht nach Libya hineinlassen. Wir müßten unsere Gewehre und Revolver und Dolche zurücklassen."

„Von el-kilme el-adahle, dem ‚Wort der Gerechtigkeit', werde ich mich nicht trennen! Mein ab hat es mir anvertraut!"

Ich rief dem Fezzaner, der mit dem alten Radwahn auf dem Dünenrücken hockte, zu:

„Hamdi, komme her zu uns!"

„Amrak, jah hherr – zu Befehl, o Herr!" antwortete er, sprang auf und kam die Böschung herabgelaufen. Dabei hielt er den linken Arm mit dem Eisen, das ihm el-Wakil durch die Elle oberhalb der Hand hatte eintreiben lassen, weit von sich nach vorn gestreckt.

„Heini, jah hherr – hier bin ich, o Herr! Was soll ich tun?"

„Du bist, bevor dich el-Wakil in die kala eingesperrt hat, mit Kaufleuten aus Murzuch nach el-Kah'hira gezogen. Wann war das?"

„Das liegt mehr als zwei Jahre zurück, jah hherr."

„Wo seid ihr von Libya aus nach Ägypten weitergezogen?"

„Unsere kahfile ist über Dscharabub nach Siwa gewandert, jah hherr."

„Wie war das an der Grenze? Was haben el-italjahn gesagt, als ihr Libya verlassen habt?"

„Die Kaufleute aus dem Fezzan hatten Empfehlungsschreiben von el-mahmuhr von Murzuch an el-wizaraht el-tidschahra in el-Kah'hira, an das Wirtschaftsministerium in Kairo. Diese haben sie el-italjahn vorgezeigt. Dann durfte die kahfile weiterziehen, und sie wäre auch gut in el-Kah'hira angekommen – inschallah, wenn el-Wakil nicht alle Kaufleute und Kameltreiber ermordet hätte."

„Wie breit und hoch war der Eisenzaun, den el-italjahn aufgebaut haben, jah Hamdi?"

„Es gab vor zwei Jahren noch keinen Eisenzaun, jah hherr. Da war nur die offene Wüste zwischen

Libya und Ägypten. Vielleicht ist es heute wieder so – inschallah!"

„Es ist gut, jah Hamdi. Hilf weiter Radwahn et-Tibbu, das Land zu beobachten, damit sich niemand ungesehen nähern kann!"

Der Schwarze lief die Böschung wieder hinauf und ließ sich neben dem Tibbu nieder.

„Hast du el-italjahni, der dich beleidigen wollte, getötet?" fragte ich Leila.

„Ich weiß es nicht, jah Hami el-amlahk. Er ist – Allah verfluche ihn – in meinen chandschar gestürzt, der ihm den Leib durchbohrt hat. Ich hoffe, daß er tot ist – wie Sa'da."

„Was soll mit Leila geschehen", wandte ich mich an Sahdik, „wenn wir über den Grenzposten der italjahn nach Libya gehen wollen? Wir können sie nicht mit uns nehmen. Die Italiener würden sie sofort einsperren."

Meine Fragen hatten den Beduinen nachdenklich werden lassen. Seit unserem Aufbruch von el-Kah'hira war mir wiederholt Gelegenheit geboten worden, einen Charakterzug an ihm zu beobachten, der vielleicht eine unter den Nomaden der Wüste weitverbreitete Eigenschaft ist. Der Blick auf ein gestecktes Ziel ließ Sahdik oft vor den Erfordernissen auf dem Wege dahin die Augen schließen. Erst die bewußt von mir vorgenommene Hervorkehrung scheinbarer, aber nicht zu umgehender Nebensächlichkeiten brachte ihn dazu, unser Vorgehen in Abschnitten zu überdenken. Meine Fangfragen an ihn, an Hamdi und Leila schienen die beabsichtigte Wirkung hervorgebracht zu haben.

Ich war mir im klaren darüber, daß wir ohne Hilfe der italienischen Behörden eine Verfolgung der Raubkarawane nach Libyen hinein nur mit größten Schwierigkeiten weiterzuführen vermochten. Aus diesem Grunde hatte ich mir vorgenommen, da nur ich über gültige Personalausweise verfügte, erst einmal allein zu versuchen, Hahzim und seine Männer unter Mithilfe der italienischen Kolonialverwaltung zu stellen. Dieses dem Beduinen klarzumachen war sehr, sehr schwierig, wenn nicht unmöglich. Gleichzeitig aber durfte ich die Möglichkeit nicht aus den Augen lassen, daß die italienischen Behörden keine Neigung zeigten, el-Wakil und Hahzim in Schwierigkeiten zu bringen und zur Verantwortung zu ziehen. Dann mußten wir eben versuchen, ohne ihre Hilfe die Mädchen der Haddedihn in Libyen zu befreien. Bei einer derartigen Lage konnten wir auf keinen Fall auf unsere Waffen verzichten. Für eine solche Gegebenheit aber war es für mich und meine Gefährten unbedingt notwendig und lebenswichtig zu wissen, wie die Verhältnisse an der Grenze lagen und wo die Posten an ihr entlang verteilt waren. Ein gewaltsames Eindringen und Überschreiten konnte nur mit Blutvergießen erzwungen werden und mußte zu militärischen Maßnahmen führen, deren Folgen gar nicht zu übersehen waren.

Ein bestimmter Gedanke hatte mich seit Tagen schon beschäftigt: Wie weit nach Süden in das „Große Sandmeer“ hinein war die Stacheldrahtsperre von den Italienern vorgetrieben und verlegt worden? Auch wenn es mit Zeitverlust verbunden war, mußte unsere dringlichste Aufgabe darin bestehen, das zu klären. Eine zweite, allerdings sehr vage Möglichkeit für eine Fortsetzung der Verfolgung der Raubkarawane, die ich mir jedoch in ihrem Umfang und ihren Auswirkungen nicht so recht vorzustellen vermochte, konnte durch die Absichten der Senuhsihbeduinen gegeben sein, die Drahtsperre streckenweise zu zerstören. Wir hatten die Verbindung zu den Magabra und den mit ihnen verbündeten Kriegern verloren. Vermutlich wollten sie ihre Angriffe viel weiter nördlich von Siwa und Dscharabuhb vortragen. Dieses Gebiet war, im Gegensatz zur wasser- und weglosen Sandwüste, an deren Rand wir uns befanden, von zahlreichen Karawanenwegen und Kamelpisten durchzogen, die in ihrer Hauptrichtung von Ost nach West liefen und rasche Verschiebungen berittener Gruppen möglich machten.

Alle diese Fragen und noch einige andere dazu mußten zwischen Sahdik und mir abgesprochen werden, bevor wir unsere Kamele wieder antraben ließen. Zum ersten Mal seit unserem Aufbruch von el-Kah'hira stellte sich uns ein Hindernis entgegen, das weder auf das Klima noch auf die Landschaft zurückzuführen war und deshalb auch nicht eine Frage des Proviants, der Orientierung oder der Ausdauer sein konnte. Das war einzig und allein ein Problem, das durch Planung und nach gründlichem Durchdenken in Angriff genommen werden mußte.

Sahdik blickte wiederholt zu Leila hin, die mit der Linken das von mir im Kampf zerrissene

Hemdgewand auf der Brust zusammenhielt und mit der rechten Hand den Lauf des italienischen Karabiners, dessen Kolben sie im Sand aufgestützt hatte, an den Oberschenkel preßte. Sie stand in ihrem zu großen sohb stumm und ein wenig verloren da. Noch bevor der Beduine etwas sagte, fiel mir plötzlich ein, daß ich hinter meinem Sattel seit dem Fortreiten von den Sänften des Todes eine verschnürte Rolle festgeschnallt hatte. Ich band diese ab, löste die darumgelegte Schnur und breitete die aufgerollten Gewänder, die von Hahzim den Mädchen abgenommen worden waren, vor Leila aus.

„Befindet sich dein Kleid darunter?" fragte ich sie. Ihre noch immer geröteten Augen blickten mich eigenartig lange an. Dann streckte sie den rechten Fuß unter dem Saum des sohb hervor und zeigte mit den Zehen auf ein blaues, rötlich schimmerndes kamihs, das um das Halsloch und an den Ärmelkanten weiß-rote Stickereien zeigte.

„Dieses", sagte Leila.

Ich zog das zerknitterte Gewand heraus, rollte die anderen zusammen und band sie wiederum hinter dem Sattel fest. Es fiel kein Wort. Als ich mich von meiner Stute abwandte, sagte Leila zu mir:

„Hast du kibrihte, jah Hami el-amlahk?"

„Aijwa. Wozu brauchst du Zündhölzer?"

„Gib sie mir."

Ich schaute zu Sahdik hin, der stumm geblieben war, aber mit einem Gesicht herüberblickte, aus dessen Ausdruck ich nicht schlau wurde. Ich zog achselzuckend eine Schachtel Streichhölzer heraus und reichte sie dem Mädchen hin. Leila kauerte sich nieder, behielt dabei den rechten Arm um den Karabiner geschlungen, entzündete eines der Streichhölzer und hielt es an das kamihs. Nachdem sie sich wieder aufgerichtet hatte, fuhr sie mit dem Lauf ihres Gewehres in eines der Armlöcher, hob den Stoff auf und ließ, indem sie ihn hin und her schwenkte, die schwelenden Brandränder sich zur Flamme auswachsen, die in kurzer Zeit das Gewand in Asche verwandelte.

Ich hatte verständnislos diesem Zerstörungswerk zugeschaut. Dafür waren die Kleider der Mädchen bei den Sänften des Todes den erschossenen Männern der kahfile abgestreift und seit Tagen von mir mitgeführt worden!

„Der unvergessene und weise schehch der Haddedihn Halef Omar ben Abul Abbas ibn Dawuhd al Gossarah hat die Männer seines Stammes gelehrt, daß es unwürdig ist, das am Leib zu tragen, worin sich Räuber und Mörder gehüllt haben. Die Krieger der Haddedihn haben stets nach diesen Worten deines sihd gehandelt, jah Sahdik Nassahr“, sagte Leila in meine unwilligen Gedanken hinein.

„Aber du hast dein eigenes kamihs verbrannt!“ rief ich ihr zu.

„Es war nicht mehr mein kamihs, jah Hami elamlahk. Ich habe gesehen, wie es einer der Männer der kahfile übergezogen hat. Es hat seine Haut berührt. Es ist unrein geworden. Du sollst wissen, nicht nur die Männer der Haddedihn – nein, auch die Frauen der Haddedihn finden es unter ihrer Würde, damit in Berührung zu kommen, worin Diebe und Räuber sich gehüllt haben.“

In diesem Augenblick hatte ich keine Zeit, darüber nachzudenken, welche Kräfte hinter diesem Entschluß stehen mußten, der die weibliche Eitelkeit so sehr hintanstellte, um der ganzen Abscheu vor menschlicher Niedertracht Ausdruck zu geben. Ich blickte zu dem Beduinen hin, der ein Gesicht machte, das mich auf einmal an etwas erinnerte. Diesen gleichen Ausdruck hatte es gezeigt, als wir am Lagerplatz nahe der kala die kahfile el-Wakils beschlichen hatten und ich Sahdik berichtete, daß seine Schwester Munihra ihre Gefährtinnen durch die Erzählung von der Liebe und dem Liebesweh aufzumuntern versucht hatte.

„Sie ist eine Tochter der Haddedihn!“ hatte er gesagt.

Hamdi el-Fezzani hatte von seinem Beobachtungsposten auf dem Dünenrücken das Verbrennen des kamihs beobachtet. Er rettete nach den selbstbewußten Worten Leilas die Lage, indem er den Abhang herabgelaufen kam und an sein Kamel herantrat. Während er in einer der Ledertaschen herumkramte, rief er:

„Allah jirsa 'alehk, jah Leila – Allah habe Gefallen an dir, o Leila, du stolze Tochter der Haddedihn! In dieser Tasche wohnt die Feindin der zerrissenen Hosen und die Überbrückerin der auseinanderklaffenden Ärmellöcher. Da – da ist sie –!“ Er hielt einen Knäuel Zwirn in die Höhe, aus dem er vorsichtig etwas herauszog, vermutlich eine Nähnadel. Ich konnte es nicht deutlich erkennen. „Wir wollen deinem sohb die Breite verengen und die Länge verkürzen und es da wieder zusammenführen, wo es seine Einigkeit verloren hat, damit es immer so bleibt – inschallah!"

Der Fezzaner trat zu dem Mädchen, zog seine dschellaba über den Kopf ab und reichte sie ihm hin. Leila drehte uns den Rücken zu, schlüpfte aus dem zerrissenen sohb, unter dem die blaue, halblange Frauenhose nun zum Vorschein kam, und in den Übermantel hinein. Dann stiegen beide auf den Rücken der Düne, setzten sich nieder und machten sich an die Arbeit.

Ich zog zwei Zigaretten heraus und reichte eine dem Beduinen. Wir zündeten sie an, kreuzten unsere Beine im mitrabbi und hingen unseren Gedanken nach. Es waren schwere, niederdrückende Überlegungen. Die lebendige Gegenwart Leilas, das verzweifelte Sterben Sa'das hatten meine Sorge und mein Sehnen nach Munihra bis zur Unerträglichkeit anwachsen lassen. Ich wehrte mich mit Händen und Füßen gegen Vorstellungen, die einer Selbstzerfleischung nahekamen. Wenn Munihra das gleiche Schicksal erleiden sollte wie Sa'da – ich verwünschte in diesem Augenblick all jene, die da von Nächstenliebe und Selbstbeherrschung und höherer Gerechtigkeit faselten, solange ihnen nicht persönliche Opfer und Entscheidungen abverlangt wurden.

„Hami, jah chaiji – o mein Bruder", sagte der Beduine, nachdem er einen letzten Zug gemacht und den Zigarettenstummel in den Sand geworfen hatte. „Mein Gefühl ist wie ein zweijähriges Kamelfüllen auf der Weide, mein Geist wie eine Wolke im Sturm und mein Wille wie ein Greis, der nicht mehr die Datteln beißen und seine Füße nicht mehr gebrauchen kann. Allah subhahnu wata 'ahla – Allah, der gepriesen sei und erhaben ist! Ich danke ihm, daß du mein Bruder bist! Mit wem sollte ich von meinem Schmerz sprechen? Nicht einmal mit mir selbst könnte ich das, wenn du mir nicht so nahe wärst, jah chaiji. Ich weiß keinen Rat mehr. Was sollen wir tun?"

„Es geht mir nicht anders als dir, jah Sahdik! Aber laß uns darüber sprechen, wie wir Munihra und die anderen Mädchen aus der Hand der Verbrecher befreien können. Wenn der Geist keinen Weg mehr findet, können es manchmal die Lippen. Laß uns zwei Stunden nach dem höchsten Stand der Sonne aufbrechen, jah chaiji."

„Wohin sollen wir unsere hudschun lenken?"

„Gegen Sonnenuntergang, bis ich die Mauer aus Draht, die el-italjahn errichtet haben, durch mein Fernglas erkennen kann."

„Und dann?"

„Dann werden wir unsere Stuten gegen Mittag traben lassen, dabei aber nicht die Drahtsperre aus den Augen verlieren."

„Wozu das?"

„Höre, jah Sahdik. El-italjahn werden den Verhau nicht durch den ganzen bahr er-raml bis zur Oase Kufahra gezogen haben. Einmal muß er zu Ende gehen und –"

„Du meinst –?" unterbrach mich der Beduine und schaute mich an.

„Ich weiß es nicht. Aber wenn wir an das Ende der Drahtsperre kommen, muß es uns gelingen, ungesehen um diese Stelle herumzureiten und in Libya die Verfolgung Hahzims fortzuführen."

„Wir wollen Allah bitten, daß er uns bald den Platz finden läßt, an dem kein Drahtzaun mehr die Wüste durchschneidet, jah Hami."

„Wenn wir wieder in das ‚Große Sandmeer' hineinreiten müssen, jah Sahdik, nachdem wir ihm kaum entronnen sind und im voraus gar nicht wissen, wie weit uns unsere hudschun gegen Mittag tragen werden, ist es unbedingt notwendig, alle kirab mit gutem und frischem Wasser zu füllen. Wir sind jetzt zu fünfen –"

„Leila wird auf meiner nahka mitreiten. Sie soll mir berichten, was sich alles ereignet hat, seitdem die Mädchen von unseren Weidegründen entführt worden sind. Laß uns gleich aufbrechen, jah Hami."

„Taijib – gut. Aber ich hätte, bevor wir unsere Stuten besteigen, noch einige Fragen an Leila zu stellen, deren Beantwortung uns vielleicht bei unserem weiteren Vorgehen helfen kann."

„Komme her zu uns, jah Leila!" rief der Beduine dem Mädchen zu. „Hami will dich einiges fragen, bevor wir abreiten."

„Habe noch ein wenig Geduld, jah Sahdik!" antwortete die Angerufene. „Wir sind gleich fertig."

„Beeilt euch!"

Nach kurzer Zeit kam Leila die Böschung herabgelaufen. Mit Hamdis Hilfe hatte sie ihr Hemdgewand enger und kürzer gemacht und über der Brust wieder zusammengenäht. Unter dem Saum schauten die Frauenhosen eine Handbreit hervor. Nachdem das Kleid durch den Gebrauch von Nadel und Zwirn seine unförmige Weite verloren hatte, war zu erkennen, daß Leila eine kleine und zierliche Gestalt besaß.

Sie kam herbei und hockte sich bei uns nieder.

„Du hast mir gesagt, daß du gestern nacht von den italjahn geflohen bist, jah Leila", wandte ich mich an sie. „Wo haben sie dich festgehalten? Beschreibe uns den Ort."

„Es war die Stelle, wo wir über die Grenze gegangen sind."

„Wann war das?"

„Vor fünf Tagen, jah Hami el-amlahk."

„Beschreibe mir den Platz!"

„Als wir uns der Grenze näherten, ließ Hahzim die kahfile warten. Er ist allein vorausgeritten."

„– und dann?"

„Wir warteten die ganze Nacht. Er kam am nächsten Morgen zurück, holte uns und führte uns bis an den Zaun, der aus gebogenem Draht gemacht ist."

„Wie seid ihr über dieses Hindernis hinweggekommen?"

„Da war ein Loch in dem Zaun, durch das wir geritten sind."

„Wie breit war dieser Durchgang?"

„Es können bequem vier hudschun nebeneinander hindurchreiten."

„Blieb dieses Loch, nachdem ihr durchgezogen wart, offen?"

„La, la – o nein! Schon als wir ankamen, mußten

wir warten. Zwei Soldaten räumten große Holzkreuze beiseite. Diese waren mit schriht schohk umwickelt."

„War esch-schriht schohk, dieser Draht mit Stacheln, wie du sagst, der gleiche wie an den anderen Stellen des Zaunes, wo er nicht beiseite geschoben werden konnte?"

„Das – darauf habe ich nicht geachtet, jah Hami el-amlahk."

„Was geschah, nachdem ihr diese Öffnung durchritten hattet?"

„Wir mußten wieder warten. Dann mußten wir Mädchen von den hudschun steigen. Hahzim und zwei Soldaten führten uns in ein beht –"

„Ein großes Haus?"

„La. Dieses beht war nicht groß. Es hatte nur ein Zimmer. Vor den Fenstern waren Stäbe aus Eisen angebracht."

„Wie lange wart ihr dort eingesperrt?"

„Noch bevor es Mittag wurde, kam Hahzim mit den beiden Soldaten wieder. Munihra mit Anihse, Tamihme, Hahkme und Andalihb mußten mit Hahzim und den Soldaten fortgehen. Ich und Sa'da durften das Zimmer nicht verlassen."

„Wohin ist Munihra mit den vier anderen Mädchen gegangen?"

„Sie sind mit der kahfile fortgeritten."

„Woher weißt du das, wenn du zurückgeblieben bist?" unterbrach Sahdik unser Gespräch.

„Ich konnte es vom Fenster aus sehen, jah Sahdik Nassahr ben Kara", antwortete das Mädchen.

„Was geschah weiter?" fragte ich.

„Es wurde Nacht. Am nächsten Morgen –"

„Wie habt ihr die Nacht verbracht?"

„Wir haben am Boden gehockt und auf den Morgen gewartet."

„Habt ihr nicht geschlafen?"

„Wir haben nur gewartet."

„Konntet ihr euch nicht auf den Fußboden legen und schlafen?"

„Es waren zwei Betten in dem Zimmer. Wir sind ihnen ferngeblieben."

„Was geschah am Morgen?"

„Den ganzen Tag ließ sich niemand sehen. Ein Soldat brachte uns, als die Sonne unterging, zwei Teller. Wir sollten das essen, was darauflag. Wir haben ed-dihdahn nicht angerührt."

„Ed-dihdahn – die Würmer?" wunderte ich mich. Dann begriff ich.

„Es werden Nudeln gewesen sein, die el-italjahn Spaghetti nennen."

„Es waren keine Nudeln, jah Hami el-amlahk. Die Würmer waren gelb und braun und rochen nach lahm chanzihr."

„Nach Schweinefleisch?"

„Na'am – ja! Von dem Geruch, den diese dihdahn verbreitet haben, wurde mir und Sa'da ganz übel."

„Was habt ihr getan?"

„Wir haben nur das Wasser getrunken, das in zwei Behältern neben den Tellern stand."

„Und das Essen nicht angerührt?"

„La – wir haben uns geekelt, jah Hami el-amlahk."

„Berichte weiter."

„Der Soldat trug die Teller und die leeren Gefäße am Morgen wieder fort. Am Abend brachte uns der Soldat wieder die Teller mit den Würmern und das Wasser. Dann kamen die zwei Soldaten, die uns durch das Loch in der Grenze eingelassen hatten und die nach el-misk rochen."

„Nach el-misk – nach Moschus?" fragte ich verwundert.

„Na'am, jah Hami el-amlahk, nach el-misk oder so ähnlich."

„Was wollten diese Soldaten?"

„Sie faßten uns an und wollten uns auf die Betten zerren."

„Allah jin'alhum – Allah verfluche sie!" preßte Sahdik hervor.

„Wir haben uns gewehrt und sie zurückgestoßen."

„Sprich weiter, Leila", sagte ich.

„Zwei Tage lang brachte uns der Soldat, der zuerst gekommen war, die Teller mit den Würmern, die nach el-lahm chanzihr rochen, und die Gefäße. Darin war aber kein Wasser mehr, sondern Wein – roter Wein."

„Roter Wein?"

„Na'am, jah Hami el-amlahk, es war roter Wein. Es war heiß, und wir haben Durst gelitten. Aber den Wein haben wir nicht angerührt."

„Das war – laß mich nachdenken – das war am dritten und vierten Tag eurer Gefangenschaft bei el-italjahn. Vor fünf Tagen seid ihr an der Grenze angekommen. So hast du drei Tage nichts zu trinken bekommen, Leila. Wie ist das möglich?"

„Ich habe Wasser getrunken."

Sahdik und ich schauten das Mädchen verständnislos an.

„In der zweiten Nacht, nachdem uns kein Wasser mehr, sondern Wein gebracht worden war, geschah etwas Seltsames. Es war sehr dunkel. Mit einem Mal hörten wir am Fenster eine Stimme, die uns in unserer Sprache zuflüsterte, wir sollten die Gefäße mit dem Wein hinausreichen. Erst beim dritten Mal habe ich die Behälter genommen und bin zum Fenster gegangen. Zwei Hände nahmen mir den Wein ab. Die Stimme sagte, ich sollte warten. Dann wurden die Gefäße wieder durch das Fenster hereingegeben. Sie waren mit süßem Wasser gefüllt. Die Stimme flüsterte mir zu, noch zu bleiben. Fäuste hielten Datteln fest, die sie in meine offenen Hände leerten. So geschah es die letzten zwei Nächte. Ich und Sa'da konnten unseren Durst und unseren Hunger stillen."

„Wißt ihr, wer euch Wasser und Datteln brachte?"

„La, jah Hami el-amlahk. Es war immer sehr dunkel. Wir konnten nichts sehen, wenn wir die Stimme hörten. Aber ich würde sie sofort wiedererkennen."

„Woran?"

„Sie sagte immer: ta'ahl, jah chehti – komm her, o mein Schwesterchen!"

„Allah a'lam – Allah allein weiß", sagte der Beduine.

„Was geschah weiter?"

„Gestern ging der Mond vor Mitternacht auf. Es war hell. Die zwei Soldaten, die schon einmal dagewesen waren, kamen wieder. Sie rochen noch immer nach Moschus – und nach Wein. Es war sehr hell im Zimmer. Sie lehnten ihre bawahrihd an die Wand und kamen auf mich und Sa'da zu. Wir haben miteinander gekämpft. Als mich mein Bedränger auf das Bett niedergedrückt hatte und sich auf mich werfen wollte, habe ich den chandschar herausgezogen. Ich habe ihn mir mit der Klinge nach oben vor den Leib gehalten. Er hat sich hineingeworfen. Ich habe mich aufgebäumt. Der Dolch ist bis zum Griff in ihn hineingefahren. Ich stieß ihn zur Seite und sprang auf. Da sah ich, wie der andere Soldat, der Sa'da bedrängt hatte, aus der Tür stürzte, die offenblieb. Ich sprang zu Sa'da hin, die auf dem anderen Bett lag. In ihrer Brust steckte der chandschar, den sie von Munihra auf der Insel im Wadi Rissu erhalten hatte. Sie hielt ihn noch mit beiden Händen umfaßt. Aber sie war tot. Ich ergriff eines der Gewehre, die an der Wand lehnten, und lief hinaus. Die Mondnacht war hell. Ich gelangte ungesehen zwischen den Kreuzen mit eschschriht schohk hindurch und lief in die Wüste hinaus."

Ich scheute mich, sofort nach den letzten Worten Leilas weitere Fragen an sie zu stellen. Sahdik hatte mit angespanntem Gesichtsausdruck dem Bericht des Mädchens gelauscht und keinen Blick von ihm abgewandt. Das eingetretene Schweigen wurde immer bedrückender.

„Wo liegt von hier aus der Posten im Grenzzaun

der italjahn, aus dem du geflüchtet bist, jah Leila?" fragte ich schließlich.

„Ich bin die ganze Nacht und den ganzen Tag bis zur Begegnung mit dir genau gegen Sonnenaufgang durch den erg gewandert", antwortete das Mädchen.

„Woran hast du dich auf deinem Weg orientiert?"

„Während der Dunkelheit hatte ich en-nidschmet il-kutb, den Polarstern, immer auf der linken Seite. Dann bin ich in die aufgehende Sonne gegangen."

„Weißt du, wieviele von solchen Häusern, wie das, in dem du gefangen gehalten wurdest, an dem Durchgang nach Libya stehen?"

„Es waren einige, jah Hami el-amlahk. Aber ich habe sie nicht gezählt. Es stehen auch einige Zelte da."

„Wenn wir von hier aus genau nach Sonnenuntergang reiten, jah Sahdik", sagte ich zu dem Beduinen, „dann müßten wir in einer Stunde etwa den Drahtverhau an der Grenze durch das Fernrohr sehen können."

„Dann wollen wir aufbrechen!" schlug Sahdik vor.

„Wie steht es mit dem Wasservorrat, jah Hamdi el-Fezzani?" fragte ich den Schwarzen.

„Dastuhr, jah hherr – mit Verlaub, o Herr. Ich will es gleich überprüfen und dir das Ergebnis mitteilen. Es wird alles in Ordnung sein – inschallah!"

Aber es war nicht alles in Ordnung. Der Fezzaner hatte seine zwei Ziegenhäute von seinem Reittier abgenommen, ihre Verschlüsse geöffnet und seine Nase in das Ausgußloch gesteckt. Dabei machte er ein bedenkliches Gesicht. Er ließ den alten Radwahn ebenfalls seine Wasserschläuche abnehmen und überprüfte sie in der gleichen Weise.

„Was ist, jah Hamdi?“ fragte ich ihn, als ich bemerkte, wie sein Ausdruck noch besorgter wurde.

„Absar, jah hherr – ich weiß nicht, o Herr – aber das Wasser stinkt.“

„Wie ist das möglich? Wir haben es erst gestern eingefüllt?“

„Masmuh'h li, jah hherr – es sei mir gestattet, o Herr, daß ich auch deine kirab und die deines Freundes untersuche.“

Auch der Geruch unserer Vorräte gefiel Hamdi gar nicht.

„Wie ist das zu erklären?“ fragte ich ihn.

„Das ist ganz einfach, jah hherr. Die Leute der kahfile el-Wakils haben die in Baharija gekauften Schläuche gefüllt, ohne sie zuvor, wie man bei neuen kirab es tun muß, herzurichten.“

„Auf welche Weise geschieht das?“

„Man muß sie von innen mit geschmolzener sämne einreiben.“

„Mit geschmolzener Butter?“

„Aijwa, jah hherr. Man kann auch das Öl der Oliven dazu nehmen. In diesem Falle aber muß man die Wasserschläuche einige Tage hängenlassen und alle vierundzwanzig Stunden das Wasser ausschütten und neues einfüllen.“

Das war keine gute Nachricht.

„Ist das Wasser wirklich nicht mehr trinkbar, jah Hamdi?“

„Heute können wir es noch trinken, jah hherr. Aber morgen wird es Aufruhr in unsere Eingeweide bringen.“

Bei unserem Aufbruch ins Ungewisse des „Großen Sandmeers“ mußten wir mit genügend und vor allem mit gutem Wasser versehen sein. Der doppelten Gefahr, zuerst einer Darmerkrankung zum Opfer zu fallen und dann völlig ungenießbares Wasser in den Schläuchen mitzuführen, konnten wir uns unmöglich ausliefern. Eine Rückkehr nach Siwa war aus verschiedenen Gründen nicht ratsam. Empörung und Aufregung wegen des von el-Wakil in der Grabmoschee begangenen Frevels waren sicher noch nicht abgeklungen, und meine dabei unfreiwillig übernommene Rolle konnte Gefahr, ganz bestimmt aber erheblichen Zeitverlust verursachen. Wir hätten Hamdi und Radwahn allein zurückreiten lassen können. Aber ich war mir nicht sicher, ob das Gerücht die beiden nicht schon mit meiner Person in Verbindung gebracht hatte.

„Hast du genug Butterschmalz, um die Häute einzureiben?“ fragte ich den Fezzaner.

„Aijwa, jah hherr – man braucht nicht so viel dazu, wenn es flüssig ist.“

„Wie lange brauchst du dazu?“

„Wenn Radwahn et-Tibbu mir hilft, können wir diese Arbeit in zwei Stunden tun – inschallah.“

„Es wird das beste sein, jah Sahdik“, wandte ich mich an den Beduinen, „wenn ich mit Hamdi und Radwahn und allen Wasserschläuchen zur ’ain et-domrahn reite, dort die kirab einreiben und dann mit frischem Wasser füllen lasse. In einer Stunde erreichen wir von hier aus die Quelle. Wir können also in vier Stunden, noch vor Sonnenuntergang, zurück sein."

Sahdik war damit einverstanden.

„Hamdi soll auch unsere alten kirab mitnehmen und füllen", sagte er. „Bevor ihr abreitet, soll er aber einen dieser Schläuche voll mit Wasser hier bei mir und Leila zurücklassen."

Ich hatte den Eindruck, daß dem Beduinen diese unvorhergesehene Pause nicht unwillkommen war. Er brannte darauf, einen ausführlichen Bericht über die Erlebnisse der geraubten Frauen zu hören. Die Stunden des Wartens konnten damit ausgefüllt werden.

Noch bevor ich Radwahn und Hamdi aufgefordert hatte, alle Häute bis auf eine auf unsere drei Stuten umzuladen und sich zum Abreiten fertigzumachen, trat der Fezzaner zu mir.

„Bil-issn, jah hherr – erlaube, o Herr, dir einen Vorschlag zu machen. Es ist besser, wenn wir bereits hier die kirab mit dem geschmolzenen sämne einreiben. Dann kann das Fett, während wir zum Brunnen reiten, einziehen und wird nicht mehr so stark vom Wasser abgespült – inschallah."

Ich übernahm die Wache auf dem Rücken der Düne. Hamdi hatte in kurzer Zeit ein kleines Feuer am Fuße des Flugsandzuges entfacht, über dem er das Butterschmalz flüssig machte. Er und der Tibbu füllten das Siwawasser aus den Häuten der kahfile el-Wakils in unsere alten Schläuche um, soweit diese Flüssigkeit faßten. Da aber alle neun erbeuteten Lederbehälter mit Fett eingerieben werden mußten, waren wir gezwungen, einen großen Teil des Wassers, gegen alle Wüstengewohnheit, in den Sand laufen zu lassen. Hamdi und Radwahn arbeiteten so angespannt, daß kaum mehr als eine Stunde vergangen war, als wir uns auf den Weg zur 'ain et-domrahn machten.

Ohne Zwischenfall und ohne jemandem zu begegnen, erreichten wir die Quelle. Der Hirtenjunge, den ich am Vormittag dort angetroffen hatte, war mit seiner Kamelherde weitergezogen und nicht mehr zu sehen. Wir ritten nahe an die flache Brunnenschüssel heran. Ich sprang aus dem Sattel und beugte mich zum Wasser hinab, das für Wüstenverhältnisse erstaunlich klar und frei von den bei den meisten Lachen dieser Art pflanzlichen Trübungen erschien. Es schmeckte nur ganz wenig nach Salz. Meine Stute war langsam herangekommen, hatte vorsichtig die Vorderfüße in das Wasser gesetzt und den langen Hals bedächtig herabgebogen. Inzwischen waren auch die Tiere Hamdis und Radwahns an den Rand des Loches getreten.

Bereits beim Erreichen des Birket el-Karun, nach der Überquerung der nördlich davon liegenden Bergzüge, hatte ich beobachten können, mit welcher Zurückhaltung unsere Stuten trotz des langen Marsches sich dem Gewässer genähert hatten, um zu saufen. Hier am 'ain ed-domrahn fiel mir dieses Verhalten der Dromedare wiederum auf. Sie traten wie meine Stute mit den Vorderfüßen ins Nasse und schauten einige Augenblicke gelangweilt in die

Gegend, bevor sie die langen Hälse nach unten bogen und das Wasser lange und hörbar berochen. Schließlich spitzten sie die Lippen, tauchten sie mit aller Vorsicht ganz wenig ein und schlürften die ersten Schlucke, ehe sie dann in vollen Zügen das Naß einsaugten. Hamdi bemerkte, mit welcher Aufmerksamkeit ich die gemessenen Bewegungen der Dromedare verfolgte.

„Du mußt wissen, jah hherr", sagte er, „daß dieses Benehmen der hudschun eine der neunundneunzig Weisheiten darstellt, die von allen Kamelen gefressen worden sind, wie der Beduine sagt."

„Weil sie so langsam zum Wasser getreten sind?"

„La, jah hherr. Das ist es nicht. Ich meinte, daß sie die Lippen nur ein wenig eintauchen, wenn sie saufen."

„Tun sie das immer?"

„La, jah hherr. Das tun sie nur manchmal, besonders bei gewissen Tränken, die sehr flach sind."

„Wollen sie das Wasser nicht trübe machen?"

„La, la – o nein, jah herr! Sie tun das, weil sie wissen, daß an der Oberfläche das Wasser weniger salzig schmeckt als zwei Handbreiten tiefer – inschallah."

Meine Kenntnisse sowohl der Eigenschaften von Salzlösungen und ihres je nach der Sättigung spezifischen Gewichtes als auch über ihre Beschaffenheit bei starker und längerer Sonneneinstrahlung waren nicht so untermauert, daß ich mir den von Hamdi mitgeteilten Tatbestand chemisch hätte erklären können. Ich zweifelte aber nicht daran, daß diese von dem Fezzaner aufgestellte Behauptung das Ergebnis einer langen Kette von Beobachtungen darstellte, die von den Beduinen bei der Kamelzucht gemacht worden waren. Meine Wissenslücke überbrückte ich auf die Weise, die jedem gläubigen muslim jederzeit aus einer ähnlichen Verlegenheit hilft:

„Allah a 'lam – Allah weiß am besten!"

Das Füllen der Häute ging schnell vonstatten. Wir wateten alle drei in das flache Becken, in dem das Wasser nur knietief stand, drückten die Säcke unter die Oberfläche und ließen sie vollaufen. Etwas schwieriger war das Verladen der Vorräte. Jede unserer Stuten hatte an die einhundertzwölf Kilogramm Flüssigkeit, außer den Reitern mit ihrem Gepäck, zu tragen. Der Rückweg dauerte deshalb länger. Meine Uhr zeigte die fünfte Nachmittagsstunde, als wir Sahdik und Leila, die sich auf dem Rücken des Dünenzuges niedergelassen hatten, wieder zu Gesicht bekamen.

Die Wasservorräte wurden jetzt auf die vier Stuten verteilt. Das Kamel des Beduinen, das ihn und Leila tragen mußte, bekam nur die zwei kleinen Ziegenhäute aufgebunden. Radwahn und Hamdi übernahmen jeder fünf große Behälter. Ich band meiner Stute vier auf. Wir hatten damit insgesamt etwas mehr als dreihundertunddreißig Liter Flüssigkeit und konnten vorerst ohne Bedenken in el-bahr er-raml el-kebihr hineinreiten.

Wir lenkten unsere Kamele nach Sonnenuntergang. Ich hatte mich an die Spitze gesetzt, um mit Hilfe meines Feldstechers als erster den Grenzverhau der Italiener ins Glas zu bekommen. Die späte Nachmittagsstunde erleichterte mir das Absuchen des vor uns sich ausbreitenden Gebietes. Die tanzende Unruhe der flimmernden Luft hatte zwar noch nicht ganz, aber bereits in beträchtlichem Maße nachgelassen.

Mehr als zwei Stunden waren seit unserem Aufbruch verstrichen, als ich durch das Fernglas eine Staubwolke ausmachte, die sich von Süden nach Norden bewegte. Kurze Zeit darauf erkannte ich, daß dieser Sandwirbel von einem Motorfahrzeug verursacht wurde, das, von uns aus gesehen, hinter dem Drahtverhau nordwärts fuhr. Ich brachte meine Stute zum Stehen. Als Sahdik neben mir anhielt, reichte ich ihm den Feldstecher hin.

„Vor uns liegt die ‚Mauer aus Draht mit Dornen‘, wie Ragab Hamid, der junge schehch der Magabra, sie genannt hat“, sagte ich und wies nach vorn. Der Beduine hielt das Glas vor die Augen und suchte in einer langsamen Schwenkung das Gelände vor uns ab.

„Da bewegt sich ein Fahrzeug“, stellte er fest, ohne das Fernglas abzusetzen. „Drei Männer sitzen darin.“

„Es werden Soldaten der italjahn an der Grenze sein“, antwortete ich.

„Die Stunde des mirrib-salaht naht“, sagte der Beduine und setzte das Glas ab. „Wir wollen hier halten und Allah darum bitten, uns bei der Befreiung der entführten Mädchen unseres Stammes zum Erfolg zu führen – bismi-’llah – im Namen Allahs!“

Wir stiegen von den Kamelen, deren Halfterleinen von mir übernommen wurden. Leila sonderte sich von den Männern ab. Alle vier drehten sich in die Richtung zur kibla, nach Mekka. Sahdik und Hamdi grenzten ihren vorgesehenen Gebetsplatz ab, indem sie zwei Schritte vor sich ihre Gewehre quer auf den Boden legten. Radwahn zog in etwa der gleichen Entfernung einen Strich in den Sand. Das Mädchen kniete nieder und bildete mit ihren Händen zwei kleine Sandhäufchen, die an den Endpunkten einer gedachten Linie im Abstand von ebenfalls einem Doppelschritt vor ihm lagen. Dann erhob es sich wieder. Als die Sonnenscheibe, die orangerot glühte, am Gesichtskreis aufsetzte, ließen sich die vier auf die Knie sinken, verharrten eine Zeitlang und beugten sich dann zur sudschuhd nieder, wobei ihre Stirnen den Boden berührten.

Es war das erste Mal in meinem Leben, daß ich eine misilme, eine mohammedanische Frau, ihr Gebet verrichten sah. Das Bild bot nichts Auffälliges, denn Kleidung und Bewegungen der knienden Gestalt unterschieden sich nicht von den äußeren Erscheinungen meiner drei Gefährten. Aber ich wußte, daß dort im Sand vor mir nicht ein Mann sich im el-mirrib-salaht an Allah wandte, sondern daß es Leila, eine Freundin Munihras, war. Ich griff mit der Rechten unter die dschellaba. Meine Finger legten sich um die Messingpaillette mit dem verknoteten Haar von Sahdiks Schwester. Mir fiel ein, daß ich die später aufgefundenen Plättchen, auch die zu unserer Irreführung von el-Wakil ausgelegten, dazugefädelt hatte. In einer plötzlichen Aufwallung von Zorn und Verzweiflung wollte ich die falschen

Zeichen von den echten Nachrichten Munihras aus der Sänfte und vom Fuß des dschebel el-Gorahbi abtrennen und wegwerfen. Dann kam mir in den Sinn, daß den Metallstückchen, die auf der Rückseite keine eingeritzten Zeichen trugen und von el-Wakil zu unserer Täuschung verwendet worden waren, eines Tages als Beweismittel gegen ihn eine Bedeutung zukommen könnte. Ich ließ sie vorerst, wo sie waren. Meine Hand umschloß die Botschaft Munihras, solange meine Gefährten und Leila ihre Gebete verrichteten. Und noch etwas glaubte ich in dieser Stunde zwischen Tag und Nacht beim Grübeln über die uns hinterlassenen Zeichen zu erkennen. Sahdiks Schwester mußte bereits beim zweiten Versuch, uns durch die Auslegung eines von ihrem Kleid stammenden Schmuckplättchens eine Nachricht zu hinterlassen, gestört worden sein. Anders ließ sich das einer nach rechts gerichteten Pfeilspitze ähnelnde „Ha", der erste Buchstabe von „Hami", nicht erklären. Munihra wollte, wie sie es auf dem Messingstück mit ihrem Haar getan hatte, vermutlich meinen ganzen Namen wiedergeben. Denn wenn sie nur den alleinstehenden Anfangsbuchstaben hätte einritzen wollen, wäre das „Ha" anders ausgefallen. Im Arabischen haben die einzelnen Schriftzeichen meistens verschiedene Formen, je nachdem, ob sie am Anfang, in der Mitte, am Ende eines Wortes oder ganz allein stehen. Munihra hatte mit dem „Ha" begonnen, wie es geschrieben wird, wenn der ganze Name sich anschließt. Wenn sie nur den Buchstaben „Ha" allein hätte wiedergeben wollen, wäre dieses Zeichen anders von ihr eingeritzt worden. Es hätte von links mit einem leicht geschwungenen und kurzen waagrechten Strich angesetzt, an den sich nach unten ein schwungvolles, nach rechts geöffnetes Halboval anschließen mußte. Die Schreiberin hatte also die Absicht gehabt, den ganzen Namen „Hami“ einzuritzen, war nach der Ausführung des ersten Buchstabens aber gestört worden und dürfte nicht mehr die Gelegenheit gefunden haben, die übrigen Zeichen anzufügen.

Nachdem das Gebet bei Sonnenuntergang beendet war, wollte der Beduine die Zeit bis zur vollständigen Dunkelheit ausnutzen, um noch eine Strecke zurückzulegen. „Wir werden von hier aus gegen Mittag eindrehen und so weiterreiten, daß du mit el-mirkab den Zaun der italjahn nicht aus den Augen verlierst, jah Hami. Wird dir das gelingen?“

„Aijwa, solange das Licht ausreicht, die Drahtsperre mit dem Fernglas zu erkennen, jah Sahdik. Höre, Leila“, wandte ich mich an das Mädchen, das bereits hinter Sahdik auf dem Kamel saß, „kannst du dich entsinnen, ob der Draht mit Stacheln an der Stelle, wo du hindurchgeflüchtet bist, in gerader Linie verlief?“

„Esch-schriht schohk macht dort, wo die Häuser und Zelte der italjahn stehen, einen großen Bogen, jah Hami“, antwortete Leila.

„Öffnet sich dieser Bogen nach unserer Seite, nach hier, wo wir uns befinden?“

„La, nach der anderen Seite.“

„Noch etwas, jah Leila! Wann bist du gestern nacht aus dem Lager der italjahn geflohen?“

„Es muß gegen Mitternacht gewesen sein, jah Hami.“

„Du hast uns berichtet, daß der Mond gestern vor Mitternacht aufgegangen ist. Weißt du noch, wann das war?“

„Ich weiß es nicht sicher. Es kann vielleicht eine Stunde vor Mitternacht gewesen sein.“

„Dann müßte“, ich schaute auf meine Uhr, „– der Mond geht um diese Jahreszeit über zwei Stunden später als am Vortage auf –, dann müßte es heute ungefähr eine halbe Stunde nach Mitternacht so hell sein, daß wir in einer sicheren Entfernung von der Drahtsperre gegen Mittag weiterreiten können, jah Sahdik.“

„Laß uns die Zeit bis zum Einbruch der Nacht ausnützen, jah Hami!“ antwortete der Beduine ungeduldig und lenkte seine Stute gegen Süden. Nach zwei Meilen war es so dunkel geworden, daß wir uns bei dem Ritt zwar nach den Sternen richteten, das von den Italienern errichtete Hindernis an der ägyptisch-libyschen Grenze aber nicht mehr erkennen konnten. Wir wußten deshalb nicht, ob wir uns von ihm entfernten oder ihm näher kamen. Wir hatten nach dem Abbiegen einen breiten Wüstenstreifen vorgefunden, dessen ebene Sandfläche sich glücklicherweise frei von Dünenzügen erstreckte. Das war der Grund, weshalb wir in der kurzen Übergangszeit vom Tag zur Nacht noch die Strecke von zwei Meilen zurückzulegen vermochten. Trotzdem ritten wir noch einige Zeit, etwa eine Viertelstunde, in südlicher Richtung weiter. Schließlich aber mußten wir den Aufgang des

Nachtgestirns abwarten, bevor wir unseren Ritt fortsetzen konnten. Wir aßen süße Siwadatteln und schwarze Oliven mit Brot. Hamdi zauberte einige der kleinen, nach Äpfeln duftenden Zitronen aus seiner Satteltasche. Das am 'ain ed-domrahn eingefüllte Wasser zeigte einige Fettaugen, war aber frisch und wohlschmeckend. Die Zeit bis zum Aufgang des Mondes wollten wir ausnützen, um uns und die Kamele, die wir aber nicht abzusatteln gedachten, ruhen zu lassen. Ich sollte nach zwei Stunden die dritte Wache übernehmen.

Bevor ich einschlief, sah ich Hamdi an mir vorbeihuschen, der sich zu der Stelle hinschlich, an der sich Leila nicht weit von mir zusammengekrümmt im Sand niedergelegt hatte.

„Ismi, jah ibneije – höre, o Töchterchen", sagte der Schwarze leise. Trotzdem konnte ich wegen der geringen Entfernung seine Worte verstehen. „Nimm diese dschellaba und decke dich damit zu. Die Nächte im el-bahr er-raml el-kebihr sind kühl."

„Aber wir ziehen um Mitternacht schon weiter, jah Hamdi."

„Ma'lehsch – das macht nichts! Vor dem Aufgang des Mondes sind die Stunden besonders kalt, jah Leila."

Er breitete den Wollmantel über den Körper des auf dem Boden liegenden Mädchens und kehrte zu dem Platz zurück, an dem er sein Gewehr zurückgelassen hatte, nahm es auf und trat den Rundgang um unseren Lagerplatz während der ersten Wache an, die ihn getroffen hatte.

5. Über den Zaun des Todes

Ein Schuß riß mich aus dem Schlaf. Ich fuhr auf, griff noch im Sitzen nach meinem Gewehr, das ich mit dem Lauf über den einen neben mir bereitgestellten Wassersack gelegt hatte, und sprang auf die Füße. Dem ersten Knall folgten rasch noch an die acht bis zehn Schüsse. Sie fielen alle westlich von uns, aus der Richtung von der Grenze her.

Radwahn, der Hamdi abgelöst und dessen Waffe übernommen hatte, starrte angestrengt in die Gegend, aus der das Gewehrfeuer zu uns herübergedrungen war. Der Beduine, der Fezzaner und auch Leila hatten sich wie ich sofort nach dem Fallen des ersten Schusses erhoben. Die Mündungsblitze der folgenden Abschüsse waren erstaunlich nahe unseres Rastplatzes zu sehen. Ich schätzte sie nicht mehr als eine halbe Meile entfernt. Meine Uhr zeigte eine Stunde vor Mitternacht. In Kürze hätte mich der alte Tibbu zur Übernahme der dritten Wache geweckt.

„Wir müssen wissen, was sich so nahe bei unserem Lager ereignet, jah Hami“, sagte der Beduine. „Bleibe mit Hamdi und Radwahn hier“, wandte er sich Leila zu. „Ich und Hami werden erkunden, warum geschossen wurde. Wir lassen unsere Stuten zurück. Wartet auf diesem Platz bis zu unserer Rückkehr.“

Während ich zu meinem Kamel trat und die Taschenlampe aus der einen Satteltasche nahm, fügte ich den Worten Sahdiks noch hinzu: „Höre, jah Hamdi, ich werde, wenn wir zurückkehren, in einiger Entfernung mit meiner Lampe dreimal ein kurzes Zeichen geben –“

„– wie bei den Sänften des Todes, jah hherr?“ unterbrach mich der Schwarze.

„Mazbuht – richtig! Damit ihr erkennt, daß wir es sind, die sich euch nähern.“

„Ahl, ahl, jah hherr – sehr gut, o Herr!“ antwortete Hamdi. „Ich werde jeden, der er-ramaz eddauw, das Zwinkern des Lichtes, nicht vornimmt, das Lebenslicht mit einer Kugel aus meinem Gewehr ausblasen – inschallah!“

Sahdik und ich liefen in die Nacht hinaus. Nach dem ersten Gewehrfeuer war eine Pause eingetreten. Dann fiel erneut ein Schuß und noch einer. Wir sahen es deutlich vor uns aufblitzen. Erst sehr verhalten, bald aber immer deutlicher wurde Motorengeräusch hörbar. Mit einem Mal flammten links von uns zwei Scheinwerfer eines Fahrzeuges auf, das sich schnell nach rechts bewegte. Die beiden hellen Leuchten verlöschten rasch wieder. Diese Augenblicke hatten aber genügt, uns erkennen zu lassen, daß der Kraftwagen an der anderen Seite eines Hindernisses entlangrollte. In knappen, regelmäßigen Abständen wurde das Licht unterbrochen, wie es geschieht, wenn sich zwischen einer bewegten Lichtquelle und dem Betrachter eine Reihe von Stangen oder Stäben erhebt.

„Mahschallah!“ flüsterte der Beduine. „Vor uns liegt schon die Mauer aus Draht, die von den italjahn aufgerichtet worden ist, jah Hami!“

„Wir müssen uns auf dem letzten Stück unseres Weges unbemerkt dem Grenzhindernis genähert haben, jah Sahdik. Vielleicht macht der Verhau einen Bogen nach Sonnenaufgang, oder wir sind in der Dunkelheit von der Richtung nach Mittag abgekommen.“

„Was geht hier vor, jah Hami?“

„Laß uns näher heranschleichen. Wir sind hier noch zu weit entfernt, um alles zu übersehen und zu erkennen.“

Wir huschten gebückt und in weiten Sprüngen vorwärts und stießen sehr bald auf den quer vor uns sich hinziehenden Verhau. Das Leuchten der Sterne hatte sich verstärkt. Am westlichen Gesichtskreis, genau vor uns, begann der Himmel jenen Schimmer anzunehmen, der dem Heraufziehen des Mondes voranzugehen pflegt. In diesem ungewissen Licht erkannten wir, daß in einem Zwischenraum von vier bis fünf Metern zwei Reihen mannshoher, am oberen Ende zu einer Öse gebogener Eisenstäbe in den Boden getrieben waren. Sie standen in einem Abstand von zehn Metern auf Lücke, so daß in der Mitte zweier Metallstangen der einen Seite jeweils eine auf der Gegenseite auftrat. Der Raum zwischen diesen beiden Zeilen war mit ineinandergeschobenen Stacheldrahtrollen ausgefüllt, die in den Ösen der Stäbe verankert waren.

Wir warfen uns in Reichweite der Drähte nieder

und drückten uns an den Boden. Jenseits des Verhaues, mindestens einhundert Meter von diesem entfernt, waren die schemenhaften Umrisse eines mittelgroßen Kraftwagens zu sehen, der in der Mitte einen Aufbau zu haben schien. Er hatte seine Fahrt eingestellt. Der Motor klang laut und hämmernd in die Nacht hinein.

„Fa un giro! Avvicínati da questa parte – mach einen Bogen! Fahre von hier aus heran!" rief plötzlich eine Stimme in einer ziemlichen Entfernung von uns. „Questi maledetti assassini stanno per superare l'ostacolo – diese verfluchten Mordgesellen sind im Begriff, das Hindernis zu überqueren!"

Es fielen zwei Schüsse.

„Dio! Dio! Per amor di Dio – o Gott! O Gott! Um Gottes willen!" brüllte eine Stimme. „Sono ferito! Mamma mia! – Ich bin verwundet! Mamma mia!"

Das Kraftfahrzeug hatte den Rückwärtsgang eingelegt und war von dem Verhau weggerollt. Nach hundert Metern hielt es, fuhr nach vorn an, schlug links ein und näherte sich in einem großen Bogen von rechts dem Grenzhindernis. Mit einem Mal flammten die Scheinwerfer auf. Das Fahrzeug bewegte sich langsam. Die Vorderräder wurden nach einer Seite eingeschlagen, wodurch der Lichtkegel der Lampen sich am Verhau entlangtastete. Er erfaßte eine Gruppe von fünf oder sechs Männern in Beduinenkleidung, die sich an der Sperre zu schaffen machten. Sie hatten ein riesiges Bündel auf den Stacheldraht geworfen. Einer von ihnen war hinaufgesprungen und versuchte anscheinend, die

Rolle vorwärtszuschieben. Als die Gestalten von plötzlicher Helligkeit umgeben waren, stürzten sie nach rechts und links auseinander, um in der Dunkelheit unterzutauchen. Der auf der Sperre stehende Mann fand nicht mehr die Zeit, herabzuspringen. Ein Maschinengewehrfeuerstoß, der von dem Fahrzeug ausging, warf ihn mitten in das Stacheldrahtgewirr hinein. Halbrechts hinter uns, in mehr als zweihundert Meter Entfernung, spritzte der Sand von den einschlagenden Geschossen auf. Nach kurzer Pause fiel ein einzelner Schuß aus der Richtung, wo der Kraftwagen stand, und dann noch einer.

„Dio cane! Maledizione!“ fluchte wütend ein Mann. Das Maschinengewehr schien Ladehemmung zu haben. Jetzt kam es auf Sekunden an, wenn den untergetauchten Männern an dem Verhau geholfen werden sollte.

„Nimm du die linke Lampe, jah chaiji“, sagte ich zu dem Beduinen. „Ich werde die rechte aufs Korn nehmen. Wir müssen aufstehen, um zu schießen, damit es durch den vor uns liegenden Draht keine Querschläger gibt.“

„Taijib, jah Hami – gut, o Hami.“

Wir erhoben uns vorsichtig und zielten sorgfältig auf die Scheinwerfer des keine hundert Meter entfernt stehenden Fahrzeuges. Unsere beiden Schüsse klangen wie einer. Die Lichter erloschen. Wir vernahmen einen dumpfen Knall, als würde auf eine große Pauke geschlagen. Im gleichen Augenblick schoß eine rotgelbe Stichflamme aus dem Kraftwagen, die in Sekundenschnelle an Höhe und Ausdehnung zunahm. In ihrem Schein sahen wir zwei Männer in Uniform, die hinter einem auf einem Dreibein montierten Maschinengewehr standen. Sie schienen wie erstarrt. Dann sprangen sie, vor Entsetzen brüllend, durch die Flammen zu Boden und liefen in die hellerleuchtete Nacht. Gleichzeitig stürzten zwei andere Soldaten rechts und links aus den Türen des Lenkerabteils. Sahdik hob el-kilme el adahle. Ich drückte den Lauf zu Boden.

„La – jah chaiji. Sie sind nicht unsere Feinde! Sie haben uns nichts getan! Das besorgen die anderen. Schuhf – sieh!"

Die fünf Beduinen, die sich zu Boden geworfen hatten, als sie vom Licht der Scheinwerfer erfaßt worden waren, hatten sich erhoben und schossen den davonlaufenden Soldaten und einer Gruppe von vier anderen Männern nach, die rechts von uns nach dem Aufflammen des Benzins sichtbar geworden waren und an dem Verhau entlang davonrannten.

„Wir wollen ihnen beistehen, das Hindernis zu überwinden, jah Sahdik", sagte ich zu dem Haddedihn und lief gebückt an der Sperre hin. Es waren weniger als achtzig Meter bis zu der Stelle, wo der Versuch, das Hindernis zu überqueren, im Feuer des Maschinengewehres zusammengebrochen war.

„Bismi-llah! Isma! – Im Namen Allahs! Höre!" rief ich dem mir am nächsten stehenden Beduinen auf der anderen Seite der Sperre zu. Er fuhr, sein Gewehr noch eingezogen haltend, herum. „Wir wollen euch helfen, über diesen Zaun aus Draht hinwegzukommen. Was sollen wir tun?"

„Hamdilla! Smallah'h 'alehk, jah rarihb – Allah sei Dank! Der Name Allahs sei über dir, o Fremder! Das ist Hilfe in der höchsten Not! Ich werde esch-schahdir zu dir hinüberrollen. Ziehe daran, damit wir auf ihm über diese Mauer der Stacheln hinwegkommen."

„Wir wollen tun, wie du sagst. Beginne!"

Der Mann rief seinen Gefährten, die noch immer den Davongelaufenen einzelne Schüsse nachsandten, etwas zu, worauf einer von ihnen sein Gewehr niederlegte. Gemeinsam versuchten sie vom Boden und von oben her den Ballen, der nach den Worten des von mir Angesprochenen ein zusammengelegtes Militärzelt war, quer über den Verhau hinwegzurollen. Die größte Schwierigkeit bei diesem Vorhaben bestand für den oben auf dem Tuch Stehenden darin, nicht das Gleichgewicht zu verlieren und seitlich in das Drahtgewirr abzukippen. Der von der Maschinengewehrgarbe Getroffene lag mit verdrehten Gliedmaßen inmitten der ineinander verschlungenen Drähte und rührte sich nicht.

Langsam arbeitete sich der Beduine zu uns herüber. Er hatte bald erkannt, daß er im Knien weniger Gefahr lief, seitlich abzurutschen. Als die erheblich dünner gewordene Rolle noch etwa zwei Meter von der diesseitigen Begrenzung des Verhaues entfernt war, nahmen Sahdik und ich unsere Gewehre zu Hilfe. Mit den Mündungen, an denen das Korn saß, gelang es uns, das Zelt heranzuziehen. Schnell rollten wir das Ende der Bahn aus und legten es an der Seite der Sperre bis an den Boden hinab. Die fünf Männer überquerten den Verhau auf dem zusammengefalteten Segeltuchstoff, durch dessen mehrfache Lagen die Stacheln des Drahtes nicht zu dringen vermochten.

„Chaschem ben Abdallah kann nicht zurückbleiben. Wir müssen ihn aus diesem Drahtgestrüpp, das Allah verfluchen möge, herausholen. Laß uns versuchen, esch-schahdir aufzuheben und zur Seite zu schieben, um an Chaschem heranzukommen“, sagte der Mann, den ich zuerst angesprochen hatte. Er kehrte noch einmal auf die andere Seite des Verhaues zurück. Wir versuchten gemeinsam, das zusammengeschlagene Zelt aufzuheben und zu versetzen. Es war unmöglich, die Dornen des Drahtes hatten sich so fest eingedrückt, daß alle unsere Lokkerungsversuche erfolglos blieben.

Die Fackel des in Flammen aufgegangenen Benzins, der inzwischen ebenfalls brennenden Reifen und aller von der Glut angegriffenen Teile des Fahrzeuges loderte noch immer hoch in die Nacht auf und erhellte die Wüste und die Drahtsperre in einem weiten Umkreis. Selbst wenn die geflohenen Soldaten noch nicht einen der Stützpunkte oder Posten längs der Grenze erreicht hatten, so mußte dieses meilenweit sichtbare Leuchtsignal auch weiter entfernt liegende Besatzungen alarmieren. Es konnte nur eine Frage von Bruchteilen von Stunden, vielleicht nur von Minuten sein, bis das Feuer auf uns eröffnet würde. Ich zermarterte mir den Kopf, ob es überhaupt möglich war, den niedergestreckten Gefährten der Beduinen – wahrscheinlich war er bereits tot – aus dem Draht herauszuholen.

„Allah a'lam – Allah allein weiß! Ich sehe keine

Möglichkeit, Chaschem ben Abdallah aus der Umarmung des Drahtes zu befreien", sagte ich schließlich. „Wenn wir länger hier verweilen, werden wir alle verloren sein. Denn el-italjahn werden mit ihren schnellen Gewehren auf uns schießen, auch wenn wir hier auf ägyptischem Boden stehen!"

„Allahu akbar – Allah ist groß! Du hast recht, jah rarihb. Es ist der Wille Allahs und seines Gesandten, daß die Gebeine Chaschem ben Abdallahs nicht in einem Grab ruhen sollen. Absar – Allah weiß!"

„Bevor wir uns entfernen, wäre es gut, den Weg, auf dem ihr diesen Zaun der Stacheln überschritten habt, wieder zu entfernen, damit el-italjahn uns nicht so leicht folgen können", schlug ich vor.

„Wie willst du das machen, jah rarihb? Du hast gesehen, daß zwei Männer, ich und du, nicht imstande waren, dieses schahdihr aufzuheben."

„Ich will es trotzdem versuchen."

„Wahdak – du allein?"

„Aijwa."

„Mahschallah! Aber Allah ist groß und weiß."

Ich stieg vorsichtig auf die ausgelegte Zelttuchbahn. Es ging besser, als ich angenommen hatte. Auf der anderen Seite hob ich den herabhängenden Anfang des zusammengefalteten Stoffes auf, was mir erst nach mehreren Versuchen glückte, da sich auch hier die Stacheln des Drahtes festgehakt hatten. Nachdem mir das aber gelungen war, machte es keine große Mühe mehr, das Zelttuch, während ich rückwärts ging, nach oben abzuheben. Als ich fast in der Mitte des Verhaues angelangt war, warf ich einen Blick auf den mitten im Drahtgewirr liegenden Chaschem ben Abdallah. Ich wußte nicht, ob die lodernden Flammen es mir vortäuschten oder ob es tatsächlich der Fall war: nur schien der Hingestreckte sich bewegt zu haben.

Mit einem Mal kam mir die Erleuchtung. Ich faltete das zu einer langen Bahn zusammengelegte Zelt in der Höhe des Mannes im rechten Winkel, was durch Umdrehen mühelos möglich war, und legte dann den Stoff nach der Seite so aus, daß er ganz nahe an dem hingestreckten Beduinen vorbeilief.

Es gelang uns, den Reglosen auf die Zeltbahn zu wälzen, anschließend vorsichtig über den schwankenden Steg zu tragen und auf den Boden niederzulegen. Er lebte noch. Eine Kugel hatte ihm die linke Schulter durchschlagen, eine zweite den Oberschenkel aufgerissen, ohne jedoch die Schlagader verletzt zu haben.

Noch blieb jenseits der Drahtsperre alles ruhig. Ich erhob mich, nachdem ich die Verletzungen des Beduinen in aller Eile untersucht hatte.

„Die Verwundungen eures Gefährten Chaschem scheinen nicht lebensgefährlich zu sein", sagte ich zu den fünf bei mir stehenden Beduinen. „Trotzdem müssen sie bald ausgewaschen und verbunden werden. Aber noch wichtiger ist es, daß wir uns sofort von hier entfernen."

„Wo habt ihr eure hudschun, jah rarihb?" fragte der Beduine, der bisher als einziger von den fünfen mit uns gesprochen hatte.

„Sie stehen eine halbe Meile von hier gegen Sonnenaufgang. Könnt ihr den Verwundeten bis dorthin tragen?“

„Na'am – ja, wir werden uns bei seinem Fortbringen abwechseln.“

Als mein Blick auf das zu einem großen Haufen zusammengeworfene Zelt fiel, schlug ich vor:

„El-italjahn sollen das Zelt, mit dem ihr die Mauer aus Draht überquert habt, nicht so nahe bei ihr finden. Nehmt es ein Stück mit, damit es von ihnen nicht wahrgenommen werden kann.“

Zwei der Männer ergriffen das Ende der zusammengelegten Bahn und zogen sie hinter sich her. Sie folgten Sahdik, der sich an die Spitze gestellt hatte. Der Verwundete, der das Bewußtsein noch nicht wiedererlangt hatte, war von je einem seiner Gefährten unter den Schultern und an den Beinen aufgehoben worden. Ich ging am Schluß unserer nunmehr auf acht Mann angewachsenen Gruppe.

Der Mond war im Westen aufgezogen. Das ebene Land lag in einem kalten Licht, das den Blick weit umher freigab. Ich wandte mich von Zeit zu Zeit zurück, um zu sehen, ob auf der libyschen Seite der Grenze irgendeine Bewegung aufkam. Deutlich hob sich die Stacheldrahtsperre gegen den hellen Sand der Wüste ab. Sie zog sich wie ein endlos langer Wurm von Süden nach Norden und erinnerte mich an einen bewegungslos verharrenden Tausendfüßler.

Nach wenigen hundert Metern bereits hatten sich jeweils zwei der Beduinen beim Tragen des Verletzten mehrmals abgelöst. Das damit verbundene

Niederlegen und Wiederaufnehmen ihres verwundeten Gefährten mußte diesen so stark schwächen, daß es ihm gefährlich werden konnte.

„Kif – halt!" rief ich den vor mir Hergehenden zu. „Legt den Verwundeten auf das zusammengeschlagene Zelt und zieht ihn auf der Plane über den Sand. Das wird ihm weniger schaden als der häufige Wechsel beim Tragen."

Die Männer befolgten meinen Rat. Zwei faßten die Eckzipfel des Segeltuches und schleiften den Verwundeten hinter sich her. Als wir den halben Weg vom Drahtzaun zum Lagerplatz zurückgelegt hatten, wo Hamdi, Radwahn und Leila auf uns warteten, gab ich das verabredete Lichtzeichen. Das erschien mir besonders notwendig, weil wir zu zweien losgezogen waren und sich nun acht Personen näherten.

„Mahschallah, jah hherr!" rief Hamdi, als wir bis auf fünfzig Schritt an die drei herangekommen waren, und lief uns entgegen. „Jah salahm – du meine Güte! Die Nacht wurde hell wie der Tag und Schüsse fielen! Ist euch etwas zugestoßen? Wer sind diese Männer? Haben sie auf dich und deinen Freund geschossen, jah hherr?"

„La, jah Hamdi el-Fezzani. Jetzt ist keine Zeit, darüber zu reden. Nehmt die hudschun und folgt uns. Wir sind zu nahe an dem Zaun aus Draht. El-italjahn können jeden Augenblick dort drüben erscheinen!"

„Amrak, jah hherr – zu Befehl, o Herr! Wenn sie auftauchen, werden wir untergetaucht sein – inschallah."

Er und Radwahn nahmen jeder zwei unserer Stuten, die sich niedergelassen hatten, am Halfter und ließen sie aufstehen. Während Sahdik und die fünf Beduinen mit dem Verwundeten weiterzogen, wartete ich, bis Hamdi und der Tibbu mit den Kamelen sich ihnen angeschlossen hatten. Dabei bemerkte ich, daß Leila die dschellaba, die ihr zu groß war, übergelegt hatte, ohne die Kapuze hochzuziehen. Um den Kopf trug sie den Bund so geschlungen wie bei unserer Begegnung vor zwölf Stunden. Und noch etwas fiel mir auf: Die Frauenhose schaute nicht mehr unter dem sohb hervor. Sie war nicht als Mädchen zu erkennen. Die mit uns angekommenen Männer mußten sie für einen zierlichen Beduinen halten. Leila nahm dem alten Radwahn das vierte Kamel ab und führte es als letztes den Vorangehenden nach. Ich bildete wiederum den Schluß. Bevor ich mich den anderen anschloß, suchte ich noch einmal mit dem Fernglas das Gebiet beiderseits des brennenden Kraftwagens ab. Die Gewalt der rotgelben, rußenden Flammen schien nachgelassen zu haben. Aber ich konnte keine Bewegung wahrnehmen. Mit jedem Schritt, den wir in ostwärtiger Richtung machten, verringerte sich die Gefahr, die uns von dem Grenzstreifen drohen oder erreichen konnte. Nach zweihundert Metern wandte ich mich erneut zurück. Das Feuer sank allmählich in sich zusammen. Der durch unsere Schüsse in Brand geratene Brennstoff schien zur Neige zu gehen. Eben wollte ich mich umdrehen und den vor mir Dahinziehenden nacheilen, als ich weit links von der Stelle, wo die Beduinen den Stacheldrahtverhau überwunden hatten, kurz etwas aufblinken sah. Ich kniete nieder, stützte den Ellbogen auf den linken Oberschenkel, um dem Fernglas einen Halt zu geben, und ließ den Blick langsam von dem brennenden Fahrzeugwrack nach Süden wandern. Da – da waren sie, zwei kleinere und ein größerer Kraftwagen. Sie fuhren ohne Licht mit geringer Geschwindigkeit jenseits der Drahtsperre nach Norden. Ich lief der Gruppe nach.

„Hamdi, Radwahn, laßt die hudschun niedergehen und verhaltet euch still!" rief ich den beiden halblaut zu.

„El-italjahn nähern sich dem Feuer!" Dann holte ich Sahdik ein.

„Sie kommen!"

Der Beduine wandte sich schnell zu mir.

„Folgen sie uns?"

„La – sie fahren mit drei Kraftwagen auf die Stelle zu, wo die Schießerei stattgefunden hat. Sie befinden sich auf der anderen Seite des Verhaues. Legt euch auf den Boden und bewegt euch nicht", sagte ich zu den fünf Männern. „Wir wissen nicht, ob el-italjahn ein mirkab haben, mit dem sie uns beobachten können. Der Mond ist hell. Und die Nacht trägt die Stimmen weit."

Wir legten uns nieder und verhielten uns vollkommen ruhig. Die Kamele waren durch leichte Schläge gegen die Vorderfüße zum Knien und darauf zur Ruhestellung gebracht worden. Wir beobachteten aufmerksam, was sich in dem Bereich südlich des zerstörten Fahrzeuges abspielte, das nur noch schwelte und qualmte. Durch das Glas erkannte ich, daß der letzte Kraftwagen, der größere, anhielt. Die beiden anderen bogen nach Westen aus. Eines von ihnen blieb dann ebenfalls stehen, während das dritte in einem großen Bogen erst nach Nordosten und schließlich, nach Erreichen des Grenzzaunes, nach Süden eindrehte. Damit war der Platz mit den rauchenden Resten des Fahrzeuges nach allen Seiten abgeriegelt.

Ich übergab Sahdik das Fernglas.

„Beobachte du, jah chaiji, was weiter geschieht. Ich will mich um den Verwundeten kümmern."

Zwei der zu uns gestoßenen Beduinen ließ ich die Zeltbahnen mit dem Verletzten so drehen, daß sie quer zu unserer Marschrichtung zu liegen kamen.

„Kniet nieder und haltet den Stoff so empor, daß das Licht meiner Leuchte nicht von el-italjahn gesehen werden kann."

Der Anblick des Verwundeten bot im Licht meiner Taschenlampe, die ich im Mund hielt, ein erschütterndes Bild. Gesicht, Unterarme und Füße waren blutverschmiert. Der Stacheldraht hatte ihm sowohl beim Hineinstürzen als auch beim Herausziehen durch uns die Haut kreuz und quer aufgerissen. Der Einschuß in der linken Schulter war auffallend klein und hatte einen gleichmäßigen, nicht gefransten Rand. Der Ausschuß war etwas größer, aber nicht ausgerissen. Dieser glatte Durchschuß zeigte deutlich die Merkmale der kleinkalibrigen Munition, wie sie bei den italienischen Revelli-Fiat-Maschinengewehren mit 6,6 Millimeter Seelenweite verwendet wurden. Eine Infektionsgefahr konnte, wenn keine Stoffteile in den Durchschußkanal hineingerissen worden waren, nur an den Wundrändern eintreten, da das Geschoß selbst durch die Erhitzung und die Rasanz steril war. Ich schlich gebückt zu meinem Kamel und suchte das in el Kah'hira bei dem alten Armenier erstandene Waffenöl heraus. Damit bestrich ich die Ränder des Ein- und Ausschusses. Verbinden konnte ich die Wunde nicht, da wir kein Verbandszeug mitführten.

Hamdi brachte mir auf mein Geheiß einen Wassersack herbei. Ich wusch dem Verletzten das Blut von Gesicht, Armen und Beinen. Den rechten Oberschenkel behandelte ich vorsichtig, weil dieser durch eine Kugel getroffen worden war. Nach der Säuberung stellte es sich heraus, daß es sich nur um einen tieferen Streifschuß handelte, der durch die Blutung ein schlimmeres Aussehen angenommen hatte. Chaschem ben Abdallah konnte von Glück reden, daß er durch den Maschinengewehrfeuerstoß nicht schwerer verletzt worden war. Ich rieb zum Schluß auch die Wunde am Oberschenkel mit dem Waffenöl ein. Dabei schlug der Verwundete die Augen auf. Er versuchte sich aufzustützen. Ich drückte ihn vorsichtig wieder nieder.

„Bleibe liegen, jah Chaschem ben Abdallah! Es kann dir nichts mehr zustoßen. Du bist in el-Masr, in Ägypten, und deine Freunde sind bei dir. Keiner ist zurückgeblieben."

„El-hamdu lillah", seufzte der Verletzte und schloß die Augen. Ich fühlte, da ich ihn an den Schultern niederhielt, wie sich seine Muskeln entspannten.

„Ihr könnt die Zeltbahn wieder niederlegen", sagte ich zu den zwei Männern, die während der Behandlung des Verwundeten das Licht meiner Taschenlampe abgeschirmt hatten. Ich kroch an die Seite Sahdiks, der das Geschehen um das ausgebrannte Fahrzeug durch das Fernglas beobachtete.

„Was haben el-italjahn unternommen, jah Sahdik?"

Er setzte den Feldstecher ab und reichte ihn mir.

„Es ist nichts zu sehen. Die Fahrzeuge stehen noch immer dort, wo sie gehalten haben."

„Sie werden das Gelände absuchen."

In diesem Augenblick flammten die Scheinwerfer des in der Mitte stehenden Kraftwagens auf und beleuchteten den Bereich der Drahtsperre, wo die Beduinen sie überwunden hatten. Kurz darauf schalteten auch die zwei rechts und links stehenden Fahrzeuge ihre Scheinwerfer ein. Wir sahen Soldaten über den beleuchteten Plan laufen und hörten Rufe und Befehle, ohne die Worte wegen der Entfernung verstehen zu können.

„Allahu akbar – Allah ist groß!" sprach Sahdik. „Sie denken gar nicht daran, daß sie wie el-hamahm, wie die Tauben, abgeschossen werden könnten."

„Dastuhr, jah chawahdscha – mit Verlaub, o Herr", wandte sich Hamdi an Sahdik. „Darf ich?"

„Was?"

„Auf el-italjahn schießen?"

„Das hat keinen Zweck, jah Hamdi. Sie sind für dein Gewehr zu weit von uns entfernt."

„Aber der Knall wird sie ärgern – inschallah."

Der Beduine mußte lachen.

„Mit el-bahruhde sollte man seinen Gegner nicht ärgern, sondern treffen, jah Hamdi el-Fezzani.“

Da sagte der Schwarze etwas, was mich nahezu außer Fassung brachte.

„Dastuhrak, jah chawahdscha – entschuldige, o Herr, es macht mir mehr Spaß, mit meinem bahruhde jemanden zu ärgern als ihn zu treffen – inschallah.“

Ich hielt es an der Zeit, einzugreifen, um dem beduinischen Spieltrieb einen Riegel vorzuschieben.

„Wenn du jetzt von hier aus auf el-italjahn schießt, jah Hamdi el-Fezzani, bringst du uns alle in Gefahr. Sie werden ihr madfa raschschahsch, ihr Maschinengewehr, in diese Richtung drehen und auf uns schießen.“

„Aber ich will gar nicht von hier aus schießen, jah hherr!“

„Von wo sonst?“

„Ich werde da hinüber laufen“, er zeigte nach rechts, „und von dort aus schießen.“

Ich erinnerte mich der Mühe, der sich der Fezzaner bei den Sänften des Todes unterworfen hatte, um mit Steinen, denen er Turbane aufsetzte, und unbrauchbar gemachten Gewehren el-Wakil und seine Leute zu täuschen. Lebhafte Vorstellungskraft und List gehörten anscheinend zu den Voraussetzungen, in der Wüste einem überlegenen Gegner gegenüberzutreten.

„Gehe weit zur Seite, jah Hamdi“, wies ihn Sahdik an, „und dann kannst du jene unvorsichtigen Männer mit deinem Gewehr ärgern.“

„Mutschakkir, jah chawahdscha – vielen Dank, o Herr!“ sagte Hamdi eifrig. Aber er lief nicht sofort los, sondern flüsterte zunächst mit zweien der zu uns gestoßenen Beduinen. Dann schlichen sie gebückt los, der Fezzaner nach rechts, die beiden anderen nach links. Ich wandte mich an den Senuhsi, mit dem ich schon gesprochen hatte.

„Mah twachisnihsch, jah rarihb – entschuldige, o Fremder, daß ich gegen die Sitten der Höflichkeit verstoße. Allah wird mir verzeihen, wenn ich mir nicht die Zeit nehme, mich nach deinem Wohlbefinden und dem deiner Freunde und Brüder zu erkundigen. Aber die Nähe eurer Feinde und die Notwendigkeit einer schnellen Entscheidung zwingen uns, dieses Gespräch später zu führen. Wer seid ihr und wohin führt euch euer Weg?“

„Allah jidschahzihk – Allah möge es dir vergelten, daß du uns geholfen hast, unseren Gefährten Chaschem ben Abdallah aus der Umschlingung des Drahtes zu befreien. Wir gehören zu den Männern der Senuhsih, die aus ed-dahr Abid unter Führung von Ali Sneini aufgebrochen waren, um –“

„Verzeihe, wenn ich dich unterbreche – kannst du mir erklären, was du mit ed-dahr, was wohl Gebäude oder Wohnung bedeutet, meinst?“

„Ed-dahr sind die Lager der Krieger der Senuhsih.“

„Halten sich dort nur Männer auf?“

„La – es sind auch Frauen in diesem dijahr, wie die Mehrzahl dieser Feldlager genannt wird. Diese kochen das Essen, pflegen die Verwundeten und führen die Kamele der Karawane, wenn die Krieger weiterziehen.“

„Nun weiß ich, wie es in einem solchen dahr zugeht. Berichte weiter, jah rarihb."

„Mein Name lautet Keiralla Muhammed. El italjahn – Allah verfluche sie – haben mich vor mehr als einem Jahr an der Mauer aus Draht gefangengenommen. Ich wollte mit Redah Fadil ibn Hassan nach Ägypten durchbrechen, um Said ed Idris ben Muhammed el-Mahdi es-senuhsih aufzusuchen, unser Oberhaupt, das in el-Kah'hira um Unterstützung für unseren Kampf gegen el-italjahn – Allah verfluche sie – wirbt. Wir wollten ihm schildern, daß wir keine Munition, kein Vieh, keine Nahrung und kaum noch Kleidung hatten und nicht mehr weiterkämpfen konnten. Bei dem Versuch, den Zaun aus Draht zu überklettern, wurden wir von einem bahsch dschahwihsch, einem Feldwebel der italjahn – Allah verfluche ihn, er hieß Kiarini, ich werde diesen Namen nie vergessen – mit einem Kraftwagen gejagt. Er nahm mich gefangen. Redah Fadil ibn Hassan konnte flüchten. Dort ist er."

Er zeigte auf einen der neben ihm liegenden Beduinen.

„Du sollst mich Hami el-amlahk nennen", sagte ich zu Keiralla, nachdem er seinen Namen genannt hatte. „Hier neben mir, das ist mein Freund und Bruder Sahdik Nassahr ben Kara ibn Halef Omar, der eines Tages seinem Vater als kluger und tapferer schehch der Haddedihn vom großen und berühmten Stamm der Schammar im bilahd il-'arab folgen wird, jah Keiralla Muhammed!"

Ich verzichtete bewußt darauf, Hamdi und den

alten Radwahn zu nennen, weil ich dann auch den „zierlichen Beduinen“ als das Mädchen Leila hätte entlarven müssen, was ich für nicht angebracht hielt.

„Allah wird euch und euren Kindern und Enkeln ein langes Leben und Wohlergehen schenken, jah Hami el-amlahk. Wir verdanken euch unsere Rettung vor el-italjahn – Allah verfluche sie!“

„Wie ist es möglich, daß du mit deinen Gefährten die Drahtsperre an der Grenze überklettern wolltest, nachdem die Italiener dich gefangengenommen hatten, jah Keiralla Muhammed?“

„Vor drei Monaten bin ich aus dem Gefängnis von Bengasi geflohen und in den dschebel zurückgekehrt.“

„Welcher dschebel ist das, der dich aufgenommen hat?“

„Es ist der dschebel Abid, in dem bei Slonta unser Häuptling Omar el-Muchtar, nachdem er verwundet worden war, in einem Palmenhain von el-italjahn – Allah verfluche sie; sie töteten sein Weib, die Tochter des Vorstehers der zahwija von Mirad Mesa'ud – vor fünf Jahren bei einem Gefecht gefangengenommen wurde. Ich hielt mich eine Zeitlang im dschebel verborgen. Nach und nach stießen fünf Brüder der Senuhsih zu mir, die ebenfalls von el-italjahn – Allah verfluche sie – gejagt wurden. Dann beschlossen wir, weil unsere Vorräte zu Ende gingen und el-italjahn – Allah verfluche sie – jeden henkten, der uns zu essen und zu trinken gab, den Zaun aus Draht zu überqueren und –“

Rechts von unserem Lagerplatz ertönte ein Schuß. Am Mündungsfeuer des zweiten erkannten wir, daß der Schütze etwa achthundert Meter von uns entfernt war. Es mußte Hamdi sein, der von dort aus die noch immer durcheinanderlaufenden Gestalten hinter dem Drahtverhau „ärgern" wollte. Die erwartete Wirkung trat denn auch umgehend ein. Die Scheinwerfer der Kraftfahrzeuge wurden auf den Wüstenstreifen auf unserer Seite des Grenzzaunes gerichtet. Kurz darauf begann ein auf dem ganz links stehenden Fahrzeug aufgebautes Maschinengewehr ziel- und planlos in das ägyptische Gebiet hineinzufeuern. Mit einem Schlag setzte das Hämmern aus. Ich vermutete, daß die Schützen wieder, wie bereits einmal in dieser Nacht, eine Ladehemmung hatten. Im Fernglas sah ich Männer durch die Strahlen der Kraftwagenscheinwerfer laufen und in der Dunkelheit untertauchen. Es fielen noch zwei – drei – vier Gewehrschüsse. Dann war jede Bewegung auf dem beleuchteten Plan erstorben. Eine solche überraschende Wirkung der beiden Schreckschüsse Hamdis hatte ich nicht erwartet. Die mit ihm davongeschlichenen Gefährten Keiralla Muhammeds hatten ihre Gewehre nicht abgefeuert; denn links von uns, aus der Richtung, in der sie die Dunkelheit verschluckt hatte, war kein Schuß zu hören gewesen.

Mit größter Aufmerksamkeit hatten wir die Ereignisse am Drahtverhau beobachtet. Ich konnte mir das Gebaren der Italiener nach den beiden Schüssen Hamdis aus seinem kleinkalibrigen Karabiner nicht erklären.

„Mahschallah!“ rief Sahdik mit gedämpfter Stimme aus. „El-italjahn sind wie Abul-ihsehn, der Vater der kleinen Festung, wie die Beduinen den Fuchs nennen, in ihren Löchern verschwunden, nur weil Hamdi el-Fezzani mit seinem bahruhde in die Luft geschossen hat! Was hätten sie wohl getan, wenn das ‚Wort der Gerechtigkeit‘ zu ihnen gesprochen hätte?“

Dem Beduinen war die unverhältnismäßig starke Wirkung von Hamdis Lärmen mit seinem Gewehr also auch aufgefallen. Ich verspürte ein Unbehagen, das ich mir nicht erklären konnte. In diesem Augenblick schlich der Fezzaner zu uns heran und legte sich neben mich in den Sand.

„Jah salahm – du meine Güte!“ sagte er und wandte sich an Keiralla Muhammed. „Was haben deine Gefährten für bawahrihd, daß diese Dinger nicht losgehen. Wir hatten ausgemacht, daß sie nach meinem ersten Schuß ebenfalls ihre Gewehre abfeuern sollten. Ich habe aber nichts gehört. Sie werden doch nicht im Sand eingeschlafen sein – inschallah?“

„Tah’hah und Munihb haben nicht geschlafen, jah radschul el-Fezzani – o Mann aus dem Fezzan. Sie haben ihre bawahrihd abgefeuert. Ich bin dessen sicher!“

„Wie kannst du das behaupten?“

„Ich habe die Stimme ihrer Gewehre gehört. Die letzten vier Schüsse, die abgegeben wurden, kamen aus dem bawahrihd von Tah’hah und Munihb.“

„Das kann nicht sein, jah Keiralla Muhammed“,

warf ich ein. „Diese Gewehre wurden nahe dem Zaun aus Draht abgefeuert."

„Dann werden Tah'hah und Munihb dort gewesen sein. Ich weiß es nicht, jah Hami el-amlahk. Aber – Allah a'lam – Allah weiß."

Das Auftauchen der zwei Beduinen beendete unser Gespräch. Die beiden legten sich neben Keiralla, und einer flüsterte mit ihm.

„Allahu akbar – Allah ist größer als alles Geschaffene!" rief Keiralla Muhammed lauter aus, als unsere Sicherheit das zuließ. „Tah'hah und Munihb waren an der Mauer aus Draht und haben die zwei Männer am Maschinengewehr niedergeschossen und einige andere italjahn – Allah verfluche sie – mit ihren Kugeln getroffen – hamdillah!"

Diese Eigenmächtigkeit der Männer Keirallas sagte mir gar nicht zu. Hatte Hamdi dabei die Finger im Spiel gehabt?

„Was wurde zwischen euch ausgemacht, als ihr fortgeschlichen seid, jah Hamdi el-Fezzani?" wollte ich von dem Schwarzen wissen.

„Dasturak, jah hherr – mit Verlaub, o Herr, ich habe dem einen der Männer gesagt, er soll fünfhundert Schritte gegen Mittag laufen, und der andere sollte zweimal diese Entfernung in der gleichen Richtung zurücklegen. Dann sollten sie abwarten, bis ich in die Luft schieße, und ebenfalls ihre Gewehre abfeuern. Allah allein weiß, warum sie das nicht getan haben."

Mir war klar, daß jeder Versuch von meiner Seite, den Beduinen Vorwürfe wegen ihres Verhaltens zu machen, vollkommen zwecklos sein mußte. Die

Italiener waren ihre Todfeinde. Durch ihr kühnes und waghalsiges Vorgehen war es ihnen gelungen, diesen ihren Gegnern einen empfindlichen Schlag zu versetzen. Meine Vorhaltungen wären ihnen unverständlich gewesen. So sagte ich nur:

„El-italjahn sind eure Feinde, nicht die unseren. Sie haben uns nichts getan. Wenn ich zuvor gewußt hätte, was Tah'hah und Munihb vorhatten, wären sie von mir daran gehindert worden. Wir müssen nach Libya hineinreiten und wollen deshalb den Frieden zwischen den Italienern und uns nicht stören. Legt den Verwundeten wieder auf das Zelt. Es ist besser, wenn wir sogleich aufbrechen und bis zur ersten gard ziehen. In ihrem Schutz werden wir beraten, was weiter zu tun ist. Hamdi el-Fezzani, setze dich an die Spitze unseres Zuges!"

Der Schwarze nahm seine und meine Stute an der Kopfleine und setzte sich nach Osten in Bewegung. Radwahn und Leila folgten mit den beiden anderen Kamelen. Daran schlossen sich die zwei Beduinen, die den Verwundeten auf der zusammengelegten Zeltbahn hinter sich herzogen. Keiralla Muhammed, Tah'hah und Munibh gingen auf beiden Seiten dieses behelfsmäßigen Verletztentransportes. Sahdik und ich bildeten den Schluß unserer kleinen Karawane, die sich vorsichtig und unter Vermeidung jeden verräterischen Geräusches gegen Sonnenaufgang bewegte.

Der Mond war fast bis zum Scheitelpunkt hinaufgewandert und übergoß die Wüste mit bleichem Licht. Wir waren aber schon weit genug von der Grenzsperre entfernt, um mit unbewaffnetem Auge noch bemerkt werden zu können. Rasch konnten wir den Abstand zu dem Drahtverhau vergrößern.

Der Beduine war mit mir so weit hinter den vor uns Dahinziehenden zurückgeblieben, daß wir uns ungehört zu unterhalten vermochten.

„Was soll mit den Männern der Senuhsih geschehen, jah Hami?“ fragte mich der Beduine. „Sie sind ohne Kamele.“

„Wir werden mit ihnen darüber beraten müssen, jah Sahdik. Wenn wir sie hier zurücklassen, gehen sie zugrunde.“

„Wir werden ihnen einige Wassersäcke geben, damit sie ihren Durst stillen können.“

„Damit würde ihr Ende nur hinausgezögert werden. Selbst wenn sie sich zu Fuß aufmachen wollten – den Verletzten müßten sie zurücklassen.“

Der Beduine antwortete nicht. Wir schritten eine Zeitlang schweigend nebeneinander her.

„Allah a'lam – Allah weiß. Aber wir müssen wachsam sein, jah chaiji“, hob Sahdik wieder an.

„El-italjahn werden es nicht wagen, so weit über ihren Drahtverhau in el-Masr einzudringen“, entgegnete ich.

„Nicht vor ihnen müssen wir uns vorsehen, jah Hami.“

„Denkst du an el-Wakil?“

„Ich denke Tag und Nacht an ihn. Aber auch ihn meinte ich nicht mit meinen Worten.“

„Vor wen müssen wir auf der Hut sein?“

„Vor Keiralla Muhammed und seinen Männern!“

Ich blieb stehen.

„Mahschallah! Du – du meinst, sie könnten uns gefährlich werden? Wir haben ihnen das Leben gerettet!“

„Das Leben in der Wüste ist hart, jah chaiji, und du kannst nicht in die Herzen der bidu schauen! Daß wir sie gerettet haben, zählt nicht, wenn wir sie hier zurücklassen müssen. Unsere hudschun sind für sie die einzige Möglichkeit, aus el-bahr er-raml herauszukommen.“

„Es fällt mir schwer, deinen Worten zu glauben, jah Sahdik. Aber wenn ich es recht bedenke –“ ich vollendete den Satz nicht und ging weiter. „Nach deiner Rede muß ich annehmen, daß es falsch war, den Beduinen geholfen zu haben“, fügte ich hinzu. Sahdik faßte mich am Arm und hielt mich zurück.

„Du bist mein Bruder, jah Hami el-amlahk. Mein Leben ist ohne das deine nicht denkbar, so wie dein Leben ohne das meine nicht vorstellbar ist. Ich will dich lehren, wie der Beduine handelt, lebt, Allah verehrt, wie er auch zu sterben bereit ist. Und du lehrst mich, die Gedanken der Franken zu erfahren, die gut sind, weil du sie mich erkennen läßt. Die Franken haben aber viele schlechte Gedanken, vor allem, wenn sie ohne zwingenden Grund an ihren Vorteil denken. Aber selbst ihre guten Gedanken sind für den badawi oft unnütz und unbrauchbar. Du sollst mir in mein Herz schauen können, dessen Inneres vor dir liegt wie die weite serir. Manche Gedanken sind dann wie der Stein in der Gluthitze des Mittags, die ihn zu einem Gebirge werden läßt, das beim Sinken der Sonne wie ein Traum zusammenfällt. Wisse, daß ich bereits in dem Augenblick, als wir die Lichter des Fahrzeuges der italjahn ausschossen, darüber nachzudenken begann, wie wir uns gegen die Männer, die wir retteten, schützen müßten."

Ich war betroffen. Immer wieder wurde ich seit unserem Aufbruch von el Kah'hira einer Wirklichkeit gegenübergestellt, deren oberstes Gesetz das Überleben hieß. In diesem Bereich waren die Begriffe von Gut und Böse überhaupt nicht unterzubringen. Denn wo größte Lebensnot vorliegt, wird die Nächstenliebe zum ungebetenen Gast, der die Türschwelle zu den menschlich-sittlichen Bereichen nicht überschreiten darf.

„Aber die Hilfe für Bedrängte muß doch Allah, der barmherzig ist, wohlgefällig sein, jah chaiji", wandte ich ein.

„Allahs Barmherzigkeit beginnt dort, wo unser Leben endet", antwortete Sahdik. „Deshalb erwartet el-muslim auch nicht, daß sich Allah auf dieser Erde um sein Wohlergehen kümmert. Er hat ihm durch el-kurahn die göttlichen Gesetze geoffenbart. Danach soll der Gläubige leben. Der Lohn dafür wird ihm am Tage des Gerichtes ausbezahlt werden und wird ihn in dschahännäm oder in die Paradiesgärten versetzen."

In dieser Beduinengläubigkeit ist kein Raum für mystisch-traumhafte Vorstellungen. Sie ist eine handfeste Gebrauchsreligion für Wüstenbewohner, denen ihre Heimat, außer in den Oasen, nichts in den Schoß legt. Und der Mann der Wüste schaut ein wenig hochmütig auf die Bauern der Vegetationsinseln in der Sahara, denen der Wassertropfen nicht mehr zur Offenbarung zu werden vermag.

„Trotzdem werden wir eine Lösung zur Rettung Keiralla Muhammeds und seiner Gefährten finden, jah Sahdik", überbrückte ich meine Überlegungen nach den Worten des Beduinen.

„Allahu akbar, jah chaiji – Allah ist groß, o Bruder", antwortete Sahdik, und seine Stimme hatte einen Klang angenommen, den ich bisher nur einmal, als er auf dem See der Krokodile von seinem dschidd Halef Omar ben Abul Abbas und Kara ben Nemsi sprach, vernommen hatte. „Du findest immer, wenn mich die Zuversicht verläßt, einen Weg aus dem Wirrwarr meiner Gedanken. Und ich überlege im voraus, was getan werden muß, um Schaden abzuwenden, wenn du daran denkst, wie du anderen helfen kannst. Allah subhahnu wata'ahla – gepriesen sei Allah, der erhaben ist, daß ich dich in el Kah'hira darum bat, mit mir zu ziehen."

Wir erreichten den ersten Flugsandzug, auf dessen Rücken Hamdi die Kamele angehalten hatte. Radwahn, Leila und die Senuhsih blieben ebenfalls stehen und erwarteten Sahdik und mich.

„Nimm die hudschun und führe sie zur Seite", wandte sich Sahdik an Leila, ohne sie beim Namen zu nennen. Wie ich, wollte er sie vor den fremden Beduinen nicht als Mädchen zu erkennen geben. „Hamdi el-Fezzani und Radwahn et-Tibbu, ihr geht auf beiden Seiten des Dünenrückens ein Stück hinaus und beobachtet die Umgebung, damit wir nicht überrascht werden. Wir wollen uns zusammensetzen und Rat halten."

Sahdik ließ weder die Reittiere absatteln noch machte er Anstalten, unsere Essensvorräte hervorzuholen, Wassersäcke abzuladen oder Tee zu bereiten. Damit wollte er zu verstehen geben, daß die Besprechung entgegen allem beduinischen Brauch nicht unnötig in die Länge gezogen werden sollte. Wir saßen in einem Kreis von etwa vier Metern Durchmesser zusammen. Der Verwundete, der einige Schritt abseits auf dem Zelttuch lag, war zu Bewußtsein gekommen. Er verfolgte unser Tun mit wachen Augen, gab aber keinen Laut von sich.

„Bismi-llahh – im Namen Allahs", eröffnete Sahdik das Gespräch. „Dein Bericht, jah Keiralla Muhammed, wurde unterbrochen, als Hamdi el-Fezzani sein bahruhde abfeuerte. Ich und mein Freund sind begierig, die Fortsetzung zu erfahren."

„El-hamdulilla – Dank sei Allah, daß er euch gesandt hat, uns zu retten. Wir hatten bereits mehrmals geplant, die Mauer aus Draht zu überklettern. Das war im Mittag von Bir el-Schefersen. Aber el-italjahn – Allah verfluche sie – hatten dort so viele Soldaten, daß wir uns weder am Tag noch in der Nacht ungesehen dem Zaun nähern konnten. Einige unserer Brüder wurden bei diesen Versuchen von el-italjahn – Allah verfluche sie – getötet. Wir zogen uns wieder in den dschebel zurück."

„Wann geschah das?" fragte Sahdik.

„In der Mitte des Monats ra'gab* des vergangenen Jahres, jah Sahdik Nassahr. Nach einigen Wochen erschien Ali Sneini aus Saluhm –"

* ra'gab = der 7. Monat des muhammedanischen Jahres

„Wer ist Ali Sneini?“ unterbrach Sahdik den Sprecher.

„Ali Sneini ist ibn il-ach, ein Neffe von Mahmud Sneini, einem mächtigen Mann bei den Senuhsih, der mit Wort und Tat gegen el-italjahn – Allah verfluche sie – kämpft. Ali Sneini gab uns den Rat, im Mittag von Dscharabuhb die Sperre in der Wüste zu überqueren, weil sie hier nicht so gut bewacht wird. Und er sagte uns, daß dreißig Senuhsihbeduinen mit einem erbeuteten Zelt von el-italjahn – Allah verfluche sie – die Mauer aus Draht unter Führung ihrer Häuptlinge Abd el-Hamid el-Abbar, Saleh bu Mteir und anderer überquert hatten. Als wir im dschebel die Nachricht erhielten, daß vier Tage vor el-bädr, vor Vollmond –“ Keiralla brach plötzlich ab und rieb sich die Nase.

„Was für eine Nachricht erreichte euch?“ fragte Sahdik ohne Umschweife.

„Die Nachricht, daß – daß in dieser – Nacht eine günstige Gelegenheit war, die Überquerung zu machen.“ Der Beduine sprach offensichtlich nicht die Wahrheit. Zumindest verschwieg er uns etwas. „Wir brachen auf, überfielen in der Nähe von bihr bu Salahma einen Posten der italjahn – Allah verfluche sie – und erbeuteten ein Zelt. Gestern abend brachten wir das zusammengerollte schahdir nach Anbruch der Dunkelheit an die Sperre heran. Aber Allah wollte nicht, daß wir sie unbemerkt überqueren konnten. Er sandte euch, um uns dabei zu helfen und uns zu retten – el hamdulillah!“

„Sage mir, jah Keiralla Muhammed, ein kluger

kajid el-kahfile hat dafür zu sorgen, daß seine Karawane wohl versorgt mit Datteln, Brot und Wasser in die Wüste hinauszieht, damit sie wieder wohlbehalten aus der Einöde heimkehrt. Du hast mit deinen Männern die Grenzsperre an einer Stelle überstiegen, die tief gegen Mittag im el-bahr er-raml el-kebihr liegt. Wie werdet ihr ohne hudschun, ohne Nahrungsmittel und Wasser aus dem ‚Großen Sandmeer' herauskommen?"

„Allah bifridsch'ha – Allah wird helfen. Und er hat uns geholfen. Er hat euch zu unserer Rettung gesandt, jah Sahdik Nassahr!"

„Jah salahm, o Vater der Zuversicht. Aber wir müssen unsere eigenen Wege gehen. Und Allah hat bestimmt, daß wir von hier aus gegen Sonnenuntergang nach Libya reiten müssen."

„Dann werden wir uns zu Fuß aufmachen und aus el-bahr er-raml herausgehen."

„Und der Verwundete, jah Keiralla Muhammed? Was wollt ihr mit ihm anfangen?"

„Allah a'lam – Allah weiß am besten", antwortete der Senuhsih seelenruhig.

„Allahu akbar – Allah ist groß!" verwunderte sich Sahdik über die unbegreifliche Sorglosigkeit Keirallas. Ich hatte dem Gespräch der beiden aufmerksam zugehört und machte mir meine eigenen Gedanken über die scheinbare Gleichgültigkeit des Senuhsihbeduinen.

„Bist du so sicher, jah Keiralla Muhammed, daß sie zur rechten Zeit eintreffen werden?" mischte ich mich in die Unterhaltung. Der Angesprochene drehte sich rasch mir zu.

„Ich verstehe deine Worte nicht, jah Hami el-amlahk“, sagte er hastig.

„Wann wird der Mond voll am Himmel stehen?“ fragte ich.

„In fünf Tagen – deine Rede wird immer rätselhafter.“

„So ist morgen der Zeitpunkt ‚vier Tage vor el-bädr‘, jah Keiralla Muhammed?“

„Aijwa. Warum willst du das wissen?“

„Du hast uns berichtet, daß ihr im dschebel erfahren habt, vier Tage vor dem Vollmond sei ein günstiger Zeitpunkt zur Überquerung der Drahtsperre. Wer hat euch diese Nachricht überbracht?“

„Ein badawi brachte sie uns.“

„Woher kam dieser Beduine?“

„Ich weiß es nicht genau, vielleicht von der Küste.“

„Kam er nicht aus Ägypten?“

Keiralla Muhammed antwortete nicht, sondern blickte mich unentwegt an. Das Mondlicht reichte nicht, den Ausdruck seiner Augen zu erkennen. Ich glaubte aber mit Sicherheit zu wissen, daß sich tiefstes Mißtrauen in ihnen widerspiegelte.

„Er kam aus Ägypten und brachte dir außer dieser Nachricht noch eine andere wichtige Botschaft.“

„Was für eine Botschaft, jah Hami el-amlahk?“

„Diese Botschaft lautete: ‚Omar el-Muchtar – intikahmna!‘, jah Keiralla Muhammed!“

Der Senuhsih sprang mit einem Satz auf die Füße:

„Allah! Allah! Allah!“ schrie er auf. „Mahschallah – o Allahs Wunder! So seid ihr –?“

„Nein, wir sind nicht die Männer, die ihr erwartet. Aber sie sind unsere Brüder und Freunde. Ragab Hamid ben Abdul Gawab, der schehch der Magabra, Abd er-Rahmahn und Ab'-el-ilm, der Vater der Gelehrsamkeit. Und wir wissen, daß sie die Mauer aus Stacheldraht an mehreren Stellen zerstören wollen.“

„Allahu akbar – Allah ist wirklich größer als alles Geschaffene und Muhammed ist sein Gesandter. So haben wir unsere Rettung Männern zu verdanken, die Brüder unserer Brüder sind. Dann seid auch ihr unsere Brüder, jah Hami el-amlahk, jah Sahdik Nassahr!“

„Nachdem du das erfahren hast, bitte ich dich, meinem Freund und mir nun alles zu berichten, damit wir eine Möglichkeit finden, euch zu helfen.“

„Ihr sollt alles wissen. Der Bote unserer Brüder in el-Masr reiste als Kameltreiber mit einer Karawane und brachte uns el-kilmet muruhr, das Losungswort und den Zeitpunkt, wann wir versuchen sollten, die Sperre zu übersteigen. Die heranziehenden Krieger schicken eine Gruppe von fünfzig Männern zum Birket Schiahta. Sie wollen in el-'ain ed-domrahn ihre hudschun tränken und ihre Wasservorräte ergänzen. Mit diesen Brüdern wollen wir morgen, am vierten Tag vor dem Vollmond, zusammentreffen. Es war vereinbart, daß die Krieger, die beritten sind, uns im bahr er-raml entgegenziehen sollen, um uns aufzunehmen. Weil ich das wußte, konnten mich deine Hinweise auf die uns drohenden Gefahren nicht erschrecken, jah Sahdik Nassahr."

Diese Entwicklung der Dinge beseitigte jede Spur von Mißtrauen gegen die Senuhsihbeduinen, das durch die Bedenken Sahdiks wegen ihrer scheinbar hoffnungslosen Lage im „Großen Sandmeer" wachgerufen worden war. Hamdi und Radwahn, die von zwei der Gefährten Keirallas abgelöst worden waren, verteilten Datteln, Brot und Wasser aus unseren Beständen. Wir beschlossen, den Rest der Nacht an unserer Lagerstelle zu verbringen und nach Anbruch des Tages, nachdem wir uns ausgeruht hatten, darüber zu beraten, was zu unternehmen war. Die Wachen wurden eingeteilt. Chaschem ben Abdallah hatte seine Verwundungen bisher ohne Fieber überstanden. Ich wusch seine Verletzungen noch einmal mit Wasser aus und rieb sie erneut mit Waffenöl ein. Zwei Stunden nach Mitternacht herrschte Stille über unserem Rastplatz. Nur das Geräusch des Wiederkäuens unserer Stuten, das ab und zu von einem kräftigen Aufstoßen der Tiere unterbrochen wurde, klang eintönig in die Mondnacht hinaus.

Das letzte Wort von esch-schahahda, dem islamischen Glaubensbekenntnis: „Lah illah'ha ill'Allah wa Muhammadun rasuhlu Allah – ich bezeuge, daß es keinen Gott gibt außer Allah und daß Muhammed sein Diener und Gesandter ist!" klang in die Morgendämmerung hinaus. In diesem Augenblick schoß ein rotgelber Strahl über den Gesichtskreis im Osten in den Himmel. Die Sonne erhob sich, um ihren langen, steilen Lauf anzutreten, nachdem durch el-fadschr-salaht der Tag der Gläubigen eingeleitet worden war. Die Senuhsihbeduinen hatten ohne Zweifel bemerkt, daß ich nicht wie sie niedergekniet war und mich nicht im rukuh vornüber beugte, sondern mit untergeschlagenen Beinen dasaß und in den aufleuchtenden Osthimmel schaute. Aber sie zeigten weder Verwunderung noch Zurückhaltung, als wir uns im Kreis niederließen und Datteln mit kardohsch, einem harten, aus mit Öl versetztem Kaffernkorn gebackenen Brot, aßen. Hamdi el-Fezzani hatte heißen, süßen schai nana zubereitet, jenen Pfefferminztee, von dem er einmal bei der „Ebene der Buckel" gesagt hatte, daß beim Genießen dieses Trankes das Herz den Federn einer gerupften Gans gleiche, weil es sich beim zartesten Windhauch in die Luft erhöbe. Der schai nana befreite uns von der Erstarrung, die in den kalten Nachmitternachtsstunden unsere Gliedmaßen ergriffen hatte, und löste unsere Zungen.

„Bismi-llah'h – im Namen Allahs", sprach Keiralla Muhammed, „die Ereignisse der Nacht sind wie ein böser Traum vergangen. Allah läßt die Sonne mit ihrem Glanz aufgehen, und sie leuchtet auf die Seele, und was sie bildete und ihr eingab, ihre Schlechtigkeit und Frömmigkeit – wohl ergeht es dem, der sie reinigt, und zuschanden geht der, der sie verdirbt!" Das waren Verse aus der einundneunzigsten Sure, die den Namen esch-schäms, die Sonne, trägt. „In vier Nächten rundet sich el-kamar, der Mond. Dann nimmt er den Namen el-bädr an. Heute ist der Tag, jah chullahn – o ihr treuen Freunde –, an dem wir von unseren Senuhsihbrüdern erwartet werden. Sie werden schon am Brunnen ed-domrahn ihre hudschun tränken – inschallah."

„Ihr wolltet ihnen entgegenwandern, jah Keiralla Muhammed. Aber Chaschem ben Abdallah kann nicht laufen. Was werdet ihr tun?" fragte ich den Senuhsih.

„Du hast uns gezeigt, wie wir ihn auf dem zusammengelegten Zelt mit uns führen können, jah Hami el-amlahk. Wir werden Chaschem während der kühleren Stunden vor dem Mittagsgebet durch die Wüste ziehen."

„Das ist aber nur möglich, solange ihr im Sand dahinwandert. Wenn es-serir, die Stein- und Kieswüste, einsetzt, könnt ihr den Verletzten nicht mehr über den Boden schleifen. Seine Wunden würden aufbrechen."

„So zieht sich el-bahr er-raml nicht bis zur 'ain ed-domrahn hin?"

„Ich bin gestern auf dem Wege vom Birket Schiahta nach hier über eine Ebene geritten, in der einzelne dschebel sich erheben, wo sich aber keine Dünen oder Sandflächen finden. Vielleicht ist es möglich, wenn du mit deinen Männern mehr gegen Sonnenaufgang einschwenkst, dieses für den Transport von Chaschem ungeeignete Wüstengebiet zu vermeiden – inschallah."

Bei der Erörterung der Versorgung Keirallas und seiner Gefährten mit Lebensmitteln und Wasser ergaben sich Probleme.

„Wenn ihr uns einen vollen kirbe zurücklassen könnt, werden wir genügend Wasser bis zum Eintreffen unserer Senuhsihbrüder haben."

„Ihr werdet aber nicht nur euren Durst stillen müssen, sondern auch Datteln und Brot benötigen", bemerkte Sahdik.

„Allaha a'lahm – unsere Brüder werden uns Datteln und chubez mälle geben, wenn wir mit ihnen zusammentreffen, jah Sahdik Nassahr."

„Was geschieht, wenn sich die Krieger der Senuhsih verspäten oder euch verfehlen?"

„Allahs Wille wird geschehen, jah Hami el-amlahk! Er hat euch gesandt. Er wird auch die Männer der Magabra, der Beni Hohsa, der Zueia, Fu'cher und Abeidat zu uns stoßen lassen – inschallah."

Dieses letzte Wort des Senuhsih, inschallah – hoffentlich, war der Grund für mich, Sahdik folgenden Vorschlag zu machen:

„Höre, jah chaiji, wir haben gestern am 'ain ed-domrahn unsere kirab mit süßem, frischem Wasser gefüllt. Allah hat gewollt, daß wir Keiralla Muhammed und seine Gefährten gerettet haben. Dadurch wuchs unsere kleine kahfile von fünf Personen auf elf an. Unser Vorrat an Wasser, der für uns viele Tage ausgereicht hätte, ist zusammengeschrumpft. Wenn wir Keiralla und seinen Männern einen kirbe überlassen, wird es schwierig sein, unsere Pläne im bahr er-raml durchzuführen. Deshalb schlage ich dir vor, daß wir die Krieger der Senuhsih mit unseren Kamelen nach dem Birket Schiahta bringen, unsere Wassersäcke am 'ain ed-domrahn neu füllen und dabei versuchen sollten, auch unsere Lebensmittelvorräte bei den Beduinen, die dort ihre dschmahl weiden, zu ergänzen."

Mit diesem Vorschlag wollte ich zwei Fragen

gleichzeitig lösen. Das Zurücklassen Keirallas und seiner Gefährten zehn bis zwölf Meilen vom nächsten Brunnen mußte sie alle, da sie durch den verwundeten Chaschem schwer behindert waren, in größte Schwierigkeiten bringen. Wenn die von Osten heranrückenden Senuhsih aus irgendeinem Grund den vereinbarten Zeitpunkt nicht einzuhalten vermochten, konnte das den aus Libya geflohenen Beduinen das Leben kosten. Das war der eine Grund für mein Herantreten an Sahdik. Es war durchaus möglich, daß wir auf unserem Ritt nach Nordosten auf vorausgeschickte Späher der fünfzig Krieger oder vielleicht sogar auf sie alle stießen. Dann wäre es trotzdem notwendig geworden, unsere Vorräte am Birket Schiahta aufzufrischen, weil ich mir, und das war der zweite Grund für meinen Vorschlag, während der Nacht einen Plan für unser weiteres Vorgehen bei der Verfolgung der Karawane el-Wakils ausgedacht hatte. Zu seiner Verwirklichung mußten wir in der Lage sein, auch eine längere Zeit, einige Tage vielleicht, im „Großen Sandmeer" ausharren zu können. Da ich noch keine Gelegenheit gehabt hatte, dieses Vorhaben mit Sahdik zu besprechen, erwartete ich mir Einwände von seiner Seite gegen das Unternehmen, die Senuhsih auf unseren Kamelen zu befördern.

„Wir haben nur vier hudschun, jah Hami", antwortete er. „Wie willst du elf Leute darauf reiten lassen?"

„Es sollen nur acht Männer die hudschun besteigen, jah Sahdik. Ich und Hamdi und die sechs Krieger der Senuhsih. Dich wollte ich bitten, mit unseren zwei anderen Gefährten hier zu warten. Wir werden, wenn wir bald aufbrechen, bis zum Nachmittagsgebet wieder zurück sein – inschallah."

Der Beduine sah mich grübelnd an. Der unverhüllte, brennende Blick seiner dunklen Augen war von einer Unmittelbarkeit, über die nur die ungezähmte, freie Kreatur noch verfügt.

„Dein Verstand ist wieder einmal der Gefangene deines Herzens, jah chaiji", sagte er langsam. Seine Lider entspannten sich.

„Mein Herz hat meinem Verstand einen Ratschlag gegeben, jah Sahdik. Denn heute nacht fanden meine Gedanken einen Weg, der uns der Rettung der gefangenen Mädchen näherbringen soll. Dazu aber ist es notwendig, daß alle unsere kirab prall gefüllt sind und die Deckel unserer Provianttaschen hochstehen."

„Beschreibe mir diesen Weg, jah Hami!"

„Bälä mwahchase, jah chaiji – nimm es mir nicht übel, o Bruder, wenn ich dich darum bitte, das nach meiner Rückkehr vom 'ain ed-domrahn tun zu dürfen. Die Zeit drängt, und es wäre besser, wegen des verwundeten Mannes die kühlen Stunden für den Ritt auszunützen."

„Mlih'h, Allah jisahhil 'alehk – nun gut, Allah ebne deinen Weg, jah Hami."

„Allah jidschahzihk – Allah möge es dir vergelten, jah Sahdik."

Als ich die Verletzungen Chaschems untersuchte, bemerkte ich, daß er bei Druck auf ihre Ränder noch erhebliche Schmerzen verspürte. Deshalb ließ ich an die Ecken des zusammengelegten Zeltes Lederschnüre knüpfen, die an die Sattelgurte der Kamele Sahdiks und Radwahns befestigt wurden. Diese mußten nebeneinander traben und zogen das Tuch hinter sich her. Chaschem wurde mit Hilfe von Schnüren und zweier Ösen festgebunden, so daß er während des Tranportes nicht herabrutschen konnte. Wir wollten versuchen, den Verletzten so weit wie möglich auf diese Art zu befördern und ihn erst während des letzten Stückes des Weges in den Sattel zu heben. Die als Zugtiere verwendeten Kamele trugen jedes zwei der Senuhsih. Hamdi ritt allein am Ende unseres Zuges. Keiralla Muhammed setzte sich hinter mich auf mein Dromedar. Ich trabte an die Spitze, um die Richtung unseres Weges zu bestimmen, ließ aber wiederholt die Gruppe an uns vorbeiziehen, um zu überprüfen, wie Chaschem ben Abdallah diese anstrengende Beförderung überstand.

Die von mir vorgenommene Einteilung war nicht zufällig. Obwohl wir nun wußten, daß die aus Libya geflohenen Senuhsih zu unseren Magabrafreunden stoßen wollten und kaum ein Zweifel daran bestehen konnte, daß sie keine Hintergedanken gegen uns hegten, wollte ich von ihnen die leiseste Versuchung fernhalten, im Sattel eines Reitkamels das Weite zu suchen. Die beiden Reiterpaare oder eines von ihnen, die den Verwundeten hinter sich herzogen, hätten dazu die Leinen durchschneiden oder aufknüpfen müssen. Auch der Umstand, daß ich Keiralla Muhammed zu mir auf meine Stute genommen hatte, entsprang einer besonderen Überlegung. Ich wollte mir von ihm über den Widerstand der Senuhsih in Libya gegen die Italiener berichten lassen, weil mir sehr wenig über diese Zusammenhänge bekannt war.

Während wir in verhaltenem Trab durch die Dünengassen, der nur bei der Überquerung von Flugsandzügen auf den langsameren Schritt zurückgenommen wurde, uns dem Birket Schiahta näherten, erfuhr ich von dem tragischen Schicksal der Menschen der Wüste, die sich verzweifelt gegen einen übermächtigen Bedränger wehrten.

6. Pepi Lechner aus dem Pustertal

Zwei Stunden nach dem Mittagsgebet ed-duhr kam die Düne wieder in Sicht, auf der Sahdik mit Leila und dem alten Radwahn auf unsere Rückkehr gewartet hatte. Eine Viertelstunde später sprangen wir aus den Sätteln. Der Tibbu brachte mir, als ich mich neben dem Beduinen und dem Haddedihnmädchen niedersetzte, ein Glas heißen Pfefferminztees und fragte, ob ich etwas zu essen wünschte. Ich lehnte ab, da ich erst nach dem Abflauen der größten Tageshitze etwas zu mir nehmen wollte. Meinem Bericht hörte Sahdik aufmerksam zu.

„So bist du keinem unserer Freunde der Magabra begegnet, jah Hami?“ fragte er mich.

„La, es waren Männer vom Stamm der Fu'cher und der Abeidat. Wir sind sofort, nachdem wir unsere Tiere getränkt und die Wassersäcke frisch gefüllt hatten, wieder abgeritten. Von den Beduinen am Birket Schiahta bekamen wir nichts zu sehen. Sie werden beim Anrücken der Senuhsihkrieger, die bereits während der Nacht eintrafen, fortgezogen sein. Aber Hamdi meint, daß unsere Vorräte für etwa eine Woche reichen.“

„Wir werden keinen Hunger leiden, jah chawahdscha – inschallah“, rief Hamdi.

„Dein Gesicht ist der Spiegel deiner Seele“, sagte ich zu dem Beduinen. „In deinem Herzen wohnen der Kummer und die Sorge um Munihra und die anderen Mädchen der Haddedihn. Allah möge bald diese Last von dir und mir nehmen, jah chaiji!“

„Leila hat mir von den Entbehrungen und den Schmerzen erzählt, die meine Schwester und ihre Gefährtinnen seit ihrer Entführung durch el-Wakil und seine Leute erdulden mußten. Nichts und niemand wird ihn vor meiner Rache schützen können. Während des Berichtes Leilas habe ich ununterbrochen an deine Worte denken müssen, die du gesprochen hast, ehe du heute in der Früh mit den Männern der Senuhsih abgeritten bist. Erlöse mich von meiner Ungeduld, jah chaiji, sprich!“

„Gestern, kurz bevor Leila ihr sohb verbrannte, kam mir zum ersten Mal der Gedanke, daß wir die Verfolgung der Raubkarawane nur mit Erfolg fortsetzen können, wenn el-italjahn uns dabei helfen oder zumindest nicht daran hindern –“

„Wie willst du das erreichen?“ unterbrach mich Sahdik.

„Höre weiter. Nach dem Erlebnis heute nacht mit den Senuhsihbeduinen ist mir klar geworden, daß es uns nicht gelingen kann, unsere Absicht, Hahzim und seine Leute einzuholen, mit einem erzwungenen Durchbrechen der Grenzsperre zu verwirklichen.“

„Wenn wir die Mauer aus Draht gegen Mittag dort, wo sie aufhört, umgehen, erreichen wir ungesehen das Land Libya und können die Verfolgung fortsetzen, jah Hami.“

„Bedenke, jah Sahdik, zwei Dinge. Wir wissen nicht, wie weit die Grenzsperre sich nach Süden in das ‚Große Sandmeer' hineinzieht. Wir müssen ins Ungewisse gegen Mittag reiten und wissen nicht im voraus, wie weit uns dieser Weg führen wird. Wenn einem unserer hudschun etwas zustößt – deine nahka muß zwei Personen tragen, wenn Allah wieder einen samuhm schickt und unsere Wasserschläuche in der Glut dabei platzen – wir wissen nicht, ob uns el-bahr er-raml el-kebihr so ungeschoren entläßt wie das letzte Mal, jah Sahdik."

„Das ist eines der Dinge, die ich bedenken soll. Nenne mir das zweite."

„Entsinnst du dich des Gespräches zwischen el-Wakil und Hahzim, das wir am Rand der ‚Ebene der Buckel' belauscht haben?"

„Aijwa, jah Sahdik. El-Wakil schrieb der kahfile vor, welchen Weg sie beim Überschreiten der Grenze von Libya einschlagen sollte."

„Mazbuht – richtig! El-Wakil nannte dabei den Namen des Offiziers, der dort ist: Capitano Testa Marco. Hahzim sollte ihm eines der Pakete übergeben, die von der Karawane el-Wakils mitgeführt werden."

„Eines davon hast du auf deiner nahka festgebunden."

„Aijwa. Ich habe bisher keine Gelegenheit gehabt, seinen Inhalt zu untersuchen. Aber ich glaube auch ohne diese Prüfung zu wissen, was es enthält."

„El-Wakil sprach auch von einem bimbahschi, der von el-umm el-kuruhnehn gebissen wurde."

„Der Major hieß – er hieß Ruffini. Dieser Maggiore, wie el-italjahn einen bimbahschi nennen, starb am Biß einer Hornviper. Ich habe den starken Verdacht, daß hier ein weiteres Verbrechen el-Wakils vorliegt. Der Ton, in dem er Hahzim von dem Tod des Offiziers berichtete, und die Worte, die er dabei gebrauchte, waren zynisch und gemein."

„Wir sprechen von Ereignissen, die hinter uns liegen, jah Hami. Du wolltest mir aber den zweiten Grund nennen, warum du es für richtiger hältst, den Zaun aus Draht nicht im Mittag zu umgehen."

„Tauwil bahlak 'aleij, jah chaiji – habe Geduld mit mir, o Bruder, ich bin im Begriff, dir meinen Plan zu erklären. Dazu gehören auch die Dinge, von denen wir eben sprachen. Ich weiß nicht, ob der Grenzposten, in dem Leila gefangen war, derselbe ist, den Capitano – das ist das italienische Wort für jusbahschi, Hauptmann – Marco Testa befehligt. Es ist nicht auszuschließen –"

Sahdik unterbrach mich: „Wurde bei dem Gespräch zwischen el-Wakil und Hahzim nicht ein See genannt?"

„Es ist gut, daß du mich daran erinnerst. El-Wakil sprach davon, daß die kahfile das nächste Mal vielleicht wieder über den Birket Bahahr et-Tobal oder so ähnlich nach Dscharabuhb ziehen könnte. Hamdi el-Fezzani!" rief ich nach dem Schwarzen. „Kennst du bei der Oase Dscharabuhb einen See, der Bahahr et-Tobal genannt wird?"

„Dastuhr, jah hherr – mit Verlaub, o Herr – dieser Birket heißt Bahar et-Tobat, wenn sie seinen

Namen inzwischen, während ich in der kala saß, nicht geändert haben – inschallah."

„Wo befindet sich dieser See?"

„Nahe der Grenze in Libya, jah hherr. Im Mittag von ihm führt el-Mahsrab el-Ächwahn, die Karawanenstraße von Siwa nach Dscharabuhb, vorbei, die diesen Namen in el-Masr trägt und in Libya el-Masrahb ed-Dschialo genannt wird."

„Den Grenzübergang an der Karawanenstraße hat Hahzim dieses Mal nicht benutzt, weil der Maggiore Ruffini nicht mehr dort ist und el-Wakil seinen Nachfolger noch nicht gut genug kennt, wie er sagte. Deswegen sollte die kahfile über einen weiter gegen Mittag liegenden kleinen Posten nach Libya hineinziehen. Hoffentlich ist das nicht der Grenzübergang, an dem Capitano Testa das Kommando führt, weil ich Anzeige gegen el-Wakil und Hahzim erstatten will. Und der Capitano scheint gemeinsame Sache mit ihnen zu machen. Ich müßte, wenn ich ihn dort antreffe, einen Vorgesetzten von ihm ausfindig machen, um mein Anliegen vorzutragen. In diesem Falle werde ich auch die Sache mit dem Päckchen und dem seltsamen Tod des Maggiore Ruffini zur Sprache bringen. Du machst ein bedenkliches Gesicht, jah Sahdik?"

„Wenn el-italjahn wie die Ägypter sind, dann wirst du wenig Erfolg mit dem haben, was du ihnen berichten willst, jah Hami."

„Warum?"

„Wenn du bei einem Ägypter etwas erreichen willst, mußt du ihm el-bachschihsch in die Hand drücken. Das Paket, das Hahzim dem jusbahschi der italjahn übergeben soll, wird das Trinkgeld el-Wakils sein, damit seine kahfile ungehindert über die Grenze kommt."

„Du hast recht, jah Sahdik. Es gibt auch unter den Franken Männer, die bestechlich sind. Aber das sind Ausnahmen. Bei den Ägyptern ist es die Regel."

„Allah a'lam", sagte der Beduine. Der Zweifel im Ton seiner Stimme war nicht zu überhören.

„Es sind schwerwiegende Dinge, die ich el-italjahn zur Kenntnis bringen werde, jah Sahdik. Sie können nicht so tun, als ginge sie das alles nichts an. Hahzim und wahrscheinlich auch el-Wakil haben den Boden von Libya betreten. El-italjahn müssen etwas gegen diese beiden unternehmen!"

„Wann willst du aufbrechen?" fragte Sahdik ohne jeden weiteren Einwand.

„Sofort, dann erreiche ich die Grenze noch vor Einbruch der Dunkelheit. Meine Waffen und die Munition lasse ich zurück. Ein kirbe genügt mir und auch Datteln und Brot für zwei Tage. Die Grenzposten sollen nicht mißtrauisch werden. Sie sollen meinen Angaben glauben, daß ich allein von der Oase Siwa herangeritten bin. Das Paket, das ich dem Suaheli Wadih, dem Sanftmütigen, in der kala abgenommen habe, werde ich mitnehmen."

„Was sollen wir tun, nachdem du zur Grenze geritten bist?"

„Wir wollen alle gemeinsam näher an die Sperre heranreiten, jah Sahdik, etwa auf drei Meilen, damit ich nicht eine zu große Strecke zurückkehren muß, nachdem ich den Grenzposten aufgesucht habe und übersehe, wie wir nach Libya hineinkommen. Ich kann nichts sagen, bevor ich nicht an Ort und Stelle die Möglichkeiten überprüft habe. Deshalb ist es notwendig, daß du mit Leila und den beiden Männern meine Rückkehr abwartest."

„Was geschieht, wenn du nicht zurückkehrst?"

„Warum sollte ich nicht zurückkehren, jah Sahdik?"

„Sie können dich festhalten oder dich nicht mehr umkehren lassen."

„Das werden sie nicht wagen. Ich bin almahni und kann mich mit meinem täskärät safar, meinem Paß, ausweisen. Sie wissen, daß sie große Schwierigkeiten bekommen, wenn sie dieses Papier nicht anerkennen."

„Allah a'lam – Allah weiß, sage mir trotzdem, was ich tun soll, wenn du nicht zurückkehrst, jah Hami."

„Wenn ich morgen bis zum Sonnenuntergang nicht zurückgekehrt bin, dann schicke Hamdi los, um eine Erklärung dafür zu suchen."

„Nach el-mirrib-salaht, mit dem letzten Wort an Allah auf den Lippen, werde ich selbst meine nahka besteigen und dir nachreiten, jah chaiji!" sagte der Beduine in einem Ton, der keinen Zweifel an seiner Entschlossenheit aufkommen ließ. Ich maß dieser Feststellung keine große Bedeutung bei, da ich überzeugt war, daß die Gültigkeit meiner deutschen Ausweise bei den italienischen Militärbehörden anerkannt werden würde.

Wir brachen bald auf. Ich übernahm die Spitze und ließ meine Stute auf dem Rücken der Düne, auf der wir während der letzten Nacht gelagert hatten, entlangtraben. Die Flugsandwelle zog sich nach Norden, mit einer ganz leichten Neigung nach Westen hin. Und wieder einmal wurde mir bestätigt, welcher Gleichklang in den Überlegungen und Handlungen bei Sahdik und mir zuweilen vorlag, ohne daß wir uns durch Worte zu verständigen brauchten. Der Beduine, hinter dem das Haddedihnmädchen saß, trieb sein Kamel an meine Seite und sagte: „Die Spur Leilas wird bald unseren Weg kreuzen, jah chaiji. Gestern und heute hatte der Wind nicht die Kraft, ihre Fährte zu verwischen."

Ich hatte tatsächlich die Richtung unseres Rittes nach der Überlegung eingeschlagen, daß wir dabei auf die Eindrücke stoßen mußten, die von der Geflüchteten bei ihrem Fußmarsch hinterlassen wurden. Für mich war es dann sehr einfach, auf diesen Abformungen ihrer nackten Füße zurückzureiten. Sie mußten mich zu der Grenzübergangsstelle hinführen, aus der Leila in der vorletzten Nacht geflohen war. Kurz nach der Bemerkung Sahdiks erblickten wir einen Streifen, der sich deutlich von der windgeglätteten Fläche des sanftgeschwungenen Sandrückens abhob. Er kam von links aus einem Dünental und führte nach rechts wieder den Abhang hinunter. Es war die Spur, die den Fluchtweg des Haddedihnmädchens nach Sonnenaufgang zu zeigte.

Wir hielten an. Ich übergab Hamdi meine beiden Smith & Wesson, die Mauser und die zwei Beutel mit der Revolver- und Gewehrmunition. Den großen Dolch ließ ich im Gürtel stecken. Der Fezzaner band den angebrochenen Wassersack von meiner Stute ab. Den vollen rückte er etwas mehr nach hinten. Meinen Dattelvorrat rührte er nicht an.

„Bismi-llah'h – im Namen Allahs!" rief ich Sahdik zu. „Allah erhalte dich wohl, jah chaiji!"

„Allah jisallim umrak – Allah schütze dein Leben!" antwortete der Beduine. „Wir warten bis el-mirrib-salaht, jah chaiji!"

Meine Stute folgte dem Kopfleinenzug und bog nach Westen ein. Ich trabte neben den Fußspuren Leilas der Grenze entgegen. Die Stimmung, die mich bei diesem Ritt erfüllte, war zwiespältig. Nach Wochen des Zusammenlebens mit Sahdik und meinen beiden anderen Gefährten erfüllten mich eine Erwartung und eine leise Ungeduld, wieder einmal mit Menschen aus meinem Kulturkreis sprechen zu können. Gleichzeitig verspürte ich eine unterschwellige Unruhe, wie ich mit meinem Anliegen, die Raubkarawane einzuholen, ihre Führer zur Verantwortung zu ziehen und Munihra und ihre Gefährtinnen zu befreien, bei den Italienern ankäme. Wie weit würden sie uns ihre Unterstützung und ihre Hilfe bei diesem Unternehmen angedeihen lassen? Der Bericht Keiralla Muhammeds über die gnadenlose Unterdrückung der Erhebung der Senuhsih durch Marschall Graziani hatte mich erschreckt. Gleichzeitig aber glaubte ich daraus ableiten zu können, daß die italienischen Kolonialherren gegen die Beduinen keine Rücksicht kannten und ihren Übergriffen, wie es sich el-Wakil und Hahzim leisteten, unerbittlich entgegentreten würden.

Während ich mit diesen Gedanken beschäftigt dahintrabte, kam der Grenzverhau in Sicht. Besonders klar hob sich die lange Reihe der hölzernen Telegraphenstangen, die mir am Tage zuvor gar nicht so aufgefallen waren, gegen den Horizont ab. Die späte Nachmittagsstunde öffnete den Blick weiter, als es die heiße Mittagsglut erlaubt hätte. Leilas Spur führte in einem weiten Bogen auf die Stelle zu, an der hinter dem Drahthindernis einige Hütten aus dunklem Kunststein lagen. Beim Näherkommen wurden ein Dutzend Zelte und mehrere Kraftfahrzeuge verschiedener Größen sichtbar, die innerhalb eines ebenfalls mit Stacheldraht umzäunten Geviertes standen.

Ich wich von Leilas Spur ab und ritt in einer geraden Linie auf die Lücke im Grenzzaun zu, die von einer hintereinandergestellten, doppelten Reihe spanischer Reiter verschlossen wurde. Wie das Haddedihnmädchen berichtet hatte, war dieser Durchlaß nicht breiter als fünf Meter. Leila hatte geschätzt, daß vier Kamele bequem nebeneinander hindurchreiten konnten. Als ich auf etwa fünfzig Meter an die Sperre herangekommen war, machte ich eine besonders wichtige Beobachtung. Eine breite Spur von zahlreichen Kamelen lief von Norden her auf ägyptischem Gebiet am Drahtzaun entlang und bog in die jetzt verschlossene Verhaulücke ein. Ohne Zweifel war das die Fährte der kahfile Hahzims. Die Ränder der Abdrücke waren eingefallen und die Pfannen der Kamelfußabformungen teilweise mit neu angewehtem Flugsand ausgefüllt. Für eine genauere Altersbestimmung dieser von der kahfile el-Wakils hinterlassenen Zeichen hatte ich keine Zeit, weil ich meine ganze Aufmerksamkeit auf das hinter den spanischen Reitern sich abspielende Geschehen richtete.

Ein mit einem Paraviccini-Carcano-Gewehr bewaffneter Soldat, der dieses quer vor die Brust erhoben hatte, rief einige für mich unverständliche Worte zu einem nahegelegenen Gebäude hin, neben dem an einer Fahnenstange die Tricolore schlaff herabhing. Daraufhin stürzten nach wenigen Augenblicken zwei andere Männer aus der offenstehenden Tür. Ein dritter folgte ihnen, der im Laufen noch das Koppel umschnallte. Ich ritt langsam bis an das Drahthindernis hin und hielt meine Stute an.

„Wehsch is-sohl – wer da?“ schrie mir der gewehrhaltende Soldat entgegen. Ich wollte hinüberrufen: „Fatemi passare, per favore, sono Germanico – laßt mich bitte durch, ich bin ein Deutscher!“, als ich aus einem mir in diesem Augenblick nicht erklärbaren Grund zögerte und dann antwortete: „Let me through, please – I am German.“ Der Mann starrte mich mit offenem Mund an. Der zuletzt aus dem Haus Getretene, der ein Unteroffizier zu sein schien, sagte:

„Non capisco il tedesco – ich verstehe nicht Deutsch.“ Und an den Posten gewandt, befahl er ihm: „Corri e chiama il Lek-ner. I crucchi parlano questa lingua barbarica – lauf und hole den Leckner“, wahrscheinlich hieß der Mann Lechner, „die crucchi* sprechen diese barbarische Sprache." Der Mann rannte los. Bis er zurückkehrte, betrachteten wir uns wortlos über den Stacheldraht hinweg. Ich hatte mich aus einer plötzlichen Regung heraus so gestellt, als verstünde ich kein Italienisch. Bei einiger Unvorsichtigkeit meiner Gesprächspartner konnte ich auf diese Weise vielleicht mehr erfahren als durch unmittelbare Fragen.

Der Posten kam sehr bald mit einem zweiten Mann zurück. Dieser nahm vier Meter vor dem Feldwebel eine militärische Haltung ein: „Presente, Lek-ner, Signor brigadiere – zur Stelle, Herr Wachtmeister!"

„Tu parli il tedesco – du sprichst Deutsch?"

„Signorsi – jawoll!"

„Domanda questo tipo, se capisce la nostra lingua – frage diesen Kerl, ob er unsere Sprache spricht!"

„Signorsi – jawoll!"

Der Mann drehte sich mir zu, um mir diese nur aus einer militärischen Logik erklärbare Frage zu stellen. Er war von kleiner Gestalt und trug eine viel zu große Uniform mit bis über die Knie reichenden kurzen Hosen. Das Gesicht war mager und braungebrannt. Die Augen lagen ein wenig tief in ihren Höhlen. Die schmale, große Nase stand weit vor. Beim ersten Wort erkannte ich sofort, daß er ein Südtiroler aus dem Pustertal war. Ich drängte meine freudige Überraschung jedoch zurück, da ich meiner Rolle eines der italienischen

* crucchi = italienisches Schimpfwort für Südtiroler

Sprache nicht mächtigen Deutschen treu bleiben wollte.

„Der Wachtmeister tut Sie fragen, ob Sie Italienisch verstehen?“

„Kein Wort! Fragen Sie ihn, ob er Englisch spricht.“

Die folgende Unterhaltung spielte sich nunmehr über den Dolmetscher ab, der, wie ich feststellen konnte, alle von seinem Vorgesetzten an mich gerichteten Fragen richtig übersetzte.

„Der – der –“, anscheinend wußte der Pusterer nicht, als was er mich bezeichnen sollte, „der – Reiter auf dem Kamel will wissen, ob Sie Englisch sprechen, Herr Wachtmeister?“

„Maledizione – verflucht! Meine Zunge ist nicht so gebaut, daß sie diese unmöglichen Worte aussprechen könnte. Was wollen Sie?“

„Ich bin Deutscher und möchte nach Libyen hineinreiten.“

„Können Sie sich ausweisen?“

„Ja, ich habe meinen Paß bei mir.“

„Warum tragen Sie als Deutscher die Kleidung dieser verfluchten Beduinen?“

„Weil ich sie für meine Tätigkeit als zweckmäßig erachte.“

„Worin besteht Ihre Tätigkeit?“

„In der Erforschung und Bearbeitung alter und neuer Kunstdenkmäler.“

Der Brigadiere dachte eine Zeitlang nach.

„Hier in der Oase Dscharabuhb gibt es keine Monumente, keine alten und auch keine neuen.“

„In der Cirenaica und in Tripolitanien gibt es

sehr viele Monumente. Verhören Sie die Reisenden – das ist doch wohl ein Verhör – immer von einem Land zum anderen über den Stacheldraht hinweg, Herr Wachtmeister?"

„Dio cane, questo tedescaccio mi rompe le scatole!" Diese Worte, den anfänglichen Fluch und das „Dieser Mistdeutsche geht mir auf die Nerven" übersetzte der Dolmetscher nicht. Ich tat unbefangen und fragte ihn:

„Was hat der Wachtmeister gesagt? Ich habe ihn nicht verstanden."

Der Südtiroler machte ein verlegenes Gesicht und schaute seinen Vorgesetzten ratlos an. Dieser wiederum wollte wissen:

„Cosa ha detto questo tipo – was hat dieser Kerl gesagt?"

„Non ha capito le vostre ultime parole, Signor brigadiere e vorrebbe sapere, cosa significano – er hat Ihre letzten Worte nicht verstanden, Herr Wachtmeister, und möchte wissen, was sie bedeuten."

„Sind Sie bewaffnet?" wandte sich der Wachtmeister durch den Dolmetscher wieder an mich.

„Ich trage nur einen Dolch, den ich zum Zerschneiden von Käse und Fleisch verwende."

„Keine Schußwaffen?"

„Keine."

„Auch kein Gewehr?"

„Nein, kein Gewehr und auch kein – Maschinengewehr", antwortete ich mit todernstem Gesicht. Langsam begann der Wachtmeister „di rompermi le scatole". Er schaute mich mit zusammengekniffenen Augen an. Ich verzog keine Miene.

„Aprite – öffnet!“ befahl er dem Posten und dem Dolmetscher. Diese hoben die zwei mittleren spanischen Reiter mit einem Ende zur Seite, so daß ich meine Stute durch die entstandene Lücke lenken konnte. Auf der anderen Seite ließ ich das Tier niedergehen, stieg gemächlich aus dem Sattel und schlang das Ende der Halfterleine um das eingeknickte Unterbein des Kamels, um es am Aufstehen zu hindern. Darauf zog ich aus der linken Satteltasche den Segeltuchumschlag, in dem ich meine Ausweise verwahrte.

Der Wachtmeister streckte die Hand danach aus. Ich beachtete das nicht, sondern trug dem Dolmetscher auf, seinem Vorgesetzten zu sagen, daß ich darum bäte, für die weitere Unterredung in den Dienstraum geführt zu werden. Mit einem Fluch, den ich nicht verstand, wandte sich der Unteroffizier nach der offenstehenden Tür hin, aus der er bei meinem Erscheinen herausgetreten war. Ich folgte ihm. Auf der Schwelle drehte er sich noch einmal zurück und rief dem Posten zu:

„Mentre parlo con questo rompiscatole, fruga nelle tasche del suo cammello. Quarda, se trovi qualcosa di sospettoso – krame, während ich mit diesem lästigen Kerl spreche, in seinen Kameltaschen! Sieh nach, ob du etwas Verdächtiges findest!“ Dann trat er durch die Tür in einen Raum, in dem ein Tisch mit zwei Feldtelefonen in der Nähe des offenen Fensters und ein weiterer an der Wand stand, auf dem verbeulte Eßgeschirre und Trinkbecher aus Aluminium standen. Vier Stühle bildeten den Rest dieser spartanischen Raumausstattung. An der einen Wand hingen an eingetriebenen Eisenhaken drei Gewehre und eine Maschinenpistole vom Typ Beretta O.V.P. 9 mm. Die Luft war trotz des geöffneten Fensters und der zurückgeschlagenen Tür zum Schneiden. Es roch nach gekochten Teigwaren und Knoblauch.

Der Dolmetscher blieb stehen. Der Wachtmeister setzte sich hinter den Tisch und streckte erneut seine Rechte nach meinen Papieren aus. Bevor ich sie ihm übergab, zog ich mir einen Stuhl heran und ließ mich ihm gegenüber nieder. Er runzelte die Stirn, sagte aber kein Wort. Erst jetzt reichte ich ihm meinen Paß hin. Dabei lauschte ich angespannt nach draußen, da ich mir vorgenommen hatte, mir nicht ungefragt in meinen Kameltaschen herumschnüffeln zu lassen. Vor der Tür blieb vorerst alles ruhig. Der Posten wartete zur Ausführung des ihm erteilten Befehls anscheinend den Beginn unseres Gespräches ab.

Der Unteroffizier blätterte in dem Ausweis herum, schaute sich das Foto an, blickte mir in das Gesicht und vertiefte sich wieder in den Paß. Eine Ähnlichkeit zwischen der Fotografie und meiner durch das wochenlange Wüstenleben verwahrlosten Erscheinung mußte rein zufällig sein. Mit einem Mal richtete er sich im Stuhl auf, daß dieser einen ächzenden Laut von sich gab, legte den Ausweis auf den Tisch und tippte mit dem Zeigefinger der rechten Hand immer wieder auf eine bestimmte Stelle.

„Milano! Milano! Qui c'é scritto Milano! Cosa vuol dire questo? – Mailand! Mailand! Hier steht Mailand geschrieben! Was bedeutet das?"

Er hielt dem Dolmetscher den Paß hin. Verteufelt, daran hatte ich nicht gedacht!

„Questo é il luogo di nascita, Signor brigadiere – das ist der Geburtsort, Herr Wachtmeister", erklärte der Übersetzer. Der Unteroffizier hob langsam seinen Blick von dem Ausweis, den er wieder auf den Tisch zurückgelegt hatte, und schaute mich eine Zeit durchdringend an.

„Tu sei un italiano – du bist ein Italiener!" sagte er in drohendem Ton.

„Was will er?" fragte ich den Pustertaler.

„Er sagt, Sie sind ein Italiener!"

„Warum meint er das?"

Ich versuchte, Zeit zu gewinnen, um auf eine überzeugende Ausrede zu kommen. Mir fiel keine ein.

„Weil in Ihrem Paß die Stadt Milano als Ihr Geburtsort angegeben ist!"

„Ach – deswegen!" antwortete ich gedehnt. Ich glaubte, von draußen das leise Klatschen eines Satteltaschendeckels zu hören, das dieser verursachte, wenn er zurückgeschlagen wurde. Der Posten war im Begriff, den Befehl des Wachtmeisters auszuführen. Um ihn in flagranti zu erwischen, konnte ich ihm noch eine Minute Zeit geben.

„Cosa ha detto questo maledetto impostatore – was hat dieser verfluchte Lügner gesagt?" fuhr der Unteroffizier den Übersetzer an.

„Gli ho spiegato le vostre parole, che lo ritenete

un italiano – ich habe ihm Ihre Worte erklärt, daß Sie ihn für einen Italiener halten."

„Du bist ein Italiener, wenn du in Mailand geboren bist. Das ist doch sonnenklar!" dröhnte der Wachtmeister und schlug auf den Tisch.

„Nach deiner Meinung muß also jeder, der zum Beispiel in Asti geboren ist, immer besoffen sein. Ich weiß nicht, wo deine Mutter dich zur Welt gebracht hat." Ich duzte ihn mit Absicht, nachdem er mich so angesprochen hatte. „Sicherlich aber in einem Dorf, in dem die Höflichkeit auf dem Friedhof beerdigt wurde!"

Er sprang hoch, stützte die Hände auf die Tischplatte und blies vor Wut die Backen auf. Ich ließ ihm keine Zeit, in eine Schimpfkanonade auszubrechen, sondern rief ihm zu: „Aber ich habe einen Ausweis, der dir beweist, daß ich kein Italiener bin. Ich habe ihn in einer Satteltasche meines Kamels vergessen!"

Obwohl der Dolmetscher noch gar nicht die Zeit gefunden hatte, ihm meine Worte zu übersetzen, versuchte er, mich an der dschellaba zurückzuhalten. Aber ich entzog mich seinem Zugriff und lief zur Tür hinaus. Der Posten hatte seinen linken Arm halb in eine meiner Satteltaschen versenkt und drehte mir den Rücken zu. Mit drei Sätzen war ich bei ihm und zerrte ihn am Rücken zurück, daß er mitsamt der Satteltasche, deren Gurte durchrissen, zu Boden stürzte. Ich hob den Lederbehälter auf, wandte mich zurück zur Tür, in der mit rotem Kopf der Wachtmeister stand, und schrie ihm zu:

„Seid ihr Soldaten oder Diebe? Ich verlange, sofort einen Offizier zu sprechen! Ich bin ein Deutscher und kein Beduine, dem ihr in die Tasche greifen könnt!"

Der Übersetzer kam in diesem Durcheinander gar nicht dazu, meine Worte dem Unteroffizier zu verdolmetschen. Dieser stand im Eingang des Hauses, biß sich in den Zeigefinger und brüllte voller Wut den Posten an:

„Stupido! Idiota! Cretino! Imbecille! – Dummkopf! Idiot! Kretin! Blödian!" Dabei hatte der Soldat nur seinen Befehl ausgeführt. Ich hätte vor Vergnügen laut herauslachen können. Meine Mission ließ sich nicht schlecht an.

„Sagen Sie dem Wachtmeister, daß ich es ablehne, weiter mit ihm zu verhandeln. Ich möchte einen Offizier sprechen, und zwar Capitano Testa!" verlangte ich unverfroren.

„Capitano Testa ist vor drei Tagen nach Bengasi gefahren", sagte der Unteroffizier, nachdem ihm der Übersetzer meine Forderung mitgeteilt hatte.

„Ist er vor oder nach der Ankunft der Karawane el-Wakils abgereist?" fragte ich, durch den Erfolg meiner Fangfrage ermutigt. Der Wachtmeister wurde zusehends unsicherer.

„Eine Woche, nachdem eine Karawane hier durchgezogen ist. Wer ihr Führer war, weiß ich nicht, weil Capitano Testa unmittelbar mit ihm verhandelt und die Papiere überprüft hat."

Ich vermutete, daß der Hauptmann mit dem ihm übergebenen Paket nach Bengasi aufgebrochen war, um es dort abzusetzen. Der Unteroffizier schien von den Machenschaften el-Wakils keine Ahnung zu haben.

„Wer vertritt Capitano Testa während seiner Abwesenheit?"

„Ich vertrete ihn."

„Wo kann ich einen Offizier erreichen?"

„Wozu wollen Sie einen Offizier sprechen?"

„Ich habe einige sehr wichtige Meldungen zu machen."

„Werden Sie das, was sich soeben hier ereignet hat, zur Meldung bringen?"

„Das kommt darauf an, was sich hier auf Ihrem Kommandoposten weiter abspielen wird. Wann kehrt Capitano Testa aus Bengasi zurück?"

„Das weiß ich nicht. Es kann morgen sein oder auch erst in zwei Wochen."

„Wo kann ich einen Offizier sprechen?" wiederholte ich meine Forderung.

„Im Grenzposten am Kilometer 229 führen mehrere Offiziere das Kommando."

„Wo ist dieser Posten Kilometer 229?"

„An der Karawanenstraße von Siwa nach Dscharabuhb."

„Wo früher Maggiore Ruffini stationiert war?" Der Wachtmeister wunderte sich immer mehr.

„Jawoll, Maggiore Ruffini befehligte diesen Grenzposten."

„Er wurde von einer Schlange gebissen und starb daran."

„Dio mio! Sie wissen um alle diese Dinge?"

„Ja. Deshalb möchte ich unbedingt einen der Offiziere dieses Grenzpostens sprechen."

„Ich werde telefonieren."
„Tun Sie das."
Wir kehrten in das Gebäude zurück. Die abgerissene Satteltasche behielt ich bei mir. Der Wachtmeister, neben den sich der Dolmetscher stellte, begann an der Handkurbel des einen Feldfernsprechers zu drehen. Immer wieder rief er: „Pronto! Pronto! Pronto!" in die Sprechmuschel des Hörers. Aber es kam keine Verbindung zustande. Ich saß auf meinem Stuhl und beobachtete mit Belustigung, ohne sie jedoch nach außen erkennbar werden zu lassen, den verzweifelten Kampf des italienischen Unteroffiziers mit den Tücken der italienischen Technik. Schließlich legte er voller Ergebung den Hörer nieder und rief wütend: „Va al diavolo, puttana d'un telefono!", was am besten unübersetzt bleibt.
„Diese Telefone hat der Teufel erfunden", schimpfte er weiter, „sie funktionieren nur, wenn sie wollen und wenn man sie nicht brauchen kann. Sie sollen zur Hölle fahren!"
Damit fiel seine geballte Rechte krachend erst auf den einen, dann auf den zweiten Kasten mit den an ihren Schmalseiten angebrachten Handkurbeln, worauf beide zugleich zu läuten begannen. Der Brigadiere zuckte zusammen, riß die Augen auf und hob schließlich beide Hörer ab. Den einen hielt er an das rechte, den anderen an das linke Ohr. Was sich jetzt abspielte, kostete mich alle meine Selbstbeherrschung, weil ich nichts von dem verstehen durfte, was in die Sprechmuscheln gesagt wurde.
„Pronto, Signor Colonnello! – Aspetta! – No,

non Voi, Signor Colonnello! – Signorsi! – Stazitto! – Scusi, Signor Colonnello, non ho detto niente! Ho capito, Signor Colonnello! – Bestia! – Ci deve essere una interferenza, Signor Colonnello. No, non ho detto bestia a Voi, Signor Colonnello – Hallo, Herr Oberst! – Warte! – Nein, nicht Sie, Herr Oberst! Jawoll! – Sei still! – Entschuldigen Sie, Herr Oberst, ich habe nichts gesagt! – Ich habe verstanden, Herr Oberst! – Rindvieh! – Es muß eine Störung in der Leitung sein, Herr Oberst – nein, ich habe nicht Rindvieh zu Ihnen gesagt, Herr Oberst –" In diesem Stil ging es eine ganze Zeit weiter. Dem Wachtmeister stand der Schweiß auf der Stirn. Schließlich warf er den linken Hörer verzweifelt auf den Tisch und sprach ausschließlich auf der Leitung, an deren anderem Ende ein Oberst geglaubt haben mußte, es mit einem Betrunkenen oder Irren zu tun gehabt zu haben. Aus der Hörmuschel des abgelegten Gerätes ertönte eine krächzende Stimme:

„Pronto! Pronto! Mi senti? Pronto! Rispondi, macacco! Pronto! Pronto! Va al inferno, bastardo! Pronto! Pronto! Va mori ammazzato! – Hallo! Hallo! Hörst du mich? Hallo! Antworte, du Affe! Hallo! Hallo! Fahr zur Hölle, du Bastard! Hallo! Hallo! Man sollte dich erschlagen –"

Der Ton riß ab, und die Flut der Beschimpfungen, an denen der italienische Sprachschatz mindestens so reich ist wie der arabische, versiegte. Der Wachtmeister legte sehr bald den Hörer aus der Hand und teilte mir mit Hilfe des Dolmetschers mit:

„Morgen früh kommt Herr Oberst Maletti hier vorbei, wie er mir soeben am Telefon sagte. Er will einen Vorfall, der sich letzte Nacht bei Kilometer 262 ereignete, untersuchen. Sie werden Gelegenheit haben, morgen mit Herrn Oberst Maletti zu sprechen."

Es war nicht schwer für mich zu erraten, um welches Ereignis es sich bei Kilometer 262 gehandelt hatte. Ich war versucht, eine Andeutung darüber zu machen, um den Wachtmeister noch mehr zu verunsichern. Aber ich sah davon ab, weil das eine endlose Kette von Erklärungen über die Quellen meines Wissens heraufbeschwören mußte. So sagte ich nur:

„Ich werde auf Oberst Maletti warten."

„Wo werden Sie die Nacht verbringen?"

„Ich bin es gewohnt, im Freien zu schlafen, Brigadiere. Irgendwo da draußen werde ich mit meiner Stute auf den Morgen warten. Kann ich meinen Paß zurückhaben?"

„Den werde ich Ihnen morgen bei Ihrer Weiterreise aushändigen. Ich werde heute abend die Formulare ausfüllen, die für Ihren Grenzübertritt benötigt werden. Dazu brauche ich Ihre Dokumente."

Das war selbstverständlich eine offenkundige Ausrede. Er wollte verhindern, daß ich mich während der Nacht auf und davon machte. Da ich das ohnehin nicht vorhatte, sah ich davon ab, darauf zu bestehen, meinen Paß wieder zurückzuerhalten. Der Wachtmeister zerrte eine dunkelgrün gestrichene Kassette, die mit schwarzen Eisenbändern beschlagen war und die ich bisher gar nicht bemerkt hatte, aus einer Ecke des Raumes hervor, hob sie auf den Tisch und verschloß meinen Ausweis darin.

Bevor ich den Raum verließ und zu meinem Kamel zurückging, sagte ich:

„Ihr Posten war schuld daran, daß die Riemen meiner Satteltasche durchgerissen sind. Können Sie mir etwas Werkzeug besorgen lassen, damit ich vor meinem Weiterritt die Lederteile ausbessern kann?"

Der Wachtmeister, der anscheinend hoffte, daß ich nach einer Beseitigung des durch seinen Soldaten angerichteten Schadens von einer Meldung bei dem erwarteten Oberst absehen würde, befahl dem Dolmetscher:

„Passa dal nostro sellaio e fatti dare un ago da sellaio e del refe robusto – gehe bei unserem Sattler vorbei und laß dir eine Sattlernadel und festen Zwirn geben!" Mir ließ er sagen: „Lek-ner wird Ihnen das Gewünschte hierherbringen."

„Ich will mir inzwischen einen Platz zum Übernachten suchen. Ihr Soldat kann mir die Sattlernadel und den Zwirn dahin tragen."

Es kam mir darauf an, eine Möglichkeit herbeizuführen, um unter vier Augen mit dem Südtiroler sprechen zu können. Der Wachtmeister gab dem Übersetzer den Befehl, mir Nadel und Zwirn zu meinem Rastplatz zu bringen.

Bei der Suche nach einer geeigneten Stelle hatte ich Gelegenheit, Größe und Anlage dieses Grenzpostens zu überblicken. Außer dem Gebäude, in dem ich die Gespräche mit dem Wachtmeister geführt hatte, gab es noch sechs andere, fest gebaute Häuser – alle waren nur ebenerdig –, von denen eines hinter dem eingezäunten Platz lag, auf dem die Kraftfahrzeuge abgestellt waren. Vierzehn mittelgroße Militärzelte lagen rechts und links der Piste, die von Norden her in etwa zwanzig Meter Entfernung parallel zu der Drahtsperre heranführte und sich zwischen dem Grenzgebäude und einem zweiten Haus nach Süden fortsetzte.

Ich führte meine Stute einen Steinwurf weit auf dem Pfad gegen Süden und ließ mich dann seitlich dieses Weges nieder, um hier in der Nacht zu lagern und den nächsten Morgen zu erwarten.

Während ich zwei Handvoll Datteln aß, Wasser dazu trank und mir danach eine Zigarette anzündete, hatte ich Gelegenheit, vom Rande des Grenzpostens das Treiben zu beobachten. Es war noch einige Zeit bis zum Untergang der Sonne. Auf meiner Uhr war es sechs. Der Anruf des Obersten und die Ankündigung, daß er in der Frühe des nächsten Tages erscheinen wollte, hatte eine hektische Betriebsamkeit hervorgerufen. Durch den Wachtmeister war mit einem Sprechtrichter die gesamte Besatzung des Grenzkommandos zusammengerufen worden. Ich zählte außer ihm zweiunddreißig Mann. Diese standen in zwei Gliedern hintereinander und nahmen die Befehle ihres Vorgesetzten, die ich wegen der Entfernung nicht verstehen konnte, entgegen. Nach einem Ton, der wie ein Bellen klang, stoben die Soldaten auseinander und gingen den seltsamsten Beschäftigungen nach. Zwei wuschen die Holztüren und die Fensterrahmen der Gebäude mit Wasser, das sie in Eimern herangetragen hatten, ab. Einige andere vollführten das gleiche mit den Fahrzeugen, unter denen sich ein kleiner Lastwagen befand, auf dessen Brücke ein Wassertank befestigt war. Gleichzeitig begannen drei andere Männer den Sand des eingezäunten Kraftwagenplatzes mit rechenartigen Geräten zu harken. Da die autoputzenden Leute immer wieder über diese glattgestrichenen Stellen liefen, war bald eine lebhafte und lautstarke Auseinandersetzung zwischen den beiden Arbeitsgruppen im Gange. Die Zeltwände wurden mit Besen abgekehrt, die Spannleinen mit feuchten Lappen abgewischt. Ein Beduine lief mit einem Sack herum und las Papierfetzen, leere Zigarettenschachteln, Blechbüchsen und anderen Zivilisationsmüll auf. Ich konnte dem ungewöhnlichen Treiben, das anscheinend diesen durch das Auftreten von Menschen verunreinigten Platz im „Großen Sandmeer" wieder ein jungfräulicheres Aussehen zu geben versuchte, nicht länger zuschauen, weil der Dolmetscher „Lek-ner" zwischen den zwei rechts und links der Piste stehenden Gebäuden auftauchte und auf mich zukam. Er reichte mir eine gebogene Nadel mit großem Öhr und einen Knäuel feinen Bindfadens her.

„Der Wachtmeister läßt fragen, ob Ihnen das genügt. Etwas anderes hatte der Sattler nicht."

„Danke, damit werde ich den Schaden beheben können, Herr Lechner – Sie heißen doch wohl so und nicht Lek-ner?"

„Ich schreibe mich Lechner und werde daheim

manchmal so genannt. Die meisten sagen Pepi zu mir –"

„– was Josef bedeutet?"

„Ja, heute heißt das Giuseppe. Aber mir ist es lieber", er grinste, „wenn mich der Brigadiere Lek-ner nennt."

„Warum?"

„Das kann ich schlecht sagen. Ich denke mir aber immer etwas dabei, wenn ich mich mit ‚Lek-ner' bei dem Brigadiere melde."

Mit einem vorgetäuschten Hustenanfall versuchte ich meine nicht mehr zu verbergende Heiterkeit zu verschleiern.

„Sie sind Südtiroler?" sagte ich, nachdem dieser Anfall vorüber war.

„Ich komme von dort. Aber ein Südtirol gibt es nicht."

„Nicht –?" fragte ich, obwohl ich mir denken konnte, weshalb er das gesagt hatte.

„Das Wort Südtirol ist verboten. Wer es gebrauchen tut, der wird eingesperrt."

„Von wem?"

„Von den Faschisten."

„Sie sind aus dem Pustertal?"

„Ja, aus Brunico."

„Das ist doch wohl Bruneck?"

„Ja, aber auch das ist verboten. So nennen wir unsere Heimatstadt nur, wenn kein Italiener dabei ist."

„Gibt es denn überhaupt keine deutschen Namen mehr in – wie heißt Südtirol heute?"

„Alto Adige."

„Das heißt Ober-Etsch?“

„Ja, aber es gibt nur einen Alto Adige.“

„In diesem ‚Alto Adige‘ dürfen anscheinend keine deutschen Namen mehr gebraucht werden! Man könnte versucht sein, zu sagen, daß die Gestorbenen glücklicher daran sind als die Lebenden.“

„Es geht ihnen nicht besser als uns.“

„Was meinen Sie?“ fragte ich, weil ich den Sinn seiner Worte tatsächlich nicht verstanden hatte.

„Meinen Vater konnten wir auf dem Friedhof von – Bruneck begraben –“

„Lebte er denn nicht dort?“

„Er ist in Lipari gestorben.“

„In Lipari? Auf den Inseln, die nördlich von Sizilien liegen?“

„Ja.“

„Wie ist er denn dahin gekommen?“

„Mein Vater, der auch Josef hieß, war Lehrer in – Bruneck. Eines Tages erschienen die Carabinieri bei uns zu Hause und sagten, daß er die Kinder in der deutschen Sprache unterrichtet hätte. Sie nahmen ihn mit. Er wurde nach Lipari verbannt. Dort ist er gestorben.“

„Woran?“

„Das wissen wir nicht. Der Sarg, in dem er nach – Bruneck gebracht wurde, war versiegelt. Damit keine Seuche ausbrechen kann, sagten die Carabinieri. Wir mußten ihn noch am gleichen Tage begraben, an dem der Sarg eingetroffen war. Meine Mutter starb ein halbes Jahr später. Wir beerdigten sie neben dem Vater.“

„Es scheint fast, als sei der Friedhof der einzige Platz in Südtirol, wo die Menschen in dieser unglückseligen Zeit endlich ihre Ruhe finden."

„Vater und Mutter fanden auch dort ihre Ruhe nicht." Ich sah ihn fragend an. „Vier Monate nach dem Tod meiner Mutter waren wieder die Carabinieri bei uns", fuhr er fort. „Wir mußten den Stein vom Grab meiner Eltern entfernen und durften ihn erst wieder aufstellen, nachdem der Steinmetz die Vornamen meines Vaters von Josef in Giuseppe und den meiner Mutter von Johanna in Giovanna umgemeißelt hatte."

Ich entsann mich, in – Bolzano vor dem Marmorungetüm gestanden zu haben, das die Italiener das „Siegesdenkmal" nennen, und unter der Gestalt einer ihren Bogen nach Norden spannenden Göttin die Worte gelesen zu haben: „Hic patriae fines siste signa hinc ceteros excoluimus lingua legibus artibus – hier stehe, du Zeichen, an den Grenzen des Vaterlandes, hierhin brachten wir den anderen Sprache, Gesetz, Kultur." Der letzte Funken altrömischen Geistes vermochte noch, bevor er völlig ausgetreten wurde, zu verhindern, daß anstelle des vorgesehenen „barbaros" das farblosere „ceteros" in dieser Inschrift eingesetzt wurde. Meine aufgerüttelten Gedanken glitten zu dem Bericht Keiralla Muhammeds über, der von dem gnadenlosen Kampf der italienischen Kolonialmacht gegen die Senuhsih berichtet hatte. Die „Pax Romana", der römische Frieden des zwanzigsten Jahrhunderts, schien überall dort, wo er verbreitet werden sollte, nicht wählerisch in den Mitteln zu sein, wenn es darum ging, den Widerstand der Eingeborenen gegen das Staats- oder Kolonialvolk zu brechen. Aus diesen Überlegungen riß mich eine Bemerkung des vor mir stehenden Mannes aus dem Pustertal in Südtirol.

„Habe ich die Worte des Brigadiere an Sie und Ihre Antworten an ihn alle richtig übersetzt?“ fragte er mich. Seine Augen zeigten ein listiges Blinken, das mich nach einem kurzen, überraschten Zögern bestimmte, ihm gegenüber meine Rolle als einer, der die italienische Sprache nicht beherrschte, aufzugeben.

„Verraten Sie mir, Pepi, wie haben Sie das herausgefunden?“

„Mir fiel auf, daß Sie sich jedes Wort des Wachtmeisters von mir übersetzen ließen. Manche kurzen Sätze mußten aber auch für jemanden verständlich sein, der nicht italienisch spricht. Dann machten Sie einen Fehler. Sie verlangten Werkzeug zum Flicken. Der Brigadiere befahl mir, eine Sattlernadel und Zwirn zu besorgen. Ihnen ließ er sagen, daß ich das Gewünschte bringen würde. Sie aber sprachen bei Ihrer Antwort von einer ‚Sattlernadel‘ und von Zwirn.“

„War das nicht naheliegend, daß ich zum Ausbessern der entzweigerissenen Gurte Zwirn und Nadel benötigte?“

„Zwirn und Nadel wohl, nicht aber ‚un ago da sellaio – eine Sattlernadel‘. Sie mußten das Wort verstanden haben.“

„Sie haben recht, Pepi. Ich habe einen Fehler begangen. Ist er dem Brigadiere aufgefallen?“

„Dann hätte er sofort etwas gesagt oder gebrüllt.

Nein, er hat es ganz sicher nicht bemerkt."

„Aus bestimmten Gründen ist es für mich wichtig, so zu tun, als verstünde ich kein Italienisch. Das hat eine lange Vorgeschichte, die ihren Ursprung in Arabien hat und die –"

„Ich muß zurückgehen. Der Brigadiere könnte Verdacht schöpfen, weil wir uns so lange unterhalten", unterbrach mich Lechner.

„Gehen Sie. Ich muß die Ankunft des Obersten morgen früh abwarten, weil ich verschiedene Anzeigen machen will."

„Gegen wen?"

„Gegen einen Karawanenführer – haben Sie die Karawane gesehen, die von dem Wachtmeister erwähnt wurde?"

„Die hat keiner von uns gesehen."

„Wie ist das möglich?"

„Eines Nachmittags traf ein Beduine mit einem großen Schnurrbart ein. Er kam aus Ägypten. Das war – es kann vor einer Woche gewesen sein. Am Tag zuvor waren zwei Freunde von Capitano Testa eingetroffen, ein Sottotenente und ein Tenente, Leutnant und Oberleutnant. Am Morgen nach der Ankunft des Arabers sind wir alle unter Führung des Brigadiere zu einer Überprüfung des Grenzzaunes nach Süden aufgebrochen. Capitano Testa, seine beiden Freunde, die Ordonnanz und der Beduine sind dageblieben. Natürlich auch Fadil el-achras –"

„Wer ist dieser ‚Vortreffliche, der taubstumm' ist?"

„Das ist ein ausgestoßener Beduine vom Stamm

der Brahsa-Dorsa, der wegen seines Gebrechens harmlos ist, weil er nichts hört und nichts weitersagen kann, und der als Mädchen für alles in der Station verwendet wird. Als wir am Nachmittag von unserer Fahrt nach Süden zurückkehrten, war der Beduine mit dem Schnurrbart fort. Wir mußten Kamelmist wegkehren. Von der Karawane, die der Brigadiere erwähnt hat, bekamen wir nichts zu sehen. Ich muß jetzt zurücklaufen."

Ich hielt ihn am Ärmel zurück.

„Noch ganz schnell eine Frage, Pepi, eine für mich ganz wichtige. Hat sich vor drei Tagen etwas Besonderes ereignet?"

„Etwas Besonderes? Was meinen Sie?"

„Hat es einen Unfall gegeben? Einen Toten?"

Lechner schaute mich erstaunt an.

„Einen Toten? Von unserem Kommando leben alle. Wer sollte denn umgekommen sein?"

„Es war nur eine Frage. Sie hing mit der Meldung zusammen, die ich morgen früh machen will."

„Vor drei Tagen war überhaupt nichts los. Capitano Testa war bei Sonnenaufgang mit dem mittleren Fiat-Lastwagen in Begleitung seiner zwei Freunde und seiner Ordonnanz nach Bengasi abgefahren. Auch die beiden Mädchen nahm er mit –"

„Welche Mädchen?"

„Ach – Capitano Testa holt sich ab und zu Mädchen, um sich und seinen Freunden die Zeit zu vertreiben. Wahrscheinlich bringt er, wenn er von Bengasi zurückkommt, wieder einige mit. Er läßt sie immer dort in dem Gebäude wohnen." Bei diesen Worten zeigte er zu dem Bau hin, der gegenüber von dem Abstellplatz der Kraftwagen lag. „Wir nennen es ‚il casinò'."

„Das Fenster, das nach hier zeigt, ist vergittert."

„Die Fenster haben alle Gitter. Manchmal wollen die Mädchen fortlaufen. Dann sperrt Capitano Testa die Tür ab."

„Also die zwei Mädchen hat er mitgenommen, als er nach Bengasi fuhr. Wann sind diese Frauen eingetroffen?"

„Ich weiß es nicht. Sie waren auf einmal da. Wir haben sie manchmal an den Fenstern stehen sehen. Ich muß jetzt gehen. Der Brigadiere wird mich zusammenstauchen."

„Sagen Sie ihm, daß Sie mir beim Reparieren der Satteltasche geholfen haben. Er hat wegen dieses Vorfalls ein schlechtes Gewissen und befürchtet, daß ich morgen den Oberst davon unterrichte."

„Werden Sie das tun?"

„Nachdem Sie mir beim ‚Ausbessern' des Schadens geholfen haben, werde ich das nicht tun."

„Kann ich ihm das sagen, wenn er mich danach fragt?"

„Tun Sie das. Dann wird er wegen Ihres langen Fortbleibens kein Wort mehr verlieren."

Der Pustertaler Lehrerssohn, den sein Militärdienst in die Sahara verschlagen hatte, eilte fort. Ich setzte mich nieder und machte mich daran, die abgerissenen Lederstreifen mit der Sattlernadel und dem Bindfaden zusammenzuflicken.

Kaum eine andere Arbeit ist wie das Nähen so geeignet, seinen Gedanken nachzuhängen. Das Gespräch mit dem Dolmetscher Pepi Lechner war sehr aufschlußreich für mich gewesen. Der Hauptmann Testa schien tief in die Machenschaften el-Wakils und seiner Raubkarawane verwickelt zu sein. Der Grenzübergang Hahzims und seiner Leute mitsamt den entführten Haddedihnmädchen war durch das gezielte Abziehen der gesamten Postenmannschaft und ihren Einsatz nach Süden reibungslos vor sich gegangen. Noch erstaunlicher erschien es mir, daß es Testa gelungen war, den schweren Zwischenfall mit Sa'da und Leila zu vertuschen. Die Besatzung des Grenzpostens hatte anscheinend tatsächlich nichts davon bemerkt, daß eines der Mädchen sich umgebracht hatte und einer der Offiziere durch das andere schwer verletzt, vielleicht sogar getötet worden war. Noch in der Nacht mußte Capitano Testa die Spuren dieser nächtlichen Tragödie beseitigt haben. Ich zweifelte nicht daran, daß er die Tote und den verletzten oder verbluteten Offizier mit Hilfe des anderen Beteiligten mit dem Fiat-Lastwagen weggebracht hatte, um sich der Leichen bei einer günstigen Gelegenheit zu entledigen. Ob mir der erwartete Oberst Maletti diese Geschichte ohne Vorbringung handfester Beweise glauben würde, war mehr als zweifelhaft. Ich mußte vor allem versuchen, eine rasche Verfolgung Hahzims und seiner Karawane zu erwirken, um die Haddedihnmädchen und die von ihm beförderte Schmuggelware als Beweise für meine Beschuldigungen in die Hand zu bekommen. Einen erheblichen Vorteil für uns bedeutete die Abwesenheit von Capitano Testa und der Umstand, daß die Besatzung des

Grenzüberganges einschließlich des Wachtmeisters nichts von den tragischen Ereignissen um Sa'da und Leila wußte. So konnte Leila unbehelligt mit uns nach Libya hineinreiten.

Als die Sonne den westlichen Gesichtskreis berührte, tauchten zwei Soldaten mit übergehängtem Gewehr hinter dem Grenzgebäude auf und näherten sich auf der Piste, an deren Seite ich mich niedergelassen hatte. Einer blieb zwanzig Schritte von mir entfernt stehen. Der andere stapfte an mir vorbei, hielt in nahezu gleicher Entfernung wie der andere an und drehte sich mir zu. Beide nahmen ihre Waffen ab, klemmten die Kolben zwischen Ellbogen und Hüfte und blickten gelangweilt in die Gegend.

„Was soll das?" rief ich ihnen zu. Sie starrten über mich hinweg und zeigten keine Wirkung auf meine ungehaltene Frage, die sie sicherlich gar nicht verstanden hatten. Ich stand auf, ging an dem einen vorbei, der mich nicht zurückhielt, und begab mich zu dem Gebäude, in dem ich die Verhandlungen mit dem Wachtmeister geführt hatte. Dieser saß am Tisch mit den zwei Telefonen und war damit beschäftigt, etwas in eine Art Notizbuch zu schreiben, was anscheinend seine ganze geistige und körperliche Energie in Anspruch nahm.

„Was sollen die beiden bewaffneten Soldaten bei meinem Lagerplatz?" fragte ich mit Nachdruck.

„Capisco niente – ich verstehe gar nichts", antwortete der Unteroffizier achselzuckend. Dann brüllte er: „Lek-ner! Lek-ner! Lek-ner!"

Es dauerte keine zwei Minuten bis der Gerufene zur Tür hereinlief.

„Presente Lek-ner, Signor Brigadiere – Lek-ner zur Stelle, Herr Wachtmeister!"

„Domanda a questo noioso cosa vuole? – Frage diesen Langweiler, was er will!"

„Der Wachtmeister möchte wissen, was Sie wollen."

„Warum stehen bei meinem Lagerplatz zwei bewaffnete Soldaten?"

„Sie sollen von den Männern beschützt werden. Sie werden die ganze Nacht dort stehen, damit Ihnen nichts zustößt."

Das war eine plumpe Ausrede. In Wirklichkeit wollte der Wachtmeister sicher sein, daß ich während der Nacht, trotz meines von ihm einbehaltenen Passes, nicht davonritt oder im Bereich des Grenzpostens herumschlich. Da ich keines von beiden vorhatte, konnten mir die aufgestellten Wachen gleichgültig sein. Um dem Unteroffizier aber klarzumachen, daß ich diese von ihm eigenmächtig vorgenommene Überwachung durchschaute, ließ ich ihm von dem Übersetzer mitteilen:

„Ich werde morgen dem Herrn Oberst Maletti gegenüber Ihre Weitsicht und Fürsorge rühmend hervorheben, da Sie sich diese Mühe mit den beiden Wachen gemacht haben, um mich vor drohenden Gefahren im engeren Umkreis Ihres Grenzpostens zu schützen. Es wäre allerdings weniger umständlich – und das werde ich dem Herrn Oberst auch vorschlagen –, für die Beseitigung der Gefahren zu sorgen, damit Durchreisende beruhigt in Ihrem

Kommandobereich schlafen können. Gute Nacht!"

Damit verließ ich den Raum und ging zu meiner Stute zurück, die ihr am Mittag aufgenommenes Fressen wiederkäute. Die Sonne versank im Westen. Bevor es aber ganz dunkel wurde, kam ein dritter Soldat herbei, der nacheinander mit den beiden Wachtposten flüsterte. Darauf marschierten sie alle drei ab und verschwanden hinter dem Gebäude, in dem sich der Wachtmeister aufhielt. Mit dem verschwimmenden Gedanken, am nächsten Morgen meine Anzeige mit aller Entschiedenheit bei Oberst Maletti vorbringen zu wollen, schlief ich ein.

7. *Beweise im Sand*

Eine leichte Berührung an der linken Schulter, als wenn ein Zweig mich gestreift hätte, machte mich hellwach. Ich blieb jedoch bewegungslos liegen und öffnete meine Augen nur einen schmalen Spalt, um den Boden neben mir betrachten zu können. Zunächst dachte ich, eine Schlange könnte von meiner Körperwärme angezogen worden sein, die im Begriff war, an mir hochzukriechen. Jede jähe Bewegung hätte ihre Angriffslust herausfordern können. Deshalb versuchte ich, ohne mich zu rühren, die Ursache der Berührung zu erkennen.

Es war keine Schlange. Einen Meter von mir lag eine menschliche Gestalt, die mich mit halb erhobenem Kopf beobachtete. „Uskut – sei still, jah Hami el-amlahk!" flüsterte leise eine Stimme. „Ich habe dir etwas Wichtiges zu sagen."

„Mihn anta – wer bist du?" fragte ich und drehte mich langsam auf die Seite.

„Ana Fadil el-achras – ich bin Fadil el-achras."

Wie ein Blitz überkam mich die Erleuchtung.

„Du hast den gefangenen Haddedihnmädchen das Wasser und die Datteln gebracht?"

„Aijwa, das war ich."

„Woher weißt du, wer ich bin? Du hast mich beim Namen gerufen."

„El-ichwahn* haben mich unterrichtet, daß du heute hier über die Grenze gegangen bist."

„Fadil el-achras – der Taubstumme? Warum nennst du dich so, wenn du sprechen und hören kannst?"

„Das ist mein Kriegsname. El-italjahn – Allah verfluche sie – meinen, ich kann nichts hören und nichts erzählen. Das ist sehr gut für alle Senuhsih."

„Warum hast du mich aufgesucht?"

„Ich habe heute gehört, daß du morgen es-za'ihm, dem Oberst, eine Anzeige gegen Capitano Testa machen willst."

„Ich habe keine Beweise gegen den Hauptmann, obgleich ich genau weiß, daß er schuld ist am Tod des Haddedihnmädchens Sa'da und von el-Wakil und Hahzim bestochen wird."

„Höre gut zu, jah Hami el-amlahk, was ich dir jetzt sage. Mache die Anzeige gegen Capitano Testa. Wenn der Oberst Beweise haben will, dann führe ihn fünfzig Schritte von hier aus auf der Piste gegen Mittag. Dann wendest du dich dreißig Schritte gegen Sonnenuntergang. Dort findest du sechs in der Form des Halbmondes zusammengelegte Steine. Dreißig Schritte weiter in der gleichen Richtung liegen drei Kiesel beieinander, über die ein vierter gesetzt ist. An diesen Stellen soll der Oberst graben lassen. Er wird wichtige Beweise für deine Anzeige finden."

„Was liegt dort?"

„Lasse graben, dann wirst du wissen! Aber

* ichwahn = Angehörige der Senuhsihbruderschaft

nimm dich in acht vor el-italjahn – Allah verfluche sie –, sie sind wortbrüchig und lächeln dir ins Gesicht, während sie dir el-chandschar in das Herz stoßen. Allah jidschihrak, jah Hami el-amlahk – Allah stehe dir bei, o Hami el-amlahk!"

Noch ehe ich eine weitere Frage stellen konnte, war Fadil el-achras davongehuscht. Der Mond hatte sich noch nicht über den Gesichtskreis erhoben. Die Dunkelheit verschluckte den Mann, kaum, daß er sich von mir entfernt hatte.

Wieder einmal mußte ich mit Erstaunen feststellen, welche unergründlichen und schnellen Wege die Nachrichtenweitergabe in der Wüste einschlug. Ich weilte erst wenige Stunden in dem Grenzpostenbereich, und schon wußte der Vertrauensmann der Senuhsih meinen Namen und war anscheinend auch über den Zweck meiner Erkundung bei den Italienern unterrichtet. Besonderes Kopfzerbrechen bereitete mir der geheimnisvolle Hinweis Fadils auf die Beweise, die mir bei dem Gespräch mit dem Colonnello Maletti von Nutzen sein sollten. Hatte der vermeintliche Taubstumme dem Capitano Testa irgendein belastendes Dokument, eine Quittung oder vielleicht sogar eines der als Bestechung übergebenen Päckchen Hahzims entwendet und vergraben? Es mußte etwas sein, was den Hauptmann bloßzustellen vermochte. Aber ich fand trotz des angestrengten Grübelns keine befriedigende Erklärung dafür, welcher Art der im Wüstensand ruhende Beweis sein mochte.

Langsam ebbte die durch das Erscheinen Fadils und das mit ihm geführte Gespräch hervorgerufene

Erregung in mir ab. Die Nacht wurde kühl. Ich lehnte mich mit den Schultern an den warmen Leib meiner Stute und versank in einen Halbschlaf, in dem ich über die Stunden bis zum ersten Verblassen der Sterne hinwegdämmerte. Es kostete mich erhebliche Überwindung aufzustehen. Ich nahm mir vor, dies beim ersten Blitzen der aufgehenden Sonne zu tun. Die wohltuende Wärme, die meinem Rücken durch die enge Berührung mit dem Kamelkörper zuströmte, stand in fühlbarem Gegensatz zu der Kälte, die mich von vorn anpackte. Was hätte ich dafür gegeben, jetzt ein Glas oder noch besser zwei Gläser des dampfenden schai nana schlürfen zu dürfen, den Hamdi so rasch und geschickt herbeizaubern konnte. Mit unwilligem Geknurre erhob ich mich, als das erste Glühen im Osten den Horizont sprengte. Etwas Brot und einen Rest Käse aus der Oase des Orakels spülte ich mit einigen Schlucken Wasser hinunter. Langsam begann meine Umwelt die Feindseligkeit und Kälte der Nacht zu verlieren. Mit den ersten Strahlen der Sonne wuchsen Selbstvertrauen und Daseinsfreude. Und als sie sich vom Gesichtskreis abgelöst hatte, um ihren Weg über das Firmament einzuschlagen, war ich wieder bereit, den vor mir liegenden Entscheidungen mit Aufgeschlossenheit und Unnachgiebigkeit entgegenzutreten.

Während ich damit beschäftigt war, die geflickte Satteltasche wieder anzubringen, wurde erst ganz leise, dann immer deutlicher, das Surren von Motoren hörbar. Von Norden her näherte sich eine Staubfahne, die im leichten Nordwest über die

Grenzsperre nach Ägypten hineingetragen wurde. Drei Kraftfahrzeuge tauchten auf der in den Grenzposten hineinführenden Piste auf. Sie bogen zu dem am Durchlaß liegenden Gebäude ein. Kommandorufe wurden hörbar, dem ein von zahlreichen Stimmen im Chor ausgebrachter Begrüßungsruf folgte. Dann trat wieder Stille ein.

Ich hielt es für zweckmäßig, erst einmal abzuwarten, war aber fest entschlossen, den soeben mit seiner Begleitung eingetroffenen Oberst Maletti, um den es sich nach dem gestrigen Ferngespräch handeln mußte, nicht weiterfahren zu lassen, ohne mit ihm gesprochen zu haben.

Es vergingen eine, zwei, drei Stunden. Als der Zeiger meiner Uhr auf neun stand, begann meine in den letzten Wochen geübte und angenommene Geduld langsam abzublättern. Ich nahm mir vor, zu dem Kommandogebäude hinzugehen, wenn es zehn Uhr geworden war. Eine Viertelstunde vor zehn bog Pepi Lechner um das Haus und kam zu mir.

„Der Oberst will Sie sprechen", sagte er.

„Wie ist die Stimmung?"

„Ich weiß es nicht, ich bin bei der Besprechung nicht dabeigewesen. Wir hörten nur, wie der Oberst gebrüllt hat."

„Gut, gehen wir."

Die Tür zur Schreibstube stand, wie gestern, offen. Ich betrat den Raum. Der Übersetzer folgte mir und stellte sich halbrechts wartend vor mir auf. Mit einem schnellen Blick überflog ich die vor mir aufgebaute Gruppe. Am Tisch saß der Oberst, ein magerer Mann mit hochmütig-verschlossenem Gesicht. Halb hinter ihm standen vier weitere Offiziere. Der Wachtmeister hielt sich im Hintergrund. Auf seiner Stirn perlten, wie gestern beim Telefonieren, dicke Schweißtropfen. Die Gesichter aller Anwesenden, den Brigadiere ausgenommen, drückten eine seltsame Mischung von Neugierde und Ablehnung aus. Der Colonnello blätterte in meinem Paß und beachtete mein Nähertreten überhaupt nicht. Ich beschloß, trotzdem die Regeln der Höflichkeit nicht außer acht zu lassen, und sagte:

„Guten Tag, meine Herren!"

„Buon giorno, signori ufficiali!" übersetzte der Dolmetscher. Mein Gruß wurde nicht erwidert. Ich griff nach einem an der Seite stehenden Stuhl, zog ihn heran und setzte mich dem Oberst gegenüber nieder. Als mich einer der Offiziere daran hindern wollte, streckte der Colonnello, ohne aufzuschauen, abweisend die Rechte aus:

„Làscialo – laß ihn."

So saßen wir uns eine ganze Weile gegenüber. Es fiel kein Wort. Ich betrachtete die dreifache Reihe von Ordensschleifen, die der Offizier auf der linken Brustseite trug, ohne die geringste Ahnung zu haben, welche Heldentaten ihm diese Auszeichnungen eingebracht hatten.

„Sie sind in Mailand geboren?" eröffnete der Oberst unvermittelt das Gespräch, das sich wieder über den Dolmetscher Lechner abwickelte.

„Ja."

„Haben Sie italienischen Militärdienst geleistet?"

„Ich bin immer deutscher Staatsbürger gewesen."

„Sie sprechen Italienisch?“

„Nein“, antwortete ich getreu meiner gestern angenommenen Rolle. Ich beobachtete, wie sich einer der neben dem Tisch stehenden Offiziere Notizen machte.

„Seltsam, daß jemand, der in Italien geboren wurde, nicht Italienisch spricht“, bemerkte Maletti mit leichter Ironie.

„Meine Eltern wurden gezwungen, Italien zu verlassen, als ich dreizehn Monate alt war.“

„Gezwungen? Hatten sie etwas verbrochen?“

„Nein, sie haben nichts verbrochen. Sie waren einfach nur dumm.“

„Dumm?“ Der Oberst hob zum ersten Mal den Blick und sah mich an. „Dummheit kann nie ein Grund sein, aus einem Land verwiesen zu werden.“

„O doch, Herr Oberst, wenn die Dummheit aus der Vertrauensseligkeit erwächst, ist das sehr gut möglich.“

„Ihren verworrenen Gedankengängen vermag ich nicht zu folgen. Worin hat die Dummheit Ihrer Eltern bestanden?“

„Sie hat darin bestanden, daß sie an die Aufrichtigkeit Italiens geglaubt haben.“ Die beleidigenden Äußerungen meines Gegenübers bestimmten mich, aus meinem Herzen keine Mördergrube zu machen. Mit Genugtuung bemerkte ich, wie bei meinen letzten Worten geradezu ein Ruck durch die im Raum Anwesenden ging. „Meine Eltern bauten sich eine Existenz in Mailand auf, weil der Dreibund die friedliche Zukunft von Deutschland,

Österreich und Italien versprach. Italien hat den Vertrag gebrochen. Meine Eltern mußten, weil sie Deutsche waren, das Land verlassen. Ich war damals, wie ich Ihnen schon sagte, dreizehn Monate alt. Glauben Sie mir nun, Herr Oberst, daß Dummheit der Grund zur Ausweisung aus einem Land sein kann?"

Es dauerte eine Zeit, bis Pepi Lechner meine Worte, deren Übersetzung ihm sichtlich Genugtuung bereitete, den italienischen Offizieren zur Kenntnis gebracht hatte. Dabei stellte ich fest, daß meine Äußerungen in der italienischen Wiedergabe zwar weniger hart klangen, bei der Empfindlichkeit der Südländer aber unmittelbarer ankommen mußten. Es erhob sich auch wirklich ein Raunen der Empörung.

„Quest'é un vilipendio del popolo italiano – das ist eine Beleidigung des italienischen Volkes!" rief einer der Offiziere. Der Oberst streckte wieder die rechte Hand aus und sagte:

„Taci – schweig!"

Zu mir gewandt, erwiderte er:

„Sie sind jung, mein Freund, und können deshalb nicht wissen, daß im Leben und vor allem in der Politik Entscheidungen gefordert werden können, die nicht nach bürgerlichen Maßstäben zu werten sind."

„Machiavelli ist Ihr Landsmann, Herr Oberst. Meine Eltern haben ihn nicht gelesen."

Ohne auf meine Bemerkung einzugehen, fragte mich der Oberst:

„Sie sind Kunstwissenschaftler?"

„Ich bin Student der Kunstgeschichte."

„Warum möchten Sie in Libya einreisen?"

„Nach der Besichtigung der ägyptischen Kunststätten möchte ich gern die Denkmäler der römischen und byzantinischen Zeit in Nordafrika aufsuchen."

„Sie haben natürlich eine Genehmigung des italienischen Ministeriums in Rom?"

„Nein, die habe ich nicht. Als ich nach Kairo fuhr, wußte ich noch nicht, daß mich mein Weg auch nach Libya führen könnte."

„Dann werden wir erst in Rom nachfragen müssen, ob Ihnen die Genehmigung zum Besuch dieser Stätten erteilt wird."

„Wie lange wird das dauern?"

Der Oberst zuckte mit den Schultern.

„Das ist schwer vorauszusagen. Auf jeden Fall wird es besser für Sie sein, wenn Sie in der Zwischenzeit nach Kairo zurückkehren."

„Kann mir nicht vom Denkmalsamt in Tripolis oder in Bengasi die Genehmigung erteilt werden?"

„Das kann ich Ihnen nicht sagen. Ich bin für militärische Fragen zuständig, nicht für alte Gebäude. Wir werden dort anfragen."

„Wie lange wird eine Antwort auf diese Anfrage auf sich warten lassen?"

Der Offizier hob erneut die Schultern.

„Es kann zwei oder drei oder noch mehr Wochen dauern. Die Verbindungen in der Wüste sind nicht die besten."

Da ein Besuch der römischen und byzantinischen

Siedlungsräume entlang der Küste vom Golf von Gabes bis an die ägyptische Grenze wirklich nicht mein Hauptanliegen war, bestand ich nicht weiter auf einer Erlaubnis. Ich entschied mich, ohne Umschweife die Rede auf die Karawane el-Wakils zu bringen.

„Sind Sie für die Verfolgung von Verbrechen auf dem Boden von Libya zuständig, Herr Oberst?"

Der Angesprochene, der wieder in meinem Paß geblättert hatte, hob den Kopf, runzelte die Stirn und sah mich mißbilligend an.

„Ihre ungewöhnliche Frage setzt mich in Erstaunen, besonders nach unserem vorangegangenen Gespräch. Wie kommen Sie dazu?"

„Ich möchte eine Anzeige wegen verschiedener Verbrechen erstatten und frage Sie deshalb noch einmal, ob Sie dafür zuständig sind, Herr Oberst?"

„Die Polizeigewalt in Libya hat die P. A. I., die Policia Africana Italiana. Aber in besonderen Fällen kann auch ich solche Meldungen entgegennehmen."

„Für die Anzeige gegen bestochene Offiziere sind Sie sicherlich unmittelbar zuständig?"

„Gegen italienische Offiziere?"

„Ja, Herr Oberst."

Er klappte meinen Paß zu, legte ihn zur Seite und stemmte beide Hände auf die Tischplatte.

„Überlegen Sie sich gut, was Sie sagen, mein Herr!" rief er in scharfem Ton.

„Für das, was ich Ihnen mitzuteilen habe, bedarf es keiner großen Überlegung. Die Tatsachen sind so eindeutig, daß es –"

„In wessen Auftrag wollen Sie Ihre Anzeige machen? In eigenem?“ unterbrach er mich.

„Im Auftrag meiner arabischen Freunde.“

„Sie haben arabische Freunde?“ sagte er gedehnt und ließ seinen Blick über meine dschellaba wandern.

„Ja, ich habe arabische Freunde, sehr gute Freunde.“

„Warum sind diese nicht selbst hier?“

„Ich bin vorausgeritten, um mit den italienischen Behörden zu verhandeln. Sie können jederzeit erscheinen, um ihr Anliegen persönlich vorzubringen.“

„Bevor sie hier auftreten, möchte ich wissen, um was es sich handelt. Die Araber übertreiben gern und sind ein verlogenes Pack. Wahrscheinlich haben sie sich gegenseitig ein Paar Kamele oder Ziegen abgejagt und machen eine Staatsaffäre aus diesen kleinen Gaunereien, die zu ihrem täglichen Leben gehören.“

„Es handelt sich hier nicht um Diebstähle, Herr Oberst, sondern um Menschenraub und Mord und wahrscheinlich auch um Rauschgiftschmuggel.“

„Das sind schwerste Geschütze, die Sie auffahren. In Ihrer Aufzählung von Kapitalverbrechen fehlt nur noch die Vergewaltigung“, bemerkte der Oberst sarkastisch.

„Ich glaube nicht, daß es Ihnen gelingen wird, beim Gespräch mit mir Ihren ironischen Ton beizubehalten, Herr Oberst, wenn ich Ihnen versichere, daß es tatsächlich zwei versuchte Vergewaltigungen durch Ihre Offiziere gegeben hat.“

„Jetzt ist es genug!“ schrie der Colonnello und schlug auf den Tisch, daß die Feldtelefone wackelten. Ich hatte in Erinnerung an diese Szene mit dem Wachtmeister die lächerliche Vorstellung, daß beide jetzt zugleich losläuten müßten. Sie taten es nicht. „Ich werde nicht um Ihre Zulassung zu alten Ruinen, sondern um Ihre Einweisung in ein Irrenhaus nachsuchen lassen. Ihre Andeutungen und Behauptungen sind so ungeheuerlich, daß sie nur aus einem vollkommen verwirrten Gehirn entspringen können!“

Ohne ihn zu unterbrechen, ließ ich den Wütenden ausbrüllen. Dann sagte ich:

„Vor drei Tagen wurde hier in einem Gebäude, das von Ihren Soldaten ‚casinò‘ genannt wird, von zwei Offizieren der Versuch gemacht, zwei Mädchen zu vergewaltigen. Eines der Mädchen nahm sich das Leben. Einer der Offiziere wurde schwer verletzt.“

Pepi Lechner starrte mich entgeistert an.

„Übersetzen Sie meine Worte!“ forderte ich ihn auf. Er tat es.

Die Wirkung war kaum zu beschreiben. Der Oberst wurde bleich und erhob sich langsam von seinem Stuhl. Seine Hände zitterten so, daß er die gespreizten Finger mit den Spitzen auf die Tischplatte aufstützen mußte. Drei der vier Offiziere schauten ratlos von dem Übersetzer zu ihrem Vorgesetzten und zu mir. Der vierte – es war jener, der ab und zu Notizen niedergeschrieben hatte – warf mir einen von offener Feindseligkeit und unverhülltem Haß erfüllten Blick zu. Der Wachtmeister machte einen verdutzten Eindruck. Er schien die Tragweite meiner Anschuldigung gar nicht erfaßt zu haben.

„Sie sind wirklich verrückt", brachte der Oberst nach einer endlos scheinenden Stille im Raum schließlich heraus. „Ihre Ammenmärchen werden Sie dem Irrenarzt erzählen. Der wird seine Freude an diesem pathologischen Extremfall haben."

„Lassen Sie Capitano Testa aussagen. Der ist in diese Angelegenheit verwickelt!" entgegnete ich unbeeindruckt.

„Capitano Testa? – Brigadiere!"

Der Wachtmeister sprang herbei und nahm Haltung ein.

„Signor Colonnello?"

„Cos' é con Capitano Testa – was ist mit Hauptmann Testa?"

„Il Signor Capitano é partito tre giorni fa' con il cammioncino Fiat per Bengasi, Signor Colonnello – der Herr Hauptmann ist vor drei Tagen mit dem Fiat-Lastwagen nach Bengasi abgefahren, Herr Oberst!"

Fast hätte ich ein zweites Mal einen schwerwiegenden Fehler begangen, als ich zu diesen letzten Worten des Unteroffiziers, die mir nicht übersetzt worden waren, etwas hinzufügen wollte. Buchstäblich im letzten Augenblick schluckte ich die Bemerkung hinunter, die ich aber dann doch noch anbringen konnte, nachdem Pepi Lechner mir die Aussage des Wachtmeisters zur Kenntnis gebracht hatte:

„Hauptmann Testa ist vor drei Tagen nach Bengasi abgefahren."

Und dann unterlief mir doch ein Mißgeschick, das allerdings nur dem Übersetzer auffallen konnte, als ich darauf antwortete:

„Mit dem Fiat-Lastwagen hat er das tote Mädchen und den verletzten Offizier weggebracht."

„Incredibile! Inaudito! – Unglaublich! Unerhört!" rief der Oberst.

„Permettete, Signor Colonnello – erlauben Sie, Herr Oberst?" fragte der die Notizen machende Offizier.

„Parla – sprich!"

„Si dovrebbe chiedere a questo pazzo, come vuole provare le sue insinuazioni, Signor Colonnello – man sollte von diesem Verrückten verlangen, wie er seine abscheulichen Verdächtigungen beweisen will, Herr Oberst."

Während der Colonnello diese Frage an den Dolmetscher richtete und dieser mir die Worte übersetzte, bemächtigte sich meiner eine erklärliche Aufregung, weil ich mit dieser Forderung unter Zugzwang gestellt wurde. Handfeste Beweise für den Ablauf der Ereignisse, an deren Richtigkeit ich nach dem Bericht Leilas überhaupt nicht zweifelte, besaß ich nicht. Die Schlüsselfigur, Capitano Testa, konnte nicht befragt und durch ein Verhör nicht in die Enge getrieben werden. Der Hinweis Fadils, des von den Senuhsih in den Grenzposten eingeschleusten Kundschafters, die er mir in der vergangenen Nacht zugeflüstert hatte, blieb meine einzige Hoffnung, die allerdings sehr vage war, weil ich keine Ahnung hatte, um welche Art von Beweisen es sich bei den vergrabenen Gegenständen handeln konnte.

„Wie wollen Sie Ihre unerhörten Anschuldigungen beweisen?“

„Indem von Ihnen eine gründliche Untersuchung des Raumes im ‚casinò‘ angeordnet wird und –“

„Sie können sich darauf verlassen, daß ich das umgehend befehlen werde, um die Unhaltbarkeit Ihres Gefasels aufzuzeigen!“

„– und dadurch, daß ich Sie dahin führe, wo Sie Beweise für meine Behauptungen auffinden werden.“

„Wo ist das?“

„In der Nähe des Platzes, an dem ich mit meinem Kamel die letzte Nacht verbracht habe.“

„Was soll dort zu finden sein?“

Ich konnte nichts anderes tun, als die Worte zu wiederholen, die ich von Fadil gehört hatte:

„Lassen Sie graben, dann werden Sie wissen, Herr Oberst!“

„E una pazzìa! Perrò – andiamo! – Es ist ein Wahnsinn! Aber – wir wollen gehen!“

Die Offiziere folgten ihrem Oberst, der sich erhoben hatte und mir nachgegangen war. Der Wachtmeister schloß sich an. Pepi Lechner machte den Schluß. So zogen wir im Gänsemarsch bis zu der Piste, die hinter dem Schreibstubengebäude in Nordsüdrichtung vorbeiführte, und bogen in diese ein. Während dieses kurzen Marsches überschlugen sich meine Überlegungen, ohne daß ich einen klaren Gedanken zu fassen vermochte. Die wenigen Minuten zogen wie ein wirrer Traum vorüber. Je mehr wir uns dem Platz näherten, den Fadil mir beschrieben hatte, um so mehr schob ich überirdischer Hilfe die Entscheidung zu. Allah bifridschha – Allah wird helfen!

Meine Stute lag seelenruhig auf ihrem Platz und schaute durch uns hindurch, als wir vorbeizogen. Fünfzig Schritte weiter von meiner Lagerstelle aus, hatte Fadil gesagt. Ich zählte achtundvierzig – neunundvierzig – fünfzig. Dann sollte ich mich nach Westen wenden und wiederum dreißig Schritte abmessen. Das war überflüssig. Ich nahm bereits beim Rechtseinbiegen zwei Steingebilde wahr, die besonders auffielen, weil der Boden hier nur aus reinem Sand bestand. Sie lagen etwa dreißig Meter auseinander. Vor dem ersten Zeichen, das einem Halbmond mit einem in die Sichel eingelegten Kiesel als Stern ähnelte, hielt ich meine Schritte an. Mein Herz hämmerte wie nach einer übergroßen Anstrengung. Die hinter mir hergegangenen Offiziere hatten sich um den Oberst gruppiert, der den Dolmetscher nach vorn rief.

„Sollen diese Steine Ihre Beweise darstellen?“ fragte der Colonnello belustigt.

„Lassen Sie hier nachgraben.“

Der Übersetzer wurde losgeschickt, um eine Hilfe und zwei Spaten zu besorgen. In der Zwischenzeit wurde kein lautes Wort gesprochen. Die Offiziere unterhielten sich mit gedämpfter Stimme, so daß ich nichts von ihrem Gespräch verstehen konnte. Der eine – ich war mir nicht sicher, ob er im Majorsrang stand, weil ich die italienischen Dienstgradabzeichen nicht kannte – nahm bei der Unterhaltung seine Notizen zu Hilfe und schrieb mehrmals etwas dazu. In kurzer Zeit kehrte Pepi Lechner im Laufschritt zurück. Er hielt einen kurzen Geländespaten in der Hand. Hinter ihm, ebenfalls ein solches Gerät tragend, lief eine in ein langes Hemdgewand gekleidete Gestalt. Das konnte nur Fadil el-achras, der „Taubstumme", sein. In der Nacht hatte ich weder sein Gesicht noch seine Kleidung wahrzunehmen vermocht. War das reiner Zufall, daß der Senuhsih-Kundschafter hier erschien, an der Stelle, die er mir als Versteck eines Beweises für die Schuld von Capitano Testa angegeben hatte? Sein Anblick gab mir, obwohl ich ihn nie zuvor bei Tageslicht zu Gesicht bekommen hatte, ein unerklärliches Gefühl der Beruhigung. In den nächsten Minuten mußte sich herausstellen, von welchem Gewicht die vergrabenen Papiere – oder was es sonst sein mochte – für meine Behauptungen waren. Ehe die beiden zu schaufeln anfingen, sagte der Offizier, den ich für den Major hielt, zu Lechner:

„Traduci a quel tipo là questo avvertimento – übersetze dem Kerl dort diese Warnung!"

„Signorsi, Signor Maggiore – jawoll, Herr Major!"

„Ich mache Sie darauf aufmerksam, daß wir ohne Anruf auf Sie schießen werden, wenn Sie zu fliehen versuchen!"

Auf diese scheinbar völlig unnötige Warnung gab ich keine Antwort. Erst später wurde mir bewußt, daß der Major mit seinem Hinweis einen ganz bestimmten Plan verfolgt hatte.

Pepi Lechner deutete Fadil durch Gesten an, daß sie bei dem Steinzeichen den Boden aufgraben sollten, und setzte seinen Spaten an. Der „Taubstumme" gab einige unartikulierte Laute von sich, warf das Gerät beiseite, kniete nieder und begann den lockeren Sand mit den Händen auszuheben. Der Südtiroler benutzte das Grabeisen.

Ich hatte mich auf die andere Seite der Stelle, wo die beiden sich zu schaffen machten, begeben, so daß sich die Gruppe der Offiziere vor mir befand. Die geringste Neugierde zeigte das Gesicht des Obersten, was aber sicher nur darauf zurückzuführen war, daß er mehr Selbstbeherrschung aufbrachte als die anderen. Aller Augen, auch meine, verfolgten gespannt, wie Pepi Lechner und Fadil den Sand beiseite räumten. Sie hatten eine etwa einen Meter im Quadrat messende Grube fußtief ausgehoben, als der „Taubstumme" den Südtiroler am Arm zurückhielt und ihm Zeichen machte, nicht weiterzugraben. Er legte vorsichtig beide Hände flach auf den Boden der Vertiefung und preßte sie mehrmals leicht nieder. Ich vermeinte eine ganz leichte Schwingung des Sandes zu bemerken, als gäbe der Untergrund nach und höbe sich wieder. Daraufhin bohrte Fadil den Zeigefinger in den Boden, drehte ihn mehrmals und begann dann an dieser Stelle ganz rasch den Sand mit zusammengeschobenen Händen abzuheben. Er legte ein Stück faltiges Papier oder Gewebe, das war noch nicht zu erkennen, frei. Pepi Lechner hatte seinen Spaten beiseite gelegt und vertiefte nunmehr, auf die Knie gestützt, die Aushebung in der gleichen Weise wie der „Taubstumme".

Die Offiziere und der Wachtmeister waren nähergetreten. Sie blickten wortlos in die Grube. In kurzer Zeit hatten die beiden Grabenden ein in weißen Stoff eingeschlagenes Paket von mehr als eineinhalb Meter Länge und höchstens vierzig Zentimeter Breite vom Sand freigelegt. Pepi Lechner lehnte sich zurück. Sein Gesicht war fast so weiß wie das Tuch, das vor ihm lag. Seine Hände, die auf den Oberschenkeln ruhten, zitterten. Sie mußten bei ihrer Tätigkeit etwas erfühlt haben, was unsere Augen noch nicht wahrzunehmen vermochten. Fadil arbeitete unverdrossen weiter. Ohne innezuhalten, faßte er den Stoff in seiner ganzen Länge und schlug erst die eine Seite, dann die andere zurück.

„Dio mio! – Mein Gott!" entfuhr es dem Oberst. Vor uns lag ein totes Mädchen. Ihre kleinen Hände umklammerten übereinandergelegt den kurzen Knauf des Dolches, der unterhalb ihrer linken Brust in ihrem Körper steckte.

Es war Sa'da.

Ich hatte sie nur einmal bei der kala gesehen. Aber ich erkannte sie.

Das alte, abgenutzte sohb, das sie anstelle ihrer von el-Wakil für die Falle bei den Sänften des Todes abgenommenen Kleidung angezogen hatte, war zerrissen und blutbefleckt. Das Gesicht mit den offenen Augen war nach rechts gedreht und halb von dem reichen, ungeflochtenen und aufgelösten Haar bedeckt. Es hatte eine Farbe wie patinaüberzogene

Bronze. Das Haddedihnmädchen war seit mehr als sechsunddreißig Stunden tot. Wenn die Lider geschlossen gewesen wären, hätte es ausgesehen, als schliefe es. Ob die luftdurchlässige Schicht von Wüstensand, der ihren Körper in ihrem flachen Grab bedeckt hatte, oder andere Gründe dafür vorlagen, daß bisher jede Spur einer Zersetzung ferngehalten wurde, konnte ich mir nicht erklären.

„Genügt Ihnen dieser Beweis, Herr Oberst?" sagte ich mit mühsam unterdrücktem Grimm. Ich trat zu der Grube und zog die beiden Enden des Leintuches über die Tote. Die neugierigen Blicke der Offiziere kamen mir gemein und entwürdigend vor. In dieser Lage verzichtete ich auf Rücksichten und Winkelzüge. Die Herren Offiziere sollten von mir ohne jede Beschönigung die Umstände und die Einzelheiten des niederträchtigen Mädchenraubes und seiner Folgen erfahren. Sie mußten uns helfen, die Raubkarawane zu stellen, um weitere Verbrechen el-Wakils zu verhüten. Diese Entschlossenheit ging jedoch nicht so weit, daß ich darüber die Vorsicht außer acht gelassen hätte. Die Wochen mit Sahdik und meinen anderen Gefährten und die überstandenen gemeinsamen Gefahren hatten mir Bereiche des Instinkts wiedererschlossen, die in der Zivilisation vergessen oder verschüttet gewesen waren.

Beim Verhüllen des toten Mädchens hatte ich, bevor ich mich erhob, einen von Haß und Wut erfüllten Blick aufgefangen, der eine Alarmglocke in mir anschlagen ließ. Er war aus den Augen des Majors gekommen, der mir die Warnung hatte aussprechen lassen, daß bei einem Fluchtversuch ohne Anruf auf mich geschossen würde. Ich bemerkte, daß der durch einen großen Druckknopf zu verschließende Deckel seiner Pistolentasche, der ein Herausrutschen der Waffe verhindern sollte, lose baumelte. Das konnte Zufall sein, aber auch Absicht. Ich nahm, bevor ich aufstand, je einen der beiseitegestoßenen Kiesel in die Hand, mit denen Fadil die Stelle gekennzeichnet hatte, an der Sa'da begraben worden war.

Die Offiziersgruppe stand schweigend vor der zugedeckten Toten. Weder der Oberst noch seine Begleitung schienen diesen erschütternden Fund in Verbindung mit den von mir erwähnten Vorgängen im „casinò" bringen zu können, die mir durch die Schilderung Leilas bekannt waren. Vielleicht enthielt der zweite von Fadil angegebene und mit vier Steinen gekennzeichnete Platz ein Beweisstück, das dem Oberst die Zusammenhänge klarzumachen imstande war. Ohne ein Wort zu sagen, ging ich auf das Zeichen zu. Nach etwa zehn Schritten drehte ich mich zurück, um zu sehen, ob mir der Oberst mit seiner Begleitung und die beiden Ausgräber folgten. Ich sah, wie der etwas zurückgebliebene Major die rechte Hand an der Pistolentasche hatte und soeben die Waffe herauszog.

Was sich jetzt abspielte, ging so schnell vonstatten, daß außer dem Schützen und mir keiner dem Ablauf zu folgen vermochte. Ich warf den in meiner Rechten befindlichen Kieselstein auf den Offizier, der ihm gegen die linke Schulter prallte. Er griff sich mit der Hand, in der er die Pistole hielt, an die getroffene Stelle, streckte dann aber den Arm aus und wollte auf mich zielen. Diese zwei Sekunden hatten mir genügt, den zweiten Kiesel mit aller Wucht gegen den Schützen zu schleudern. Er traf ihn mitten auf den Mund. Mit einem Schrei fuhr er sich mit beiden Händen, ohne die Pistole fallen zu lassen, an den getroffenen Gesichtsteil. Ich hechtete ihm entgegen, landete drei Meter vor ihm auf dem Bauch, erhob mich auf die Knie, raffte mit zusammengelegten Händen Sand auf und warf ihm diesen in das Gesicht. Da ließ er die Waffe fallen, rieb sich brüllend mit den Händen die Augen und knickte vor Schmerz zusammen. Ich nahm die Pistole auf, richtete ihren Lauf gegen den Boden und zog den Abzug durch. Es kam mir vor allem darauf an, festzustellen, ob der Major tatsächlich beabsichtigt hatte, auf mich zu schießen, was er nur mit einer durchgeladenen und entsicherten Waffe vornehmen konnte. Die Kugel fuhr in den Sand. Mit der schußbereiten Pistole stand ich vor dem Oberst und seinen Begleitern, die noch gar nicht erfaßt zu haben schienen, was in den letzten zehn Sekunden vor sich gegangen war.

Ich wandte mich atemlos an den Dolmetscher.

„Sagen Sie dem Herrn Oberst, daß man so etwas auf deutsch einen Meuchelmordversuch nennt. Der Major wollte ohne Grund auf mich schießen."

Mit diesen Worten übergab ich Pepi Lechner die Pistole, die er dem Oberst hinreichte.

„Cosa al diavolo ti e saltato in mente, Lorenzini – was zum Teufel ist dir eingefallen, Lorenzini?" fuhr der Colonnello den Offizier an, der sich abwechselnd die Augen rieb und sich das Blut vom Munde wischte.

„Si é allontanato – credevo, che volesse fuggire – er hat sich entfernt. Ich glaubte, er wollte flüchten!“ antwortete der zur Rede Gestellte.

„Parleremo pui tardi di questa faccenda – wir werden uns später über diese Angelegenheit unterhalten!“ sagte der Oberst, sicherte die Pistole und drückte sie einem der anderen Offiziere in die Hand. Ich zerbrach mir den Kopf, warum mich Major Lorenzini auszuschalten versucht hatte. Das mußte zweifellos im Zusammenhang mit meinen Beschuldigungen oder mit der noch nicht geklärten Frage stehen, welche Verbindungen von el-Wakil zu einzelnen Offizieren, Unteroffizieren oder Mannschaften der Grenzposten bestanden.

„Darf ich Sie zu der anderen Stelle führen, an der weitere Beweise für meine Behauptungen vergraben sind, ohne daß von hinten auf mich geschossen wird?“ konnte ich mir nicht verkneifen, Oberst Maletti zu fragen.

„Gehen Sie!“ sagte er kurz und verärgert. Vor den in einem Dreieck eng zusammengelegten Kieselsteinen, denen ein vierter aufgesetzt war, blieb ich stehen.

„Lassen Sie hier ebenfalls graben, Herr Oberst!“

Pepi Lechner, dieses Mal auch ohne Spaten, und Fadil knieten nieder und machten sich an die Arbeit. Nach der Auffindung der toten Sa'da und nach dem heimtückischen Angriff gegen mich hatte dieses Warten vor dem unbekannten „Beweis“ unter dem Boden unsere Sinne und Nerven auf kaum noch erträgliche Weise angespannt. Das Zusammenschieben des Sandes mit den Händen ging viel zu langsam vor sich. Der bei dieser Tätigkeit entstehende leichte Schabton und das gleitende Auffallen des beiseite geworfenen Materials waren die einzigen Geräusche, die in das Schweigen, das sich unser bemächtigt hatte, eindrangen.

Als der Vorderteil eines nackten Männerfußes zum Vorschein kam, erhob sich der Dolmetscher, ging zur Seite und erbrach sich. Der „Taubstumme" legte in kurzer Zeit den Leichnam eines jungen Mannes frei, der nur mit der Unterwäsche bekleidet war und in dessen Leib ein bis zum Griff eingetriebener Dolch steckte.

„Per amor' di Dio! Questo uomo é il Tenente Zanetti – um Gottes willen! Dieser Mann ist der Oberleutnant Zanetti!" sagte der Oberst, der hinter mir stand, erschüttert. Er rief den Dolmetscher herbei, dessen Gesicht noch ganz bleich war, und wandte sich an mich:

„Haben Sie diese Toten hier vergraben?"

„Nein, Herr Oberst. Ich wußte nicht einmal, daß an diesen beiden Stellen, wo gegraben wurde, Tote verborgen waren."

„Das klingt sehr unglaubhaft! Warum haben Sie mir dann gesagt, daß ich an diesen Plätzen graben lassen sollte?"

„Mir wurde mitgeteilt, daß an zwei Stellen, die durch Steinhäufchen kenntlich gemacht waren, Beweise für das, was sich im ‚casinò' ereignet hatte, verborgen waren."

„Von wem erhielten Sie diese Mitteilung?"

„Es tut mir leid, Herr Oberst, das kann ich Ihnen nicht sagen."

„Wollen oder können Sie nicht?"

„Ich kann es nicht, weil ich es nicht weiß", sagte ich die Unwahrheit. Ich durfte das Geheimnis Fadils, des „Taubstummen", nicht preisgeben, weil es seinen sicheren Tod bedeutet hätte. „In der letzten Nacht näherte sich eine vermummte Gestalt dem Platz, an dem ich lagerte, und flüsterte mir zu, daß ich Ihnen als Beweis für den Vergewaltigungsversuch im ‚casinò' eine Nachforschung an den markierten Stellen nahelegen sollte."

„In welcher Sprache wurde Ihnen diese Mitteilung ‚zugeflüstert'?"

Das war eine verteufelte Frage. Italienisch verstand ich angeblich nicht. Arabisch konnte ich nicht nennen, weil dann das doppelte Geheimnis Fadils, seine angebliche Taubstummheit und seine Tätigkeit als Senuhsihkundschafter, gelüftet worden wäre und ihn in Gefahr gebracht hätte. Zum Glück war mir durch die Übersetzung, wie überhaupt während aller Gespräche, genügend Zeit zwischen Frage und Antwort gelassen, mir eine Ausrede zurechtzulegen.

„In Französisch", sagte ich aufs Geratewohl.

Oberst Maletti schaute mich durchdringend an. Ich wich seinem Blick nicht aus.

„Vor einer Stunde habe ich Ihnen mitgeteilt, daß bei dem Versuch, zwei Mädchen zu vergewaltigen, eines von ihnen Selbstmord verübte und einer der an diesem schändlichen Unternehmen beteiligten Offiziere schwer verletzt wurde. Sie erklärten mich daraufhin für verrückt. Wenn Sie sich erinnern, Herr Oberst, sagte ich weiter zu Ihnen, daß der verletzte Offizier und das tote Mädchen von Capitano Testa mit dem Fiat-Lastwagen weggebracht worden waren. Ich wußte zu diesem Zeitpunkt noch nicht, daß der Verletzte nicht mehr lebte und daß die beiden Toten hier vergraben wurden. Fragen Sie Capitano Testa. Er wird Ihnen die Einzelheiten dieser Tragödie schildern können!"

„Wieso wissen Sie so genau über diese Angelegenheit Bescheid?"

„Das andere Mädchen, das aus dem ‚casinò' entfliehen konnte, hat mir alles berichtet –"

„Wo ist dieses Mädchen?"

„In Sicherheit, auf ägyptischem Gebiet."

„Die Tote da", er zeigte zu der Grube, die zuerst freigelegt worden war, „ist doch wohl eine Araberin?"

„Sie war ein freies Beduinenmädchen vom Stamm der Haddedihn aus dem Volke der Schammar."

„Dann wird das andere Mädchen, das Ihnen diese Geschichte erzählt hat, auch nur eine Beduinin sein?"

„Ja, Herr Oberst, sie sind beide genauso nur Beduinenmädchen, wie dieser Mann da", ich zeigte zu dem Toten hin, „nur ein Italiener war!"

Wenn der Maggiore Lorenzini seine Pistole noch in Reichweite gehabt hätte, würde er ganz sicher ein zweites Mal auf mich angelegt haben. Er starrte mich haßerfüllt an und preßte ein blutgetränktes Taschentuch an den Mund.

„Bei diesen Beduinenmädchen beginnt ein anderes Kapitel einer Geschichte", fuhr ich fort, „die ich Ihnen zu berichten habe, Herr Oberst. Ich möchte Sie um Ihre Hilfe bitten, damit die in diese Verbrechen verwickelten Männer zur Rechenschaft gezogen werden können."

„Hier ist nicht der geeignete Ort", erwiderte der Colonnello und blickte auf den Toten hinunter. „Wir wollen zur Schreibstube zurückkehren."

Er gab Anweisung, den Leichnam Oberleutnant Zanettis in eines der Gebäude zu bringen und für eine würdige Bestattung vorzubereiten. Als Pepi Lechner und Fadil den Toten wegtragen wollten, fragte ich Oberst Maletti:

„Was soll mit dem Beduinenmädchen geschehen?"

„Sie wird außerhalb des Postenbereiches vergraben werden", antwortete er.

Bei dem Bericht, den ich dem Offizier erstatten wollte, nahm ich mir vor, nur die Tatsachen zu erwähnen, die nach dem Hinüberwechseln der Karawane el-Wakils von Ägypten nach Libya diese belasteten. Es ging in erster Linie um das Mitführen der geraubten Mädchen, die Zurücklassung zweier dieser Entführten in dem Grenzposten und die Schmuggelwaren in den Jutepäckchen.

Durch die Übersetzung, die satzweise erfolgte, und die Gegenfragen des Obersten zog sich die Schilderung von der Entführung der Haddedihnbeduininnen in die Länge und erforderte viel Zeit.

„Die von Ihnen erwähnte Entführung der Frauen trug sich in Arabien zu. Deshalb muß die Regierung von er-Riad in Rom vorstellig werden. Wir können hier nichts in einem Gespräch zwischen uns entscheiden", schränkte Maletti gleich zu Beginn meines Berichtes ein.

„Aber die Karawane mit den geraubten Mädchen befindet sich jetzt in Libya, auf italienischem Hoheitsgebiet", versuchte ich geltend zu machen.

Der Oberst zuckte die Achseln, eine Bewegung, die ich bei ihm schon mehrfach beobachtet hatte.

„Es liegt keine amtliche Anzeige gegen die Karawane vor. Da können unsere Behörden nichts unternehmen."

„Der Bruder einer der Entführten kann Ihnen noch heute eine Anzeige erstatten", wandte ich ein.

Wieder das Schulterheben.

„Es tut mir leid. Diese ohne Beweisbasis vorgebrachten privaten Anschuldigungen werden unseren Polizeidienststellen nicht genügen, um gegen die Karawanenführung vorzugehen."

Trotzdem gab ich nicht auf. Hatte Capitano Testa das Mädchen und den Oberleutnant im Sande verscharrt? Woher wußte Fadil darum? Hatte er den Hauptmann bei seiner in der Nacht durchgeführten Tätigkeit beobachten können? Mir kam das alles fast ebenso wenig glaubwürdig vor wie dem Obersten, der mir Fragen stellte, die ich nicht zu beantworten vermochte.

„Sie können mit dem Verbergen der Leichen kaum etwas zu tun haben, weil Sie zu dem Zeitpunkt, als dies geschah, nicht hier waren", sagte er und gab damit seiner festen Überzeugung Ausdruck, daß die Grenzsperre ein unbeobachtetes

Überschreiten unbedingt verhindern müßte. Nach den Erfahrungen der letzten vierundzwanzig Stunden teilte ich diesen Standpunkt nicht.

„Woher aber wissen Sie so genau Bescheid, was sich hier ereignet hat und wo die Toten vergraben waren?“ grübelte der Oberst.

„Ich sagte es Ihnen bereits. Das entflohene Mädchen hat mir seine Erlebnisse berichtet, und der nächtliche Besucher gab mir den Hinweis auf die Verstecke, ohne die Toten zu erwähnen.“

„Seltsam, höchst seltsam! Warum hat dieser geheimnisvolle Unbekannte gerade Ihnen –“

Er hielt inne. Major Lorenzini stürzte in den Raum und hielt ein in grobes Jutegewebe eingeschlagenes Päckchen empor. Sein Gesicht zeigte einen Ausdruck, der vermutlich Triumph ausdrücken sollte, durch den angeschwollenen Mund jedoch einer verzerrten Grimasse ähnlicher war.

„Cosa c'è – was ist?“ fragte der Oberst unwillig.

„Ecco qui, questo pacchetto ho trovato addosso al suo cammello – da hier, dieses Päckchen habe ich auf seinem Kamel gefunden.“

„Cosa contiene – was enthält es?“

„Stupefaccenti, Signor Colonnello – Rauschgift, Herr Oberst!“

Wieso wußte der Major, was das Päckchen enthielt, noch bevor er es ausgepackt hatte? Fatal war, daß er mit diesem von mir als Beweis vorgesehenen Stück auftauchte, ehe ich dem Obersten von dem vermuteten Schleichhandel- und Schmuggelgeschäften el-Wakils berichten konnte. Noch aber durfte ich nicht zu erkennen geben, daß ich den

Sinn des kurzen Gesprächs zwischen den beiden Offizieren verstanden hatte. Bevor der Oberst etwas sagen konnte, ließ ich ihn durch den Übersetzer fragen:

„Wer hat dem Maggiore das Recht gegeben, seine Nase in mein Gepäck zu stecken, Herr Oberst? Das Päckchen führe ich seit Tagen mit mir, um einen Beweis für die schmutzigen Geschäfte el-Wakils, des Mädchenräubers, in der Hand zu haben. Ich habe es mir in der Nähe des Birket el-Karun aus einer Schmuggelsendung el-Wakils heimlich aneignen können."

„Was enthält das Päckchen?" fragte der Colonnello.

„Ich weiß es nicht. Vermutlich Drogen."

„Diese Erklärung ist ein plumper Versuch, sich herauszureden, Herr Oberst!" rief Lorenzini dazwischen.

„Fragen Sie den Maggiore, wieso er den Inhalt des Päckchens kennt, ohne es aufgemacht zu haben", forderte ich Maletti auf.

Nach der Übersetzung meiner Worte beeilte sich der Major zu versichern, noch bevor er gefragt wurde:

„Das ist leicht zu erklären, Herr Oberst. Wir haben bereits verschiedene Male bei Karawanen solche Päckchen beschlagnahmt. Sie enthielten alle Rauschgift."

Woher mir der Gedanke in diesem Augenblick kam, in dem ich vom Ankläger zum Angeklagten zu werden drohte, weiß ich nicht zu sagen.

„Sind Sie der Nachfolger von Maggiore Ruffini,

Herr Major Lorenzini?“ ließ ich ihm durch Pepi Lechner übersetzen.

„Ja, warum?“ fragte Lorenzini verblüfft.

„Die Erklärung Ihres Majors, Herr Oberst, ist nur teilweise richtig. Es stimmt, daß er sicher schon solche Päckchen in der Hand gehabt hat. Aber er hat sie nicht eingezogen. Sie wurden ihm als Preis für sein Schweigen angeboten, wenn Karawanen el-Wakils mit dieser Schmuggelware über die Grenze nach Libya gingen –“

„Dieser Kerl lügt!“ schrie der Major.

„Ich könnte besser brüllen als Ihr Maggiore, Herr Oberst, halte das aber in Ihrem Beisein für ungehörig. Major Ruffini wurde von el-Wakil bestochen und von diesem, als seine Forderungen immer maßloser wurden, ermordet. Wie es el-Wakil anstellte, weiß ich nicht. Jedenfalls wurde der Tod des Maggiore so erklärt, daß er am Biß einer Hornviper gestorben sei. Ich habe es selbst von el-Wakil gehört, daß er nach dem Tod von Major Ruffini den Nachfolger noch nicht genügend kannte, um seine Leute mit der Schmuggelware ohne Bedenken über die Karawanenstraße beim Birket Bahar et-Tobat nach Libya hineinziehen zu lassen. Inzwischen scheint nach dem Verhalten des Herrn Maggiore diese Frage ganz im Sinne el-Wakils geregelt worden zu sein.“

Lorenzini war bleich geworden. Meine gefühlsbedingte Vermutung, daß ihn el-Wakil bereits mit Erfolg zum Mitwisser und -täter gemacht hatte, wurde zur Gewißheit. Es mußte ihn besonders bestürzen, daß ich eine für ihn unerklärliche Kenntnis von Einzelheiten hatte. Es bestand kein Zweifel, daß mein Auftauchen in dieser abgeschiedenen Grenzstation zu einer unerbittlichen Auseinandersetzung zwischen mir und meinen Gefährten und ihm und dem noch nicht in Erscheinung getretenen Capitano Testa werden mußte. Der Oberst, an dessen Lauterkeit als Offizier und Mensch ich trotz seiner Verachtung für die Eingeborenen nicht Grund hatte zu zweifeln, war seit seinem Eintreffen auf dem Posten nur Geschehnissen gegenübergestellt worden, die ihn tief beunruhigen mußten. In welchem Maß er meinen Anschuldigungen Glauben schenkte und die in die Angelegenheit verstrickten Offiziere verdächtigte, hatte ich bisher nicht herausfinden können.

Der Oberst schwieg nach meinen letzten Worten und blickte an mir vorbei durch die offene Tür.

„Cosa sta succendo la fuori – was geschieht da draußen?“ fragte er plötzlich. Der an der Seite stehende Wachtmeister trat hinter den sitzenden Offizier, um in dessen Blickrichtung sehen zu können. Er erklärte ihm, daß von Zeit zu Zeit die Abfälle in einer stets neu an verschiedenen Stellen ausgehobenen Grube verbrannt würden, die dann wieder zugeschüttet wurde, um zu verhüten, daß der Wind die Asche forttrug. Maletti wollte wissen, warum der Rauch so dicht und dunkel sei. Fadil würde wohl ein Stück Gummi, wie solche manchmal von den Reifen der Kraftfahrzeuge abgerissen wurden, mit ins Feuer geworfen haben.

„É un ascari, questo Fadil – ist dieser Fadil ein Askari?“ wollte der Oberst wissen.

„No, Signor Colonnello, è un indigeno die Dscharabuhb – nein, Herr Oberst; er ist ein Eingeborener aus Dscharabuhb."

„Non è permesso, d'impiegare indigeni al Commando – es ist nicht erlaubt, Eingeborene beim Kommando zu beschäftigen."

„Fadil è assolutamente innocuo, Signor Colonnello, non può nè udire nè parlare. E sordomuto – Fadil ist vollkommen harmlos, Herr Oberst. Er kann weder hören noch sprechen. Er ist taubstumm."

Ich hatte mich umgedreht. Zwischen dem Abstellplatz der Kraftwagen und einem unweit davon gelegenen Gebäude stieg eine dunkle Rauchfahne schräg nach oben, die in etwa zwanzig Meter Höhe dann stärker nach Südosten abgetrieben wurde.

„Wir werden die Rückkehr von Hauptmann Testa abwarten und ihn anhören müssen, um die Sache mit dem Toten und der Schmuggelware klären zu können", ließ mir der Oberst sagen.

„Wann wird Capitano Testa zurückkommen?" fragte ich. Der Colonnello hob die Schultern.

„Ich weiß es nicht. Quando tornera il capitano Testa – wann wird der Hauptmann Testa wieder eintreffen?" wandte sich Maletti an den Wachtmeister.

„Non lo sò, Signor Colonnello. Parlava di stare via cinque, sei giorni – ich weiß es nicht, Herr Oberst. Er sprach davon, fünf, sechs Tage fortzubleiben."

„Dann werde ich zu meinen Reisegefährten zurückkehren. Wir können, wenn Sie es erlauben, auf der anderen Seite der Grenzsperre auf ägyptischem

Boden lagern und auf ihre Benachrichtigung warten, wenn Capitano Testa eingetroffen ist."

„Ich fürchte, das wird nicht möglich sein –"

„– daß wir jenseits des Stacheldrahtes lagern?"

„Nein, daß Sie uns zu verlassen gedenken."

„Was heißt das, Herr Oberst?"

„Ich muß Sie zurückhalten, bis Ihre Rolle bei diesen rätselhaften Vorgängen geklärt ist!"

„Soll das bedeuten, daß Sie mich festhalten?"

„Ich muß Sie bitten hierzubleiben."

„Meine Gefährten erwarten mich bis heute abend zurück, Herr Oberst!"

„Es tut mir leid. Die Vorfälle auf dem Kommando hier sind so schwerwiegend, und Ihre –"

Der eine Telefonapparat schlug so schrill und so lange an, daß der Offizier innehielt. Der Wachtmeister nahm den Hörer ab und meldete sich. Bereits nach wenigen Augenblicken bemächtigte sich seiner eine Aufregung. Er nahm den Hörer vom Ohr und berichtete dem Oberst, daß bei Kilometer 262 erneut eine Schießerei im Gange sei. Dabei wurde mir bestätigt, daß es sich bei dem Vorfall an diesem Punkt, den bereits der Wachtmeister erwähnt hatte, um die Überquerung der Grenzsperre durch die Senuhsihbeduinen und das von Sahdik und von mir in Brand geschossene Kraftfahrzeug handelte. Ich zeigte, meiner Rolle gemäß, keine Anteilnahme an dem Gespräch zwischen dem Colonnello und dem Brigadiere, die sich im Bewußtsein, daß ich sie nicht verstand, keine Zurückhaltung auferlegten. Noch in der Nacht, in der sich die Ereignisse abgespielt hatten, waren vierundzwanzig Männer, größtenteils abessinische Askaris, unter Führung eines Unteroffiziers mit zwei kleinen Lastwagen, einem Fiat-Personenfahrzeug und drei Maschinengewehren nach Kilometer 262 in Marsch gesetzt worden.

Oberst Maletti übernahm den Hörer von dem Wachtmeister. Obgleich ich nur seine Fragen und Befehle mitbekam, erfuhr ich Wichtiges. Der Colonnello teilte seinem Gesprächspartner mit, daß er von dem Posten bei Kilometer 251 umgehend aufbrechen werde und in spätestens einer halben Stunde bei Kilometer 262 eintreffen würde. Zu meiner größten Überraschung stellte sich heraus, daß die von Marschall Graziani errichtete Stacheldrahtsperre acht Kilometer südlich der Stelle, wo die Senuhsih sie überquert hatten, aufhörte. Ich mußte versuchen, so schnell wie möglich zu meinen Gefährten zurückzukehren. Ein Überschreiten der ägyptisch-libyschen Grenze an einem von den Italienern überwachten Übergang war nach meinen Gesprächen mit dem Oberst in absehbarer Zeit nicht zu verwirklichen. Wir mußten das Ende der Drahtsperre im Süden umgehen und die Verfolgung el-Wakils und Hahzims aufnehmen, bevor die Karawane einen Vorsprung bekam, der nicht mehr aufzuholen war.

Unerklärlich blieb mir, wieso es bei Kilometer 262 zu einem neuen Schußwechsel kommen konnte. Vermutlich hatte an dieser Stelle wieder eine Gruppe flüchtender Senuhsih versucht, das Hindernis zu übersteigen.

Der Oberst ließ meinen Paß und das Jutepäckchen in die beschlagene Holzkiste verschließen. Den Schlüssel nahm der Wachtmeister an sich. Major Lorenzini, der wegen seiner Gesichtsverletzung nicht voll einsatzfähig war, befahl er, während seiner Abwesenheit das Kommando auf dem Grenzposten zu übernehmen. Dann brach er mit den übrigen Offizieren seiner Begleitung auf. An meinem Lagerplatz, wo ich die Nacht zugebracht hatte, vorbei, fuhren die Kraftfahrzeuge unter Aufwirbelung einer großen Staubwolke auf der Piste nach Süden.

8. Eine Fantasia der Beduinen

Ich suchte meine Stute auf, band ihr linkes Unterbein los und führte sie einige Male umher, um ihren Blutkreislauf anzuregen. Danach gab ich ihr einige Datteln und feuchtete ihre Nüstern mehrmals an, um meinen Wasservorrat nicht allzusehr zu verringern. Es war nicht vorauszusehen, was die nächsten Stunden bringen würden. Ich war fest entschlossen, jede sich mir bietende Gelegenheit wahrzunehmen, um meine Bewegungsfreiheit wiederzuerlangen. Während ich in Kauf genommen hätte, das Jutepäckchen fahrenzulassen, mußte ich meinen Paß unbedingt wieder an mich bringen, bevor ich den Grenzposten verließ. Dazu war es notwendig, in den Besitz des Schlüssels zu kommen, den der Wachtmeister in die Tasche gesteckt hatte.

Es war drei Uhr nachmittags. Ich ließ mich im mitrabbi, mit untergeschlagenen Beinen, neben meinem Kamel nieder. Bis zum Nachlassen der größten Nachmittagshitze wollte ich Bewegungen vermeiden, still sitzen bleiben, das Treiben beobachten und über die Möglichkeiten nachdenken, wie ich mich unbemerkt aus dem Bereich des Grenzpostens entfernen konnte, nachdem ich mir meinen Paß wiedergeholt hatte. Vor Einbruch der Dunkelheit war es zwecklos, etwas zu unternehmen. Gegen fünf Uhr näherte sich Pepi Lechner. Er ging langsam.

„Sie sollen zum Major Lorenzini kommen", sagte er. „Sehen Sie sich vor ihm vor", fügte er leise und zögernd hinzu.

„Ich weiß, daß er nicht mein Freund ist", antwortete ich, erhob mich und folgte ihm zum Schreibstubengebäude. Die Tür war, im Gegensatz zum Vormittag, geschlossen. Hinter mir wurde sie wieder zugeklinkt.

Lorenzini saß am Tisch, auf dem seine Pistole lag, und blickte mir, das geschwollene Gesicht hämisch verzogen, entgegen. Der Wachtmeister hielt sich neben dem Fenster auf und stützte seine Hände auf die Lehne eines der drei Stühle, die er nebeneinander zusammengeschoben hatte. Rechts und links vom Eingang standen zwei Soldaten, die ihre Gewehrkolben in die Hüfte gepreßt und die Läufe schräg nach vorn, auf mich gerichtet, erhoben hatten. Das sah nach Überrumpelung aus.

„Sie haben mich rufen lassen", fragte ich.

„Controlli, se nasconde delle armi – schaue nach, ob er versteckte Waffen trägt!" befahl Lorenzini dem Wachtmeister, ohne auf meine Anrede einzugehen. Der Brigadiere trat auf mich zu und streckte die Arme nach mir aus. Ich wich einen Schritt zurück.

„Gegen Ihre Behandlung erhebe ich schärfsten Einspruch! Ich bin weder Ihr Untergebener noch ein italienischer Untertan!" protestierte ich. Da spürte ich im Rücken die Läufe der zwei Gewehre der hinter mir stehenden Soldaten. Mir war klar, daß Lorenzini der fadenscheinigste Grund genügen würde, um mich als einen nach seiner Meinung gefährlichen Mitwisser seiner Verbindungen zu el-Wakil zu beseitigen. Deshalb leistete ich keinen Widerstand, als mir der Wachtmeister meinen Dolch abnahm. Nachdem dies geschehen war, zog der Major ein Papier aus der Tasche, entfaltete es und sagte zu Pepi Lechner:

„Ti ordino a tradurre frase per frase a quel tipo di tedescaccio – ich befehle dir, jenem Mistkerl von Deutschen Satz für Satz zu übersetzen: Sie haben sich des tätlichen Angriffes gegen Soldaten und Offiziere der italienischen Streitkräfte schuldig gemacht, indem Sie einen Soldaten mit Gewalt daran hinderten, Ihr Gepäck zu durchsuchen, und einen Offizier verletzten, als er Sie an der Flucht hindern wollte. Sie haben sich schuldig gemacht der schweren Beleidigung der italienischen Streitkräfte, indem Sie Offiziere dieser Streitkräfte der Bestechung und der Vergewaltigung bezichtigt haben. Sie haben sich schuldig gemacht des Diebstahls und der Verbergung von Leichen. Sie sind fahnenflüchtig, weil Sie in Italien geboren sind und Ihren Militärdienst hier nicht abgeleistet haben. Da Sie verdächtig sind, den Mord an einem Offizier der italienischen Streitkräfte und an einem eingeborenen Mädchen begangen oder sich der Mittäterschaft an diesen Morden schuldig gemacht zu haben, und da ein Fluchtverdacht gegen Sie vorliegt, werden Sie bis zum Beginn des Prozesses vor einem ordentlichen Kriegsgericht festgehalten und unter Bewachung gestellt werden."

Die Anschuldigungen Lorenzinis waren zu lächerlich, um von mir ernstgenommen zu werden. Zu denken gab mir aber die Tatsache, daß er wenige Stunden nach der Abfahrt von Oberst Maletti ein solches Theater aufzog, das nach der Rückkehr seines Vorgesetzten wie ein Kartenhaus in sich zusammenstürzen mußte. Beabsichtigte er, mich in der Zwischenzeit auszuschalten? Etwa mit der Begründung: Er wurde bei einem Fluchtversuch erschossen? Daß Lorenzini diesen Begriff sehr großzügig auslegte, hatte er schon einmal bewiesen.

„Sagen Sie diesem Herrn, der sich einen Offizier nennt und damit alle untadeligen Vertreter dieses soldatischen Berufs auf das schwerste beleidigt, daß ich ihm nicht den Gefallen erweisen werde, einen Fluchtversuch zu unternehmen. Wenn mir trotzdem etwas zustoßen sollte, dann werden Sie, der Dolmetscher, den Oberst Maletti darüber unterrichten, was ich Ihnen jetzt im Beisein dieser beiden hinter mir stehenden Soldaten und jenes Brigadiers dort als Zeugen auftrage: Jener Herr Lorenzini hat mich als einen für ihn gefährlichen Mitwisser seiner Beziehungen zu einem gewissenlosen Verbrecher, der sich el-Wakil nennt, durch Meuchelmord aus dem Wege räumen lassen. Kein Soldat darf, auch wenn es ihm befohlen wird, ein Verbrechen eines Vorgesetzten decken und darüber schweigen. Bei vier Zeugen wird sich Herr Lorenzini gut überlegen, was er tut."

Pepi Lechner übersetzte, obwohl ihm der Major wiederholt ins Wort fiel, alles, was ich gesagt hatte, wodurch die beiden mich bewachenden Soldaten und der Wachtmeister von meinem Vorstoß gegen etwaige hinterhältige Absichten ihres derzeitigen Vorgesetzten unterrichtet wurden. Der wütende Gesichtsausdruck Lorenzinis, als er mich abführen ließ, schien zu bestätigen, daß es mir damit vorerst gelungen war, seine Pläne zum Teil zu durchkreuzen. Ich wurde in ein Gebäude gebracht, dessen einziger Raum, der durch drei vergitterte Fenster erhellt war, außer zwei eisernen Bettgestellen, auf denen keine Matratzen lagen, und einem Tisch keine weitere Ausstattung enthielt. Das mußte das „casinò“ sein, von dem wiederholt die Rede gewesen war und in dem sich die tragischen Ereignisse um die beiden Gefährtinnen Munihras und den toten Oberleutnant Zanetti abgespielt hatten.

Die ursprüngliche Bestimmung des Raumes, in dem ich allein zurückgelassen wurde, war schwer zu erraten. An der einen Seite befand sich die Tür. Die drei anderen Wände waren jede von einem Fenster unterbrochen. Diese Öffnungen hatten Rahmen, die geöffnet werden konnten und in die anstelle von Glasscheiben feine Fliegengitter eingesetzt waren. Es war nicht möglich, von einer dieser Öffnungen die Seite des Gebäudes zu überblicken, in der sich der Eingang befand. Da ich aber von dem Wachtmeister und den beiden Soldaten in mein behelfsmäßiges Gefängnis begleitet worden war, vom Fenster aus aber nur den Brigadiere mit einem Bewacher zum Schreibstubengebäude zurückkehren sah, nahm ich an, daß der zweite als Posten draußen vor der Tür stand.

Ich setzte mich auf eines der matratzenlosen Betten. Meine Vorwärtsverteidigung, mit der ich mir Zeugen für ein mögliches Vorgehen gegen mich zu sichern suchte, hatte mir vorerst Zeitgewinn gebracht. Wie lange mir eine Frist gegeben war, vermochte ich nicht abzuschätzen. Der Major würde seinen Plan für meine Beseitigung ohne Zweifel spätestens nach den telefonischen Durchsagen ausführen, die ihm von Kilometer 262 zukamen. Er mußte auf jeden Fall versuchen, eine Entscheidung vor der Rückkehr seines Vorgesetzten herbeizuführen. Ich war entschlossen, jede mir sich bietende Gelegenheit zur Gegenwehr und zur Flucht wahrzunehmen. Im stillen hoffte ich dabei auf die Hilfe Fadils, des „Taubstummen". Und noch etwas anderes bereitete mir erhebliches Kopfzerbrechen. Meine Gefährten erwarteten mich bis zum Abend zurück. Hoffentlich führte mein Ausbleiben nicht dazu, Sahdik zu unüberlegtem Vorgehen zu verleiten. Ich mußte versuchen, durch Fadil die auf mich Wartenden vom Gang der Dinge zu unterrichten, und Sahdik warnen, keine Voreiligkeit zu begehen. Ob das allerdings rechtzeitig möglich war, wagte ich kaum zu hoffen.

Noch bevor die Sonne hinter dem Gesichtskreis versank, erschien Pepi Lechner. Er betrat das Gebäude nicht, sondern rief mich zu dem nach Süden sich öffnenden Fenster. Ich schwenkte den einen Flügel zurück und fragte den draußen Stehenden, was er wollte.

„Major Lorenzini schickt mich, Sie zu fragen, ob Sie bereit sind, die Ihnen vorgeworfenen Tatbestände in einem Protokoll zuzugeben und zu unterschreiben. Das würde eine mildernde Beurteilung ergeben."

„Dieser Mann ist nicht nur ein Schuft, er ist auch ein Dummkopf. Sie können ihm das von mir ausrichten. Hätte er eine solche Aussage von mir, wäre mein Leben keinen Pfifferling wert."

„Ich führe nur den Befehl des Herrn Majors aus, indem ich Ihnen seine Frage an Sie übersetze."

„Hat Oberst Maletti sich bereits gemeldet? Wissen Sie, wann er zurückkommt?"

„Der Oberst hat eine halbe Stunde nach seiner Abfahrt vom Kilometer 262 angerufen, daß er dort angekommen sei und daß die Askaris von ägyptischem Boden aus unter Feuer genommen würden. Er wollte bald wieder durchläuten, um nach Prüfung der Lage notfalls Luftaufklärung vom Flugstützpunkt bei Dscharabuhb anzufordern."

„Hat er das getan?"

„Nein. Die Telefonleitung ist seit den frühen Nachmittagsstunden unterbrochen. Ein Störsuchtrupp von drei Mann ist bereits unterwegs. Welche Antwort soll ich Herrn Major Lorenzini bringen?"

„Er soll mir den Buckel – warten Sie –". Zeitgewinn war vorerst das Allerwichtigste für mich. „Sagen Sie ihm, ich wollte mir in der Nacht alles durch den Kopf gehen lassen und ihm morgen in der Frühe meinen Entschluß mitteilen."

„Ich werde ihm das ausrichten", antwortete Pepi Lechner und entfernte sich.

Es wurde rasch dunkel. Ich zog den Tisch nahe an das nach Süden gelegene Fenster, von dem aus ich, wenn ich es öffnete und meinen Kopf bis an die

Eisenstäbe vorschob, nach dem Schreibstubengebäude hinüberblicken konnte. Um nicht vorzeitig zu ermüden, setzte ich mich auf das rohgezimmerte Möbelstück und lauschte in die Nacht hinaus. Zu mir drangen die Geräusche, die einem solchen Grenzposten in der Wüste nach Einbruch der Dunkelheit das Gepräge geben, Kommandos bei der Ablösung von Wachen, Geklapper von blechernen Eßgeschirren, Türschlagen, Frotzel- und Scherzworte. Aus einer Ecke klang ein martialisches Weltkriegslied mit entschärftem Text: Statt des Reims „in una mano la sigaretta e nell'altra la baionetta – in einer Hand die Zigarette und in der anderen das Bajonett" sang der friedfertige Naturtenor mit voller Kraft aus dem Stegreif „in una mano la sigaretta e nell'altra la bicicletta – in einer Hand die Zigarette und in der anderen das Fahrrad".

Keiner dachte daran, daß ich Hunger und Durst haben könnte. Einmal sah ich Fadil mit zwei Henkelgeschirren auf das Gebäude zukommen, in dem ich festgehalten wurde. Der „Taubstumme" verschwand hinter der Seite des Baues, die ich nicht einsehen konnte. Der Inhalt der Gefäße war nicht für mich bestimmt. Kurz darauf kam Fadil ohne die Geschirre wieder in mein Blickfeld und entfernte sich in Richtung zur Schreibstube. Ich konnte im Sternenlicht das Zifferblatt meines Zeitmessers erkennen. Es waren noch zwei Stunden bis Mitternacht. Der Mond mußte heute zwischen ein und zwei Uhr aufgehen. Nach einer Stunde, in der die Geräusche allmählich fast ganz erstarben, stellte ich den bereits vor dem Fenster stehenden Tisch so, daß ich, nachdem ich mich mit angezogenen Beinen daraufgelegt hatte, das vor mir sich hinziehende Gelände im Auge zu behalten vermochte. Es kam mir vor allem darauf an, von der Rückkehr des Obersten und seiner Begleitung sobald wie möglich unterrichtet zu sein. Das Hinausstarren strengte mit der Zeit meine Augen so an, daß ich sie ab und zu schloß. Dabei schlief ich ein. Hamdi el-Fezzani erschien mir im Traum, nicht als festumrissene Gestalt, sondern als verschwommener, unwirklicher Schemen. „Hier bin ich, jah hherr", flüsterte er. „Vielleicht kannst du mich hören – inschallah." Ich schreckte aus dem Schlaf auf. Noch klang mir die Stimme des Schwarzen im Ohr: „Kannst du mich hören, jah hherr?"

Das war kein Traum mehr. Ich glitt vorsichtig von dem Tisch herunter, um ein verräterisches Knarren des Möbelstückes zu vermeiden. Unterhalb meines Fensters lagen in dem Winkel zwischen Mauer und Erdboden drei Gestalten lang ausgestreckt. Die mittlere richtete sich, als ich meinen Kopf an die Eisenstäbe preßte, langsam auf die Knie und umklammerte mit den Händen die untere Fensterkante.

„El-hamdu lillah – Allah sei Dank, jah hherr, daß dir nichts zugestoßen ist", raunte mir eine Stimme zu. Es war Hamdi.

„Allahu akbar – Allah ist groß", staunte ich. „Wie kommst du hierher? Wer sind die beiden anderen?"

„Ich bin es, jah Hami 'l-aml'hk, dein Freund und Bruder Ragab Hamid", kam die links auf dem Boden liegende Gestalt einer Antwort des Fezzaners zuvor und schob sich geräuschlos an der Wand neben dem Fenster hoch, bis sie auf den Füßen stand.

„Mahschallah – o Wunder Allahs!" entfuhr es mir lauter, als die gefährliche Lage es zuließ. Das Erscheinen des jungen schehch der Magabra zwischen den Gebäuden und Zelten des Grenzstützpunktes der Italiener war eine Tollkühnheit ohnegleichen. „Seid vorsichtig", ermahnte ich die beiden. „Hinter dieser Ecke, vor dem Eingang zu diesem Gebäude, muß ein bewaffneter Posten stehen."

„Er sitzt vor der Tür, hat sich mit dem Rücken darangelehnt und schläft", erklärte mir die dritte Gestalt, die sich in diesem Augenblick erhob. Ich erkannte in ihr Fadil, den „Taubstummen".

„Aber er kann jeden Augenblick aufwachen", riet ich zur Vorsicht.

„Der Schlaf wird ihn in den nächsten Stunden nicht verlassen. Ich habe in sein Essen den weißen Saft einer Pflanze geschüttet, die von den Beduinen bu kuruhn genannt wird", erklärte mir Fadil seelenruhig.

„Bu kuruhn – Vater der Hörner? Ist das die Pflanze, aus deren Früchten das Opium gewonnen wird?"

„Aijwa, jah Hami el-amlahk", antwortete der „Taubstumme".

„Wie ist es möglich, jah Ragab Hamid, daß ihr hier auf der anderen Seite der ‚Mauer aus Draht mit Dornen' weilt? Was ist geschehen?" fragte ich den jungen Magabra.

„Nachdem der schwarze Rauch, den Fadil el-achras heute morgen in den Himmel steigen ließ, uns mitteilte, daß du in großer Gefahr seist, haben wir die Mauer aus Draht gegen Mittag umritten. Während eine Gruppe von Ägypten her die italjahn – Allah verfluche sie – beschoß, sind wir ihnen in den Rücken gefallen."

„Haben sie sich ergeben?"

„Keiner von ihnen hat unseren Angriff überlebt."

Ich erschrak. Oberst Maletti, seine Begleitung und die abessinischen Askaris ließen die ohnehin große Zahl der Opfer eines erbarmungslosen und sinnlosen Krieges weiterhin anwachsen. Die Worte des Magabra aber hatten mir klargemacht, daß es kein Zufall gewesen war, daß der „Taubstumme" die Abfälle und den Gummi verbrannt hatte, sondern daß es ein verabredetes Zeichen zur Verständigung der Senuhsih gewesen war. Auch die seit den Morgenstunden aufgetretene Unterbrechung der Telefonleitung vom Grenzposten zum Kilometer 262 war kein Zufall, sondern ein geplanter Eingriff beim Vorgehen der Beduinen gegen ihre Feinde gewesen.

„Was habt ihr weiter vor, jah Ragab Hamid?"

„Wir wollen im Morgengrauen diesen Posten der italjahn – Allah verfluche sie – überraschend von Sonnenuntergang her angreifen, jah Hami 'l-aml'hk."

„Das wird ein großes Blutvergießen geben auf beiden Seiten."

„Allah a'l'm – Allah allein weiß", antwortete der junge schehch der Magabra. „Wir werden jetzt die

Tür zu deinem Gefängnis aufbrechen und dich befreien!"

„Ohne Lärm wird das nicht abgehen, jah Ragab Hamid. Ihr werdet in große Gefahr geraten und nicht lebend aus diesem Grenzposten herauskommen."

„Wie sollen wir dich anders aus diesem Gebäude holen, wenn wir nicht den Schlüssel zu der Tür haben?"

Ich war entschlossen, alles nur Erdenkliche zu unternehmen, um ein neues und noch größeres Blutbad in diesem Grenzkommando zu verhindern. Mir fiel Pepi Lechner ein, der wie alle anderen „italjahn" von den Senuhsih als Todfeind angesehen wurde. Jeder Augenblick konnte die Entdekkung des Magabra und des Fezzaners bringen, die, ebenso wie Fadil, der „Taubstumme", und ich, keinerlei Schonung von den Italienern zu erwarten hatten.

„Wie viele Krieger seid ihr?" fragte ich Ragab Hamid.

„Es sind mehr als dreimal einhundert", antwortete er.

„Wo stehen sie?"

„In den Dünen gegen Sonnenuntergang von hier."

„Wie weit ist es bis dahin?"

„Ein Mann geht zu Fuß eine Stunde."

Ich überlegte fieberhaft.

„Höre, jah Ragab Hamid ben Abdul Gawab, welchen Vorschlag ich dir zu machen habe. Lasse deine Krieger nicht, wenn der Tag heraufzieht, zum

Angriff auf diesen Grenzposten antreten. Sende fünfzig von ihnen unter einem zuverlässigen Führer gegen Mittag von hier bis an den Zaun aus Draht. Sie sollen dort auf deine Befehle warten. Eine zweite Gruppe von fünfzig Kriegern läßt du von eurem jetzigen Lager gegen Sonnenaufgang so nahe an diesen Platz, an dem wir weilen, heranreiten, daß sie ihm nahe sind, ohne jedoch gesehen zu werden. Und mit den anderen zweimal einhundert Kriegern stellst du dich dort, wo sie sich jetzt befinden, bereit."

„Wenn wir alle dreihundert beisammen bleiben, sind wir stärker, jah Hami 'l-aml'hk. El-italjahn – Allah verfluche sie – werden von uns vernichtet werden!"

„Sie haben bessere Waffen als ihr. Viele deiner tapferen Krieger werden ihre Frauen und Kinder nicht wiedersehen."

„Allah ist barmherzig. Er leitet die Geschicke der Menschen. Er wird auch unsere Geschicke im Kampf gegen unsere Feinde in seine Hand nehmen, jah Hami 'l-aml'hk."

„Allahu akbar – Allah ist groß, jah Ragab Hamid. Aber er wird es mit Freude sehen, wenn ihr euer Ziel, el-italjahn zu besiegen, erreicht, ohne daß die Weiber ihre Männer, die Schwestern ihre Brüder und die Kinder ihre Väter beweinen müssen."

„Wie sollen wir das anstellen?"

„Ich will euch el-italjahn ohne Kampf ausliefern."

„Mahschallah, weil ich dich kenne, glaube ich

dir, jah Hami ’l-aml’hk. Aber wie willst du das erreichen?“

„Durch eine List – aber ich stelle eine Bedingung.“

„Sprich!“

„Ihr könnt Beute machen, soviel ihr davontragen vermögt. Ihr könnt alle Waffen vernichten, die Häuser und Zelte verbrennen. Ihr könnt die Mauer aus Draht ein ganzes Stück niederreißen. Aber du mußt mir dein Wort geben, daß ihr das Leben der Soldaten der italjahn schonen werdet!“

„Du verlangst sehr viel von mir, jah Hami ’l-aml’hk.“

„Ich biete dir auch sehr viel, jah Ragab Hamid, einen großen Sieg über el-italjahn, ohne daß eure Krieger dabei ihr Leben wagen müssen.“

Der junge Magabra schwieg.

„El-italjahn – Allah verfluche sie – haben viele unserer Brüder getötet.“

„Das war fast immer im Kampf –“

„Sie haben auch Gefangene gehängt. Denke an Omar el-Muchtar!“

„Das haben Offiziere und Politiker befohlen. Der einfache Soldat muß gehorchen.“

„Sind keine Offiziere mehr hier auf diesem Grenzposten?“

„Nur einer, ein bimbahschi. Dieser Major ist ein schlechter Mensch. Er ist ein Verbündeter unseres Todfeindes el-Wakil und trachtet mir nach dem Leben.“

„So will ich dir mein Wort geben, das Leben der Soldaten zu schonen – unter einer Bedingung.“

„Wie lautet diese?“

„Daß mein Wort keine Gültigkeit hat für diesen bimbahschi.“

„Allah a'lam – Allah weiß“, antwortete ich ausweichend. Der junge schehch der Magabra nahm Rücksicht auf die Zwangslage, in der ich mich befand, und verstand, daß ich ihm in diesem Punkt freie Hand lassen wollte.

„Ich gebe dir mein Wort, das Leben der Soldaten, wenn sie die Waffen strecken, nicht anzutasten, jah Hami 'l-aml'hk. Allah ist mein Zeuge. Auch alle anderen Krieger der Senuhsih werden sich daran halten.“

„Aschkurak – ich danke dir, jah Ragab Hamid. Die Soldaten der italjahn werden euch beim Zerstören der Mauer aus Draht helfen müssen. Dafür werde ich sorgen. Ich bitte dich, deine Krieger so aufzuteilen, wie ich es dir soeben vorgeschlagen habe. Fadil el-achras wird dich morgen früh, wenn mein Plan, den ich mir zurechtgelegt habe, gelingt, aufsuchen, um dir die Einzelheiten unseres Unternehmens mitzuteilen.“

„Mlihh – nun gut! Allah möge uns dabei helfen!“

„Dastuhrak, jah hherr – mit Verlaub, o Herr“, flüsterte Hamdi. „Ich habe dir deine beiden farahfir mitgebracht. Sie werden dir von großem Nutzen sein – inschallah.“

Mit diesen Worten reichte er mir meine zwei Smith & Wesson durch die Vergitterung.

„Wo sind Sahdik, Leila und Radwahn?“ fragte ich den Fezzaner.

„Sie sind mit mir und den Kriegern der Magabra um das Ende des Drahtzaunes geritten und befinden sich bei ihnen, jah hherr."

„Fadil, bleibe noch hier", hielt ich den „Taubstummen" zurück. „Ich brauche einige Dinge, um meinen Plan für die kampflose Übergabe des Grenzpostens an die Krieger der Senuhsih verwirklichen zu können."

Ragab Hamid und Hamdi schlichen nach einem Grußwort davon. Ich sah sie in der Dunkelheit verschwinden. Alles blieb ruhig. Ich atmete auf. Sie hatten unbemerkt den Rand der Wüste erreicht und überschritten.

„Hamdillah – Allah und sein Prophet haben Ragab Hamid und el-Fezzani beschützt und sie unbemerkt sich entfernen lassen", sagte Fadil, und seiner Stimme war anzumerken, daß er nicht weniger als ich um die beiden, die sich mitten unter die Soldaten des Grenzpostens gewagt hatten, besorgt gewesen war. „Was brauchst du für die Durchführung deines Planes, jah Hami el-amlahk?" wollte er wissen.

„Hast du Zugang zu dem Raum, in dem Capitano Testa wohnt?"

„Es ist nicht schwer, ihn zu betreten, weil sein Sklave mit ihm weggefahren ist." Erst später wurde mir klar, daß er mit „Sklave" die Ordonnanz oder den „Burschen", wie der einem Offizier zugeteilte Soldat genannt wird, meinte. „Was benötigst du?"

„Eine Uniform von Capitano Testa. Hat er ungefähr meine Größe?"

„Nein, er ist viel kleiner. Aber es ist gar nicht

notwendig, die Kleidung von dem jusbahschi zu nehmen."

„Wieso?"

„Ich habe die Uniform von mulahzim Zanetti aufgehoben und versteckt."

„Von dem getöteten Oberleutnant? Hast du die beiden Toten, das Mädchen und den Offizier, im Sand begraben?"

„Aijwa, jah Hami. Ich beobachtete, wie in der Nacht ein Offizier aus dem Gebäude, in dem die beiden Mädchen gefangen waren, flüchtete. Durch das Fenster sah ich, wie das andere Mädchen zu ihrer Gefährtin hinlief, nachdem es den verletzten Offizier beiseite gestoßen hatte. Da rannte ich zu dem Durchlaß in der Sperre und rückte die Hindernisse so weit zurück, daß ein Mensch durchschlüpfen konnte."

„War keine Wache an dem Übergang?"

„In der Nacht steht selten ein Posten dort, jah Hami. Das geschieht nur, wenn Offiziere von Dscharabuhb herkommen. Ich wollte dem Mädchen den Weg nach el-Masr freimachen. Aber es fand allein die Lücke und lief mit einem bahruhde in den Händen hindurch. Ich ließ mich nicht sehen, weil ich dem Mädchen nicht mehr hätte helfen können, wenn es festgehalten und wir zusammen erblickt worden wären. Nachdem ich die Drahtsperre wieder geschlossen hatte, kehrte ich zurück und fand die beiden Toten. Ich trug sie nacheinander dorthin, wo sie gefunden wurden, und vergrub sie da."

„Ist die Uniform des Oberleutnants nicht blutverschmiert, jah Fadil?"

„Gar nicht. Die Jacke und das Hemd hatte er nicht an, als er erstochen wurde. Die Hose zog ich ihm ab, bevor ich ihn mit Sand bedeckte. Sie hatte keine Blutflecken. Der tote italjahn – dschahännäm soll ihn verschlingen – hat ungefähr deine Größe."

„Taijib – gut. Bringe mir die Uniform. Ich brauche aber auch eine Mütze."

„Die wird dort sein, wo Capitano Testa wohnt. Was brauchst du noch?"

„Vor allem Schuhe und einen Gürtel mit einer Pistole."

„Die Schuhe von dem toten mulahzim werden dir passen, jah Hami."

„– und ein Hemd mit Schlips."

„Ob ich einen Gürtel beschaffen kann, weiß ich nicht. Aber eine Pistole werde ich nicht auftreiben können."

„Das ist nicht schlimm. Hamdi hat mir meine Revolver mitgebracht und übergeben. Ich werde mir selbst eine Pistole beschaffen."

„Ich will mich beeilen, dir die Sachen zu bringen, jah Hami."

„Wann wird der Posten aufwachen?"

„Er wird von dem nächsten geweckt werden, der ihn eine Stunde nach Mitternacht ablösen soll."

Ich schaute auf die Uhr. Es war elf. Zwei Stunden mußten ausreichen, die von mir benötigten Dinge heranzuschaffen. Fadil verschwand um die Ecke des Gebäudes. Ich zog mich zu einem der Betten zurück, streckte mich auf dem Drahtgeflecht aus und überdachte mein Vorhaben. Es durfte dabei nichts schiefgehen, wenigstens solange nicht, bis ich meine Bewegungsfreiheit wieder zurückerlangt hatte.

Noch war keine halbe Stunde verstrichen, als ich ein leises Kratzen an der Fliegengaze vernahm. Fadil reichte mir nacheinander die Uniform des toten Tenente Zanetti, ein zerknittertes Tropenhemd, in dessen offenem Kragen noch der Schlips steckte, ein Paar schwarze Schnürschuhe und ein wirres Knäuel grüngrauen, handbreiten Bandes, das sich als ein Paar Wickelgamaschen entpuppte, durch das Fenster.

„Das sind die Sachen, die ich dem Toten abgenommen habe, jah Hami el-amlahk", flüsterte Fadil, der „Taubstumme". „Jetzt werde ich mich in die Unterkunft von Capitano Testa schleichen, um dir die Mütze und vielleicht auch einen Gürtel zu bringen – inschallah."

Während der Senuhsih durch das Lager schlich, um die noch fehlenden Ausrüstungsgegenstände zu besorgen, begann ich die Kleidungsstücke des Toten anzuprobieren. Die dschellaba, den hiram, das bunte Tuch, das ihn vorn hochraffte, und den ikahl, die doppelte Kopfschnur aus Ziegenhaar, hatte ich zuvor abgelegt. Die Pumphose streifte ich über meine nach den Unterschenkeln zu enger werdende Reithose aus leichtem Stoff. Das kamihs stopfte ich in die Beinkleider. Die sehr unscheinbar gewordene gelbe Tuchweste, die Sahdik und ich in el-Kah'hira gekauft hatten, streifte ich von den Schultern. Dann zog ich über die nackten Füße die Schuhe, die etwas eng waren. Ich tröstete mich damit, daß ich mich ihrer sicher sehr bald wieder entledigen konnte.

Über die bis zu den Schuhen reichenden Beinlinge meiner beduinischen Reithose wickelte ich die Gamaschen. Der Waffenrock war etwas weit. Nachdem ich aber meine Weste daruntergezogen hatte, waren die leichten Falten über der Brust und am Rücken ausgeglichen.

Rascher, als ich erwartet hatte, kehrte Fadil zurück. Er meldete sich auf die gleiche Art wie zuvor, durch vorsichtiges Kratzen mit den Fingernägeln über dem Metallgewebe im Fensterrahmen.

„Da ist die Mütze", sagte er leise und schob die seitlich zusammengedrückte Kopfbedeckung durch die Eisenstäbe. Es war ein zylinderförmiges, hohes Gebilde aus halbweichem Militärtuch, das auf der Stirnseite einen fünfzackigen Stern mit einer Mittelrosette und zwei umlaufende Litzen trug und vorn, unter einem ledernen Kinnriemen, eine größere Blende aus gleichem Material aufwies. Die Mütze paßte.

„Einen Leibriemen habe ich nicht gefunden, jah Hami, dafür aber diese Einengung des Leibes, das die italjahn – Allah verfluche sie – tragen."

Es war eine Bauchbinde aus elastischem Stoff, die am Rücken durch kräftige Haken geschlossen wurde.

„Nimm diese rabta el-batn, diese Binde des Bauches, wieder mit, jah Fadil. Bei meinem Plan darf nichts Auffälliges in diesem Raum sein, wenn ein italjahni ihn betritt."

„Ich werde sie wieder zurücklegen", antwortete der Senuhsih. „Noch etwas habe ich mitgebracht."

Er bückte sich und reichte mir, nachdem er sich wieder aufgerichtet hatte, ein flaches Aluminiumkochgeschirr, das mit Wasser halb gefüllt war, durch die Gitterstäbe.

„Was soll ich damit?“ fragte ich ihn ein wenig erstaunt.

„Warte, jah Hami.“ Er gab mir nacheinander eine Schere, ein Stück Seife und einen Rasierapparat durch. „Es wäre besser für deinen Plan, wenn du dir deinen Bart abnehmen wolltest.“

„Hast du erraten, was ich vorhabe?“

„Ich glaube, es zu wissen. Die Zeit eilt. Ich will hier warten, bis du das getan hast, was ich dir vorgeschlagen habe, und werde dann diese Dinge wieder dorthin zurückbringen, woher ich sie geholt habe.“

Ich stellte mich neben den Tisch und begann im Dunkeln mit der Schere meinem wild wuchernden Bart zu Leibe zu rücken. Das war gar nicht so einfach, weil ich mich mehr auf meinen Tastsinn als auf meine Augen verlassen mußte. Aber das Bewußtsein, daß ich vor der Ablösung des Postens um ein Uhr damit fertig sein mußte, trieb mich vorwärts. Das Einseifen und Rasieren ging rascher vor sich als das Hantieren mit der Schere. Meine Haut brannte zwar wie Feuer, als ich mit der Hand mein Kinn und die Stellen unterhalb der Schläfen befühlte, aber von den Stoppeln war nichts mehr zu spüren. Ich reichte Fadil das „Handwerkszeug“ mitsamt den abgeschnittenen Barthaaren hinaus. Meine Uhr zeigte eine halbe Stunde nach Mitternacht.

„Stelle die Sachen wieder an den Platz, wo du sie hergenommen hast", sagte ich.

„Hier ist noch etwas, was ich vorhin übersehen habe, als ich dir die Dinge hineinreichte, jah Hami", sprach Fadil und hielt mir eine kleine Flasche entgegen.

„Was ist das?"

„Damit reibt sich Capitano Testa immer ein. Er nennt es el-'ambar, aber es stinkt wie el-misk."

El-misk – Moschus; Leila hatte berichtet, daß die beiden Männer, die sie und Sa'da bedrängt hatten, nach el-misk – nach Moschus – gerochen hatten. Ich drehte den Schraubdeckel ab und hielt meine Nase an die Öffnung des Fläschchens. Es „stank" wirklich, wie Fadil gesagt hatte.

„Was soll ich damit?" fragte ich den Senuhsih.

„Reibe dich damit ein. Dann bist du wirklich das, was du bei deinem Plan sein willst."

„Lah samah Allah – Allah möge es nicht erlauben!" antwortete ich, schraubte den Verschluß wieder darauf und wollte Fadil das Fläschchen hinausreichen. Da entglitt das Glas meiner Hand. Ich faßte mit der Linken rasch zu, um es aufzufangen. Das gelang mir tatsächlich. Dabei aber sprang der Deckel ab. Mich traf ein Strahl dieser durchdringend riechenden Flüssigkeit und ergoß sich über Hemd und Hose. Mit Mühe unterdrückte ich einen Fluch, hob den Verschluß auf und schraubte ihn erneut fest, wobei ich bemerkte, daß das Gewinde nicht mehr richtig faßte.

„Jetzt bin ich wirklich das, was ich zu sein vorgeben will, jah Fadil", sagte ich ergeben und zog die

Nasenflügel hoch. Aber es blieb mir wenig Zeit, diesem Mißgeschick nachzuhängen. „Höre, Fadil! Du mußt, wenn es Tag geworden ist, in meiner Nähe bleiben. Ich werde deine Hilfe sehr brauchen!"

„Du kannst dich auf mich verlassen, jah Hami el-amlahk", antwortete der „Taubstumme" und tauchte in der Dunkelheit unter. Die dschellaba benötigte ich vorerst noch für das, was ich vorhatte. Das bunte Tuch und den ikahl wickelte ich in den hiram ein und schob beides, zusammen mit der Offiziersmütze, unter eines der beiden Metallbetten. Wegen der fehlenden Matratzen waren diese Gegenstände nicht vollständig den Augen entzogen. Trotzdem waren die abgelegten Sachen nicht mehr auf den ersten Blick wahrnehmbar, wenn einer den Raum betrat.

Für den Rest der Nacht war mit einem Besuch von Major Lorenzini nicht zu rechnen. Aber ich versetzte, um vor plötzlichen Überraschungen sicher zu sein, den Tisch vor die Eingangstür. Seine Platte war gerade so hoch, um sich unter die Klinke schieben zu lassen, so daß diese nicht mehr niederzudrücken war. Damit wurde ich vor unvorhergesehenen Besuchern geschützt, falls mir die Augen während der Nachtstunden zufallen sollten. Noch bevor ich mich auf ein Bett ausstrecken konnte, vernahm ich das bereits zweimal gehörte Kratzgeräusch am Fenster. Fadil drückte sich seitlich der Öffnung an die Gebäudemauer.

„Ich habe die Sachen wieder zurückgebracht, jah Hami el-amlahk. Keiner hat mich gesehen. Aber ich habe noch etwas gefunden, was dir vielleicht nützlich sein kann – inschallah."

Er reichte mir ein längliches Lederfutteral entgegen. Es enthielt eine Sonnenbrille.

„Das ist sehr gut, jah Fadil. Die Augen sind das Tor zur Seele. Und manchmal ist es besser, wenn dieses Tor geschlossen bleibt für den, der überwunden werden soll. Allah jikahfihk 'anni – Allah möge es dir an meiner Statt lohnen!"

„Il-'afu – es ist nicht der Rede wert!" Damit war er verschwunden. Kurz darauf polterte es zwei-, dreimal gegen die Tür. Ich griff nach einem der Revolver, die ich beide auf dem vor den Eingang geschobenen Tisch niedergelegt hatte. Aber es wollte niemand herein. Aus dem durch das Holz vernehmbaren Geflüster entnahm ich, daß der ablösende Posten seinen schlafenden Kameraden wachgerüttelt hatte, wobei entweder das Gewehr oder irgendein anderer harter Gegenstand mehrmals gegen die Tür gestoßen worden war.

Die Nacht verging ohne jede Störung. Das ermüdende Warten in der Dunkelheit ließ mich in einen unruhigen Schlaf verfallen, aus dem ich wiederholt aufschreckte. Mit dem ersten Tageslicht erhob ich mich und zog die dschellaba über. Zuvor hatte ich meine beiden Revolver in den Rock des toten Oberleutnants gesteckt und das Kleidungsstück angelegt. Obwohl ich während der Nacht die Fenster offengehalten hatte, war es mir nicht gelungen, den aufdringlichen Geruch des verschütteten Parfüms zu vertreiben. Es „stank" durchdringend nach el-misk, wie Fadil es ausgedrückt hatte.

Gegen sieben Uhr sah ich Pepi Lechner, der zum Schreibstubengebäude hinüberging. Ich rief ihn herbei.

„Sagen Sie dem Major Lorenzini, daß ich es mir überlegt habe. Ich möchte meine Aussage zu den mir vorgeworfenen Beschuldigungen machen."

Der Übersetzer sah mich an.

„Wollen Sie Ihre Schuld zugeben?" fragte er in zweifelndem Ton.

„Der Major wird sich über meine Aussage freuen. Sagen Sie ihm das!" trug ich dem Pustertaler auf.

Er wandte sich wortlos ab und ging zu dem Gebäude am Grenzdurchlaß hinüber, in das er eintrat. Kurz darauf verließ er den Bau wieder, suchte eines der Zelte auf, was ich durch das nach Norden gelegene Fenster des Raumes, in dem ich festgehalten wurde, beobachten konnte, und kehrte mit zwei Soldaten, die Gewehre trugen, zu der Schreibstube zurück.

Es dauerte nicht lange, bis sich eine prozessionsähnliche Gruppe aus der Tür des Gebäudes heraus- und in Richtung auf das „Casinò" zu bewegte. Vorn ging ein bewaffneter Mann. Hinter ihm folgten der Major, der Wachtmeister und der Dolmetscher. Den Schluß bildete der zweite der von Pepi Lechner herbeigeholten Soldaten, der wie der an der Spitze marschierende sein Gewehr in die Hüfte preßte. Ich rückte rasch den Tisch vor das Westfenster, ließ mich vor dem Bett, unter das ich das Bündel und die Mütze geschoben hatte, mit untergeschlagenen Beinen nieder, zog die dschellaba über

Unterschenkel und Füße, so daß die Schuhe und die Wickelgamaschen nicht zu sehen waren, und wartete darauf, was nun geschehen würde.

Die Tür wurde aufgeschlossen, und die Männer betraten in der gleichen Reihenfolge, wie ich sie durch das Fenster beobachtet hatte, den Raum. Der Major schnüffelte in der Luft, die durch mein Mißgeschick tatsächlich einen Geruch angenommen hatte, wie er zuweilen in einem „Casinò" angetroffen wird, sagte aber kein Wort.

„Sie wollen Ihre Verfehlungen zugeben?" fragte Lorenzini mich dann durch den Dolmetscher.

„Solange der Wachtmeister und die zwei gewehrtragenden Soldaten anwesend sind, werde ich keine Aussagen machen", stellte ich entschieden fest.

„Warum stört Sie die Anwesenheit des Brigadiere und der Wachen?"

„Weil meine Aussagen Fragen berühren, die auch in Ihrem eigenen Interesse nur für Ihre Ohren bestimmt sind."

Der Major wurde unsicher. Er wußte nicht, wie weit ich in seine Angelegenheiten eingeweiht war. Daß ich mehr Kenntnis von den Machenschaften el-Wakils hatte, als ihm lieb sein konnte, war ihm schon bei meinem gestrigen Gespräch mit dem Oberst aufgegangen. Er schaute unentschlossen zuerst auf den Wachtmeister, dann auf die beiden Soldaten.

„Va bene – nun gut", sagte er schließlich zu dem Wachtmeister. „Lascia mi solo con questo delinquente. Portati via le due sentinelle ed aspettami in ufficio – laß mich mit diesem Verbrecher allein.

Nimm die beiden Posten mit, und warte in der Schreibstube auf mich!"

„Signorsi – jawoll!" antwortete der Unteroffizier und verließ mit den zwei Soldaten den Raum. Der Major schloß die Tür von innen ab, steckte den Schlüssel ein und stellte sich hinter den Tisch. Er zog seine Waffe aus der Pistolentasche und ließ mir über den Dolmetscher sagen:

„Wenn Sie sich mir auf mehr als drei Schritte nähern, schieße ich auf Sie. Haben Sie verstanden?"

„Ich habe Sie sehr gut verstanden", antwortete ich.

„Dann können wir mit dem Verhör beginnen."

Er legte die Pistole auf den Tisch, zog ein Notizbuch aus einer Brusttasche und schlug das Heft auf. Als er seine Augen wieder auf mich richtete, blickte er in die Mündungen meiner beiden Smith & Wesson. Er wurde weiß wie die Wand des Raumes, in dem wir uns befanden.

„Basta con questa burla, Signor Maggiore – genug mit diesem Possenspiel, Herr Major!" sagte ich auf italienisch zu ihm. „Se stendete la mano, vi sparo senza esitare – wenn Sie die Hand ausstrekken, schieße ich Sie nieder, ohne zu zögern!"

Den erstarrt Dastehenden unentwegt in den Augen behaltend, erhob ich mich langsam, trat an den Tisch, legte einen meiner Revolver nieder, nahm die dort liegende Pistole an mich, steckte sie in die Tasche und hob meine zweite abgelegte Waffe wieder auf.

„Muovetevi verso quell'angolo – bewegen Sie sich in jene Ecke!" Ich machte ihm ein Zeichen mit dem einen auf ihn gerichteten Lauf. Rückwärts gehend begab er sich in den nach Südwesten gelegenen Winkel des Raumes.

Pepi Lechner hatte vollkommen außer Fassung und wortlos dieser unerwarteten Umkehrung der Lage beigewohnt.

„Tun Sie, was ich Ihnen jetzt sage!“ wandte ich mich an ihn. „Ziehen Sie dem Major den Rock aus!“ Als der Dolmetscher zögerte, ging ich auf ihn zu, drückte ihm, ohne den Blick von dem Maggiore abzuwenden, einen der Smith & Wesson in die Seite und wiederholte meine Aufforderung. Pepi Lechner trat an Lorenzini heran, löste dessen Koppel, knöpfte ihm die Uniformjacke auf und zog sie über den Rücken ab.

„Hängen Sie den Rock an den Fensterriegel!“ befahl ich dem Dolmetscher. Er gehorchte. Der Überrumpelte trug Hosenträger. In Kürze waren ihm damit die Hände auf den Rücken gebunden. Mit seinem Schlips und dem blutbefleckten Taschentuch, das er am Vortag dazu benutzt hatte, um sich den verletzten Mund abzuwischen, wurde ihm ein Knebel angelegt. Er mußte sich bäuchlings auf eines der Metallbetten legen, worauf ihm auch die Füße gefesselt wurden.

„Hören Sie, Pepi Lechner, damit Sie später keine Schwierigkeiten haben, muß ich Sie so behandeln wie den Major“, sagte ich mit gedämpfter Stimme zu dem Südtiroler. „Ich gebe Ihnen mein Wort, daß Ihnen nichts geschehen wird. Haben Sie verstanden?“

Er nickte nur.

„Wann wird der Posten vor der Tür abgelöst?"
„Um neun Uhr."
„Gut, dann warten wir. Ich binde Ihnen jetzt mit meiner Kopfschnur die Hände zusammen. Legen Sie sich auf das andere Bett!"
Er gehorchte und streckte sich auf dem Rücken aus. Ich band ihm die übereinandergehaltenen Handgelenke. Bei dieser Tätigkeit klopfte es plötzlich an die Tür. Ich fuhr auf und stellte mich an die Wand neben dem Eingang.
„Signor Maggiore! Signor Maggiore!" Es war der Wachtmeister.
„Che c'è – was ist?" fragte ich und preßte dabei einen Ärmel meiner dschellaba vor den Mund, um meiner Stimme einen anderen Klang zu geben.
„Hanno telefonato dal kilometro 229, che Capitano Testa è partito un mezz'ora fà. Arriverà qui verso le dieci! – Sie haben vom Kilometer 229 angerufen, daß Hauptmann Testa vor einer halben Stunde dort abgefahren ist. Er wird gegen zehn Uhr hier sein!"
„Va bene – es ist gut!" antwortete ich. Durch das nach Süden gerichtete Fenster sah ich den Unteroffizier zum Schreibstubengebäude zurückgehen. Auf meiner Uhr fehlte eine Viertelstunde bis neun.
Ich zog die dschellaba aus. Der Major starrte mich wie einen Geist an, als er mich in der Uniform eines italienischen Oberleutnants erblickte. Das ihm abgeschnallte Koppel band ich um und steckte die ihm abgenommene Waffe in den ledernen Pistolenbehälter. Dann setzte ich die unter dem einen Bett liegende Mütze und die Sonnenbrille auf. In

die dschellaba wickelte ich den hiram und einen der Revolver. Den zweiten steckte ich trotz seiner Größe in die rechte Hosentasche. Zum Fesseln Pepi Lechners hatte ich nur eine Schnur meines ikahl verwendet. Die zweite schlang ich um das Bündel, zu dem ich die dschellaba zusammengerollt hatte. Wenn die Postenablösung pünktlich vor sich gehen sollte, dann mußte jetzt der Wechsel erfolgen. Es dauerte noch etwa fünf Minuten, bis ich einen gewehrtragenden Soldaten aus einem der längs der nach Norden führenden Piste gelegenen Zelte heraustreten und sich nähern sah. Bald darauf kehrte ein anderer, vermutlich der bisherige Posten, zu dem Zelt zurück.

Mir blieb keine Wahl. Ich mußte alles auf eine Karte setzen, um hier herauszukommen und zu versuchen, Ragab Hamid und seinen Kriegern die versprochene Gelegenheit zu verschaffen, ihren Feinden unter Vermeidung eines sinnlosen Blutvergießens einen empfindlichen Schlag zu versetzen.

„Machen Sie keinen Versuch, sich und den Maggiore zu befreien!“ sagte ich zu Pepi Lechner. „Ich behalte Sie, auch wenn ich jetzt diesen Raum verlasse, ständig im Auge und müßte im Falle, daß Sie gegen meine Anweisung handeln, mit aller Härte durchgreifen, was mir sehr leid täte. Übersetzen Sie das dem Major. Ihnen selbst wird nichts geschehen, ich wiederhole es noch einmal.“

Der Gesichtsausdruck des Pusterer Lehrersohnes verriet mir, daß er gar nicht die Absicht hatte, Lorenzini zu helfen. Wie ich so vor ihm stand, kam mir noch ein Gedanke.

„Damit Ihnen der Major nicht vorwerfen kann, Sie hätten sich von diesem Bett werfen und ihm beistehen müssen, werde ich Sie ein wenig an diese Lagerstatt anketten."

Ich hakte mehrere der kurzen Drahtstücke, die für eine Spannung des Metallgeflechtes sorgten, aus und stach ihre gekrümmten Enden durch den Uniformstoff des Liegenden, so daß er sich nicht herunterwälzen konnte. Aus dem am Fenster hängenden Rock des Majors nahm ich den Türschlüssel, steckte ihn in das Schloß, ging aber, bevor ich ihn umdrehte, zu dem Fenster, von dem aus das Schreibstubengebäude zu sehen war. Fadil machte sich an der Piste, neben der ich gelagert hatte, zu schaffen. Meine Stute konnte ich allerdings nicht sehen, weil sie hinter einem der Gebäude liegen mußte.

Ich nahm das Bündel mit der dschellaba auf, drehte den Schlüssel um, trat ins Freie und schloß die Tür hinter mir wieder ab. Der Posten salutierte, was ich nachlässig erwiderte. Fadil bemerkte mich und verfolgte aufmerksam, was ich tat. Es kam darauf an, daß mich der Wachtmeister nicht sah, weil ich einen ganz bestimmten Plan verfolgte. Ohne die Tür zum Schreibstubengebäude aus den Augen zu lassen, ging ich langsam auf die Stelle zu, an der mein Kamel noch am Boden lag. Fadil erriet meine Absicht. Er lief mir entgegen, nahm mir das Bündel ab, rannte zu dem Reittier, dem er die Fußfessel löste, ohne es aufstehen zu lassen, und band die eingerollte dschellaba fest. Ich stieg in den Sattel.

„Setze dich hinter mich, jah Fadil", forderte ich

den „Taubstummen“ auf. Wir ritten im Schritt auf der Piste nach Norden, zuerst zwischen dem „Casinò“ und dem Kraftfahrzeugabstellplatz, dann zwischen den Zelten hindurch. Einige Soldaten grüßten und schauten uns nach, schienen sich aber keine besonderen Gedanken zu machen, da seit gestern zahlreiche ihnen nicht bekannte Offiziere durch das Lager gegangen waren und außerdem der ihnen vertraute „Taubstumme“ bei mir auf der Stute saß. Der Brigadiere hatte unser Abreiten nicht bemerkt.

„Allahu akbar – Allah ist groß! Er hat dir beigestanden, jah Hami el-amlahk!“ rief Fadil freudig aus. „Was hast du vor?“

„Capitano Testa ist im Anmarsch. Er muß doch auf dieser Piste kommen?“

„Wenn er von Dscharabuhb aufgebrochen ist, gibt es keinen anderen Weg zum Kilometer 251.“

„Er kennt mich nicht. Wenn wir ihm begegnen, werde ich ihn unter Druck setzen. Aber das kommt darauf an, welche Begleiter er hat.“

„Sein ‚Sklave‘ wird bestimmt bei ihm sein. Und wer noch – Allah a'lam – Allah weiß. Aber wird er sich nicht wundern, daß du ihm auf einem hadschihn entgegenreitest?“

„Ich werde eine Ausrede finden. Höre, jah Fadil el-achras, du führst die nahka, nachdem ich zu Capitano Testa umgestiegen bin – er wird doch den Fiat-Lastwagen benutzen, mit dem er vor einigen Tagen abgefahren ist?“

„Allah a'lam.“

„Du reitest die Stute zum Grenzposten zurück.

Laß dich bei deiner Rückkehr von dem Brigadiere möglichst nicht sehen, der hoffentlich nicht bemerkt hat, daß mein Kamel eine Zeit fort war. Besorge mir feste Stricke und Lederriemen und Stoffstücke. Wirf sie, ohne dich sehen zu lassen, durch das Fenster, durch das du mir die Sachen für meine Verkleidung gereicht hast, in den Raum hinein."

„Ich werde alles tun, was du mir aufgetragen hast, jah Hami – sieh, dort vor uns erhebt sich eine Staubwolke. Es wird das Fahrzeug des Capitano sein!"

Wir ritten noch ein Stück im Schritt weiter. Dann hielt ich meine Stute an, um das Fahrzeug zu erwarten. Es war ein mittlerer Fiat-Lastwagen. Als ein Hauptmann, vermutlich Capitano Testa, dem Fahrzeug entstieg, glitt ich aus dem Sattel. Ich machte Fadil ein Zeichen, worauf er meinen Platz einnahm, die Stute wendete und auf der Piste zurücktrabte.

„Chi sei tu? Cosa vuol dir' tutto questo? – Wer bist du? Was soll das alles bedeuten?" fragte mich der Capitano. Er bediente sich des Du, da es beim italienischen Militär üblich war, daß der obere Dienstgrad den niedrigeren in dieser Form ansprach.

„Mi chiamo Baldo, Tenente Baldo Enrico e sono del Comando di Bengasi, Signor Capitano – ich bin Oberleutnant Baldo, Baldo Enrico, und bin vom Kommando in Bengasi, Herr Hauptmann", sagte ich etwas vage. „Ich muß Ihnen eine schwerwiegende Nachricht mitteilen!"

Er schaute mich stumm an. In seinen Augen, die sich nicht wie meine hinter einer Sonnenbrille verbergen konnten, glaubte ich Unsicherheit und Erschrecken zu bemerken.

„Ich bin Ihnen entgegengeritten, um Sie vorzubereiten –"

„– auf was?"

„Oberst Maletti hält sich im Grenzposten am Kilometer 251 auf. Zur Zeit ist er wegen einer Schießerei mit Rebellen der Senuhsih bei Kilometer 262 nach dort gefahren."

„Was hat das mit mir zu tun?"

„Oberst Maletti untersucht einen schweren Fall von Vergewaltigung und Mord, in den Sie verwikkelt sein sollen."

Testa wich einen Schritt zurück und hob abwehrend die Hände.

„Mord? Ich? Das ist unmöglich!"

„Man hat die Leichen eines Beduinenmädchens und von Oberleutnant Zanetti aus dem Sand gegraben."

„Dio me la mandi buona – Gott steh mir bei! Aus – dem – Sand – ge – gegraben! Wo denn, um Himmels willen?"

„In der Nähe des Gebäudes, das die Soldaten ‚il casinò' nennen! Oberst Maletti ist auch bekannt, daß Sie von dem Karawanenführer el-Wakils ein Päckchen mit Rauschgift entgegengenommen haben", sagte ich, ohne zu erwähnen, daß der Oberst das nicht geglaubt hatte und zudem gar nicht mehr lebte. Die Einzelheit von den juteverpackten Drogen und die Nennung el-Wakils brachten den Capitano an den Rand des körperlichen Zusammenbruchs. Er war kreidebleich. Unter der hohen Mütze lief ihm der Schweiß über die Stirn und an den Schläfen hinunter. Meine Rechnung, ihm seine Schuld so unverhüllt vorzuwerfen, um seinen Widerstand zu brechen, war aufgegangen.

„Es kam mir nicht zu, Ihnen alle diese Umstände mitzuteilen, Herr Hauptmann Testa, und ich habe damit meine Befugnisse weit überschritten. Oberst Maletti, der auf dem Grenzposten bei Kilometer 251 während seiner Abwesenheit von Major Lorenzini vertreten wird, hat sich vorbehalten –"

„Von Maggiore Lorenzini?" unterbrach mich Testa.

„Ja, von ihm hat der Oberst sehr viele Einzelheiten über Sie erfahren, aber auch das dürfte ich Ihnen –"

„Maledizione di questo birbaccione Lorenzini – dieser elende Schurke von Lorenzini soll verflucht sein! Er hat selber mit el-Wakil –"

„Wollen Sie das bitte an der richtigen Stelle, bei Herrn Oberst Maletti, vorbringen. Ich habe den Auftrag, Sie zum Grenzposten zu begleiten und in das Gebäude zu führen, wo der Mord an dem Mädchen und an Oberleutnant Zanetti geschah. Es wäre gut, wenn Sie sich bis zu Ihrem Verhör durch Oberst Maletti in Ihren Äußerungen zurückhalten würden, auch dem Brigadiere gegenüber."

Wir gingen zu dem Lastwagen zurück, an dessen Steuer ein Soldat saß, wahrscheinlich die Ordonnanz des Capitano.

„Fährt außer Ihnen und Ihrem Burschen noch

jemand auf diesem Fahrzeug mit, Herr Hauptmann?"

Er schüttelte den Kopf. Ich ließ ihn einsteigen und setzte mich neben ihn. Bis zur Einfahrt in den Grenzposten wurde kein Wort gesprochen. Als wir bei den Zelten vorbeifuhren, sagte ich zu dem Lenker:

„Fermati davanti il ‚casinò' – halte vor dem ‚Casinò' an!"

„Signorsi – jawoll!" antwortete er und brachte den Lastwagen genau vor der Tür zum Stehen. Ich sah den Wachtmeister heraus- und uns zueilen.

„Signor Capitano! Signor Capitano! – Herr Hauptmann, Herr Hauptmann! Während Ihrer Abwesenheit sind hier schreckliche Dinge geschehen. Man hat –"

„Torna subito in ufficio, Brigadiere – kehre sofort in die Schreibstube zurück, Brigadiere! Ich werde später dahinkommen!" befahl ich.

Der Unteroffizier gehorchte. Er vermochte von dem Gebäude, zu dem ich ihn zurückgeschickt hatte, nicht zu übersehen, was hinter dem Lastwagen vor sich ging. Ich zog den Schlüssel zu der Tür des „Casinò" hervor, schloß auf und ließ den Capitano eintreten, der beim Anblick der beiden gefesselten Männer, die noch so dalagen, wie ich sie verlassen hatte, mit einem Ruck stehenblieb. Ich drückte ihm, die Tür mit dem Fuß zustoßend, den Lauf meines Smith & Wesson in den Rücken, nahm ihm seinen Revolver ab und sagte leise, aber mit Nachdruck:

„Una parola a voce alta e ti mando all'inferno –

ein lautes Wort und du fährst zur Hölle! Stelle dich mit dem Gesicht in die Ecke.“ Ich schob ihn mit dem Revolverlauf zur Wand. „So – noch dichter heran – so ist es gut.“

Seitwärts gehend trat ich zu Pepi Lechner, hakte die Drahtstücke aus seiner Uniform und band ihn los.

„Da liegen Schnüre.“ Fadil hatte solche und einige Stoffstücke, noch bevor wir angekommen waren, durch das eine Fenster hereingeschoben. „Binden Sie dem Capitano die Hände auf den Rücken. Er soll sich wie der Major auf den Bauch auf dieses Bett legen. Dann erhält auch er einen Knebel. Machen Sie schnell!“

Ich trat an das Fenster. Fadil stand wieder an der Stelle, an der er mich vor dem Abreiten erwartet hatte. Auf meinen Wink kam er heran. Er bückte sich unter dem Fenster, so daß sein Kopf von innen nicht zu sehen war.

„Du darfst jetzt keinen Fehler machen, jah Fadil. Alles Gelingen hängt allein von dir ab“, flüsterte ich ihm zu. „Nimm meine nahka, reite, so schnell du kannst, zu den fünfzig Kriegern, die Ragab Hamid, der junge Magabra, gegen Sonnenuntergang bereitgestellt hat. Sie müssen ganz nahe sein. Sage ihnen, sie sollen den Grenzposten angreifen, aber nur in die Luft schießen, damit keiner verletzt wird, wie es mit Ragab Hamid vereinbart wurde. Sie sollen sich nicht auf einen Kampf einlassen, sondern warten, bis die italjahn ihre Fahrzeuge besteigen und gegen sie vorgehen. Da sollen sie so tun, als würden sie fliehen. Wir werden auf ihren Spuren bleiben und sie verfolgen. Sie müssen einen Boten an Ragab Hamid absenden. Er soll uns zwischen zwei Dünenzügen eine Falle stellen, in die wir hineinfahren und uns ergeben müssen. Sage dem jungen schehch der Magabra, daß der italienische Offizier, der ein weißes Tuch schwenken wird, sein Freund und Bruder Hami el-amlahk ist und daß nicht auf ihn geschossen werden darf. Hast du alles verstanden?"

„Aijwa, jah Hami el-amlahk, ich werde sofort losreiten."

„Halt – fast hätte ich etwas vergessen. Du mußt, wenn du die fünfzig Krieger im Sonnenuntergang benachrichtigt hast, sofort zu der anderen Gruppe reiten, die gegen Mittag von hier an dem Zaun aus Draht aufgestellt ist, und sie unterrichten, daß sie den Grenzposten angreifen sollen, wenn du einen schwarzen Rauch machst. Sie werden keinen Widerstand vorfinden, weil ich fast alle Soldaten mit den Fahrzeugen nach Sonnenuntergang aufbrechen lassen werde. Den Rauch darfst du aber erst machen, wenn wir nicht mehr zu sehen sind. Du kannst, wenn er hochsteigt, sofort abreiten, damit du nicht, wenn deine Brüder auf den Posten schießen, getroffen wirst. Bringe mein hadschihn auf dem schnellsten Weg zu dem jungen schehch der Magabra. Ich werde in seiner Nähe sein. Allah jisahhil 'alehk – Allah ebne deinen Weg, jah Fadil el-achras!"

„Allah jisallmak, jah Hami el-amlahk – Allah beschütze dich!"

Während dieser Unterweisung an den „Taubstummen“ hatte ich Pepi Lechner unaufhörlich beobachtet. Der Capitano war von ihm nach meinen Anweisungen gefesselt und geknebelt worden.

„Den Herrn Major werden wir auch noch etwas dauerhafter binden und am Reden hindern. Tauschen Sie die Hosenträger und den Schlips mit den restlichen Schnüren und den Stoffstücken aus, die noch dort unter dem Fenster liegen.“

Während dieses Wechsels schoben zwei dunkle Hände ein weißes Leintuch über die Fensterbank herein. Es war Fadil.

„Damit sollst du winken, damit die Krieger der Senuhsih nicht auf dich schießen, jah Hami el-amlahk“, flüsterte er und lief davon. Ich trat an das nach Süden gehende Fenster. Der „Taubstumme“ bestieg meine Stute, trabte ein Stück auf der Piste nach Süden und bog dann nach Westen ein.

Der Fiat mit dem Burschen von Capitano Testa stand noch immer vor der Tür. Zuerst wollte ich ihn auf den Abstellplatz der Kraftwagen fahren lassen. Aber er verdeckte so vorteilhaft die Eingangsfront des „Casinò“, daß ich nur den Fahrer wegschickte. Er sollte in die Unterkunft seines Capitano gehen und dort ein wenig Ordnung machen. Ich kehrte in den Raum zurück und schloß die Tür von innen.

Mich überkam nach diesen Stunden stärkster Anspannung und nicht nachlassender Wachsamkeit ein befreiendes Gefühl der Erleichterung. Nun konnte nicht mehr viel schiefgehen. Das Bewußtsein, die eigene Entschlußfreiheit wiedererlangt zu haben, war wichtiger als alles andere. Die Grenzpostenbesatzung war ohne einen Führer nicht zu fürchten. Die Verbündeten el-Wakils, die mir hätten gefährlich werden können, befanden sich in meiner Hand. Der Brigadiere war unselbständig und hilflos, wenn er keine Befehle erhielt. Einiges Kopfzerbrechen machte mir Pepi Lechner. Ich mußte unter vier Augen mit ihm sprechen. Selbst wenn die beiden unschädlich gemachten Bundesgenossen el-Wakils angeblich kein Wort Deutsch verstanden, konnte ich ein Gespräch mit dem Südtiroler in ihrem Beisein nicht wagen, weil auch aus dem Gesichtsausdruck zweier sich Unterhaltender einiges abzuleiten war. Weder Lorenzini noch Testa durften den geringsten Argwohn hegen, daß ich Pepi Lechner anders gegenübertrat als ihnen. Ich fuhr ihn an:

„Avanti! Se osi di fare un passo sbagliato, ti sparo – Los! Wenn du einen falschen Schritt machst, schieße ich dich nieder!“ und drückte ihm den Lauf meines Revolvers in den Rücken. Ich schob ihn zum Ausgang, langte an ihm vorbei zum Schlüssel, der steckte, und sperrte das Schloß auf. Draußen zog ich die Tür zu und ließ meine Waffe sinken. Wir standen zwischen dem Gebäude und dem davor abgestellten Kraftwagen. Sehen konnte uns nur einer, der beim Vorbeigehen zwischen diese Lücke kurz hineinblickte.

„Pepi Lechner, vieles von dem, das sich hier in den letzten Stunden abgespielt hat, wird Ihnen kaum erklärlich sein.“

„Wagen Sie nicht sehr viel?“

„Weniger, als Sie meinen. Diese beiden da drinnen", ich deutete mit dem Kopf zu dem hinter uns liegenden Gebäude, „sind Schurken und Schufte. Testa hat wirklich das Beduinenmädchen Sa'da –"

„Kannten Sie es?"

„Es war die Gefährtin der Schwester meines besten Freundes. Die Mädchen wurden in Arabien von einem Mann geraubt, mit dem Testa und Lorenzini gemeinsame Sache machen. Aber Sie sind durch die Zwänge der Politik Italiener und Soldat dieses Staates. Sie können sich, wenn Sie sich nicht in Gefahr begeben wollen, keine Handlung erlauben, die Ihnen als staatsfeindlich angelastet werden kann. Denken Sie an Ihren Vater und an sein Schicksal. Ich will und kann Sie nicht in einen Gewissenskonflikt hineinziehen. Deshalb verlange ich von Ihnen nicht, daß Sie mich bei meinem Kampf gegen el-Wakil und seine Verbündeten, Testa und Lorenzini, unterstützen. Das könnte Sie teuer zu stehen kommen. Um eines bitte ich Sie. Schweigen Sie über das, was Sie da drinnen in dem Raum, in dem das Mädchen Sa'da und der Oberleutnant Zanetti starben, gesehen haben. Ich verspreche Ihnen, daß Ihnen kein Nachteil daraus erwachsen wird. Wenn Sie mir das versprechen, lasse ich Sie jetzt gehen. Sollte der Wachtmeister Sie fragen, dann sagen Sie, daß der Major und der Hauptmann sich im ‚Casinò' eingeschlossen und Sie weggeschickt haben. Und noch etwas – was sich auch in den nächsten Stunden ereignen mag, es wird Ihnen nichts geschehen. Bleiben Sie in meiner Nähe. Ich kann Ihnen versichern, diese zwei bestochenen Offiziere werden morgen kaum noch Gelegenheit haben, etwas gegen Sie zu unternehmen."

Pepi Lechner blickte mich an.

„Nein", sagte ich, „meine Hände werde ich an diesen Kreaturen nicht schmutzig machen. Behalten Sie Ruhe, ganz gleich, was geschehen mag."

Er schaute mich noch immer an.

„Gut", sagte er dann. „Ich glaube Ihnen. Ich werde tun, als wenn ich das da drinnen alles nicht erlebt hätte!"

„Danke", sagte ich und streckte ihm die Hand hin, die er drückte. „Vielleicht wäre es gut, in den nächsten sechzig Minuten dem Brigadiere aus dem Weg zu gehen. Er könnte zu neugierige Fragen stellen."

„Ich habe etwas Wichtiges im Verpflegungszelt zu erledigen", antwortete er und verschwand um die Ecke des Gebäudes.

Jeden Augenblick konnte die „Fantasia" der Senuhsihbeduinen losbrechen. Ich kehrte in den Raum zurück, in dem Lorenzini und Testa auf den Metallbetten lagen. Der Brunecker Lehrersohn hatte bei ihrer Fesselung und Knebelung gute Arbeit geleistet. Es war kaum möglich, daß sie sich selbst befreien konnten. Den Schlüssel zog ich ab und schloß die Tür von außen zu.

Im Schreibstubengebäude saß der Wachtmeister und telefonierte. Er versuchte, jemandem Auskunft darüber zu geben, daß die Störung nach dem Kilometer 262 noch nicht behoben war und deshalb keine Nachricht von Oberst Maletti und seiner Begleitung vorliegen konnte. Ich wußte es besser als der Unteroffizier und spürte, wie mir ein Schauer über den Rücken zog. Gleichzeitig aber wurde mir klar, daß in der bestehenden Verbindung nach Dscharabuhb eine große Gefahr für Ragab Hamid und seine Leute liegen konnte. Ich überprüfte unauffällig mit den Augen, wie die Zuleitung der Fernsprecher verlegt war. Sie kam durch den unteren Fensterrahmen und lief in dem Winkel zwischen Boden und Wand entlang und durchquerte dann den Raum bis zum Tisch. Als der Brigadiere den Hörer ablegte und aufstand, sagte ich:

„Sono Tenente Baldo Enrico del Comando di Bengasi – ich bin Oberleutnant Baldo Enrico vom Kommando in Bengasi. Ich habe Herrn Hauptmann Testa hierherbegleitet und muß Herrn Oberst Maletti wichtige Befehle überbringen."

„Wo ist Capitano Testa, Herr Oberleutnant?" fragte der Unteroffizier.

„Er befragt zusammen mit Herrn Major Lorenzini den Mann, der so seltsame Dinge behauptet hat. Du sollst mir seinen Paß und das Päckchen geben, die in der Truppenkassette eingeschlossen sind. Sie benötigen diese Sachen für das Verhör."

Der Wachtmeister schloß den Kasten auf, nahm die genannten Gegenstände heraus und übergab sie mir. Während er den Behälter wieder verschloß, sagte er:

„Wir haben hier den toten Oberleutnant Zanetti und so ein Arabermädchen, sie war auch tot, aus dem Sand gegraben!"

„Sicher, das ist schon recht eigenartig. Aber –"

Eine Gewehrsalve unterbrach mein Gespräch mit dem Brigadiere, der aufsprang:

„Dio mio, cosa succede – mein Gott, was ist los?"

Der Angriff der Senuhsihbeduinen, der wie ein Sandkastenspiel ablaufen sollte, hatte begonnen.

Er lief nach draußen. Ich schaute mich im Raum nach einer Schere oder Zange um. Es fand sich nichts. Da kniete ich nieder, schlang einen der am Boden entlanglaufenden Telefondrähte um den Lauf meiner Smith & Wesson und drehte die Waffe mehrmals herum, bis der Draht entzweibrach. Das wiederholte ich bei der zweiten Zuführung. Dann zog ich die Enden wieder aus und legte sie so nebeneinander, daß man bei kurzem Hinschauen die Unterbrechung nicht wahrzunehmen vermochte.

Draußen war der Teufel los. So viele Soldaten auf einmal hatte ich in diesem Grenzposten noch nicht gesehen. Der Brigadiere kam gerade von dem Gebäude, in dem der Major und der Hauptmann gefesselt lagen, zurückgelaufen und hätte mich fast umgerannt. Auf meine Frage, wo die Offiziere wären, antwortete er, daß sie sich eingeschlossen hätten und auch auf stärkstes Pochen nicht antworteten. Er hastete ans Telefon und begann wie wild an der Kurbel zu drehen. Ich war froh, daß ich im letzten Augenblick noch diese Verbindung ausgeschaltet hatte, die, wenn sie noch benutzbar geblieben wäre, Blut gekostet hätte. Während der Brigadiere seine nutzlosen Versuche, einen Gesprächspartner in Dscharabuhb an den Hörer zu bekommen, fortsetzte, ging draußen die Schießerei weiter.

Es waren auch Schüsse zu hören, die vom Grenzposten aus abgefeuert wurden. Wenn auf der Gegenseite ein Senuhsih getroffen werden würde, konnte meine Verabredung mit Ragab Hamid Gefahr laufen, nicht mehr eingehalten zu werden.

Ich gab dem Brigadiere zu verstehen, daß ich, wenn sich weder Major Lorenzini noch Hauptmann Testa sehen ließen, das Kommando übernehmen wollte. Er schien erleichtert. Ich befahl ihm, die Truppe zusammenzurufen. Er gab ein schrilles Pfeifensignal. In der Zwischenzeit eilte ich noch einmal in das „Casinò" zurück, überprüfte, ob die beiden Überwältigten noch fest gefesselt waren, und rollte das von Fadil herbeigeschleppte Bettlaken zusammen. Dann kehrte ich zurück.

Im Lärm der aus der westlichen Wüste abgefeuerten Schüsse verteilte ich die Mannschaften auf die vorhandenen Fahrzeuge, wobei sich herausstellte, daß zwei nicht vollgetankt waren. Diese mußten zurückbleiben. Vier Maschinengewehre wurden auf die mittleren Fiat-Lastwagen gehoben. Später stellte sich heraus, daß wir vergessen hatten, dabei die Munitionskisten zu verladen. Dann richteten sich die Kraftwagen nach Westen aus, und wir begannen vorzugehen, zuerst im Schritt. Nur die Fahrer duckten sich hinter den Lenkrädern. Die den Fahrzeugen zugeteilten Männer schwärmten rechts und links, möglichst die Deckung der Kraftwagen benutzend, aus und schossen, meist ohne das Gewehr hochzunehmen, aus der Hüfte. Ich hatte dabei das unangenehme Gefühl, daß mir von hinten mehr Gefahr drohte als von vorn.

Die Krieger der Senuhsih schienen wirklich Spaß an diesem Scheinkrieg zu haben. Sie schossen ununterbrochen, ohne daß einer der italienischen Soldaten getroffen wurde. Als ich die Beduinen sich weit vor uns auf ihren Kamelen zurückziehen sah, ließ ich die Männer des Grenzpostens die Fahrzeuge besteigen. Wir begannen die vor uns Hinziehenden zu jagen. Die Schießerei hörte, bis auf einige wenige Schüsse, auf.

Wiederholt hatte ich mich umgewandt. Ich wartete auf den schwarzen Rauch Fadils, der das Zeichen zum Angriff der Senuhsihgruppe südlich des Grenzpostens war. Ich wußte wirklich nicht, wer im Durcheinander des Aufbruchs, außer den beiden gefesselten Offizieren, dort zurückgeblieben war. Gleichzeitig mit dem Hochsteigen einer schwarzen Rauchfahne hinter uns wurden vereinzelte Schüsse von Süden vernehmbar.

Wir aber folgten den deutlichen Spuren der vor uns weichenden Beduinen. Diese waren in einem von Norden nach Süden gerichteten Dünenkorridor eingebogen, wandten sich von Zeit zu Zeit zurück und schossen auf uns. Keinem der Italiener fiel anscheinend auf, daß es auf ihrer Seite bisher weder einen Toten noch einen Verwundeten gegeben hatte. Dabei hätten sie wissen müssen, daß die Beduinen trotz ihrer veralteten Waffen hervorragende Schützen waren. Die Räder der Fahrzeuge begannen im leichten Flugsand, der sich in breiten Streifen rechts und links am Fuße der angewehten Dünenketten hinzog, zu mahlen. Das militärisch vollkommen sinnlose und laienhafte Verfolgen des beweglichen, berittenen Gegners begann mir Kopfzerbrechen zu bereiten, weil es nicht mehr lange durchzuführen war. Nur der Umstand, daß sich kein Offizier unter uns befand, hatte es ermöglicht, sich so weit ohne jede Vorwärts- und Rückwärtssicherung in das „Große Sandmeer" vorzuwagen. Aber wir würden wohl in diesem von Norden oder Nordwesten nach Süden beziehungsweise Südosten aufgebauten Dünensystem nicht mit einer natürlichen Sperre zu rechnen haben. Deshalb war ich sehr erstaunt, in dem an der Basis etwa sechzig Meter breiten gassi, wie die Beduinen die Flugsandalleen nennen, plötzlich vor einem querlaufenden Graben von mehr als einem Meter Tiefe und zwei Metern Breite zu stehen. Er war zweifellos künstlich ausgehoben worden. Die Fahrzeuge fuhren hier nebeneinander auf und standen wie auf dem Präsentierteller vor dem Hindernis.

Mit einem Mal schienen auf den beiden rechts und links von uns liegenden Dünenrücken Kamelreiter mit angelegten Gewehren aus dem Sand zu wachsen. Ihre Gestalten schoben sich, ganz gegen Beduinenart lautlos, bis auf den Kammgrat der Züge. Als ich mich umwandte, bemerkte ich, daß hinter uns eine Gruppe Senuhsih auf Dromedaren quer über die gesamte Korridorbreite aufgezogen war und uns den Rückweg versperrte. Es waren Hunderte, die den in die Falle gelaufenen drei Dutzend italienischen Soldaten nur einen Ausweg ließen, den der Aufgabe jeden sinnlosen Widerstandes. Ich sah, wie aller Augen, einschließlich der des Brigadiere, mit aufgeregter Erwartung auf mir ruhten. Da hielten doch – nein, ich irrte mich nicht, da hielten doch einige der Männer weiße Tücher in der Hand, noch nicht entfaltet, noch in der Faust zusammengeballt. Ich schaute zu den nebeneinander aufgezogenen Kriegern der Wüste hinauf, die auf ihren Kamelen eine Einheit mit dem Sandmeer bildeten, das ihre Heimat, ihr Land war. Wie armselig, wie fremd und verloren erschienen die wenigen Blechungetüme, auf denen wir saßen!

Ragab Hamid, den ich halblinks von mir erblickte, wenn ich mich nach Osten drehte, hatte sein Gewehr nicht wie die anderen Senuhsihkrieger auf uns angelegt, sondern mit dem Kolbenfuß auf den rechten Oberschenkel gestützt. Links daneben reihten sich Sahdik, Hamdi und der alte Radwahn an. Und auf der rechten Seite des jungen schehch der Magabra saß auf einer prachtvollen Stute der zierliche, zarte Beduine, der auf den Namen Leila hörte. Sie hatte das Gewehr, das sie einem ihrer Peiniger entführt hatte, quer über ihren Schoß gelegt.

Da griff ich in eine Ecke unterhalb meines Sitzes im Kraftwagen, zog das Bettlaken hervor, das mir Fadil vorsorglich im letzten Augenblick zugesteckt hatte, erhob mich und schwenkte es hin und her. Der Jubel, der bei diesem meinen Auftritt unter den italienischen Soldaten ausbrach, beschämte mich. Ich hatte sie hintergangen. Aber ich hatte ihnen damit das Leben erhalten, ihnen und auch ihren Todfeinden, den Senuhsih. Die Menschen sollten ein Gesetz schaffen, das jede Handlung, wirklich jede, gutheißt, die Leben erhält!

„Brigadiere, fa deporre e raccogliere le armi – Wachtmeister, lasse die Waffen niederlegen und zusammentragen!“ Dann sprang ich aus dem Wagen, stieg geradewegs zu Ragab Hamid und meinen Gefährten hinauf, zwängte mich zwischen ihren Kamelen hindurch und entledigte mich, als mich die Italiener nicht mehr sehen konnten, der Uniform, wickelte mich in den hiram und zog die dschellaba über. Fadil el-achras erwartete mich mit meiner Stute. Auch er blieb unsichtbar für die Männer, unter denen er wochenlang als „Taubstummer“ niedrige Arbeiten verrichtet hatte, er, der stolze Senuhsihkrieger.

„El hamdu lillah, jah Hami el-amalahk – Allah sei Dank, o Hami el-amlahk! Wir haben eine große Schlacht gewonnen, ohne einen Krieger verloren zu haben. Allahu akbar – Allah ist größer als alles Geschaffene!“ rief mir der „Taubstumme“ zu.

„Es wird aber nicht die letzte Schlacht sein, jah Fadil el-achras, die geschlagen werden muß von den Männern der Senuhsih, damit sie wieder frei in ihrem Lande leben können. Aber – Allah bifridschah – Allah wird helfen!“

Wir umarmten uns. Ich bestieg meine Stute, zog den Kopfwickel nach Magabraart über Stirn, Kinn und Nase und lenkte mein Tier neben den jungen schehch Ragab Hamid. Keiner der zu unseren Füßen entwaffneten und wartenden Soldaten des Grenzpostens am Kilometer 251 ahnte, daß der „Magabra“, der in diesem Augenblick sein vortreffliches Kamel in die Reihe der stumm auf dem Dünenrücken verharrenden Reiter eingliederte, und der „Tenente Baldo Enrico“ ein und dieselbe Person waren. Meine Augen suchten Pepi Lechner, der bei mir im Fahrzeug gesessen hatte. Er blickte zu mir herauf. Hatte er meine Stute wiedererkannt? Ich hob unauffällig die Rechte wie zu einem flüchtigen Gruß. Der Brunecker Lehrersohn erwiderte die Geste ebenso verhalten.

„Ich habe mein Versprechen gehalten, jah Rabag Hamid ben Abdul Gawab“, wandte ich mich an den jungen schehch der Magabra. „Darf ich dich an das deine erinnern?“

„Allah hat das Wort gehört, das ich dir gegeben habe, jah chaiji Hami el-amlahk ben Ahrar Juhsif el-fahhar“, antwortete der Magabra und legte mir seine Hand auf den Unterarm. „Ich erneuere meinen Schwur, daß allen den Männern da unten, solange sie sich friedlich verhalten, kein Haar gekrümmt werden soll.“

„Ich danke dir, jah chaiji.“

„Sind Offiziere unter ihnen?“

„Nein. Zwei von ihnen habe ich überwältigt. Sie liegen gefesselt und geknebelt in dem Raum, in dem Sa'da ihr Leben verlor.“

„Die Gerechtigkeit kommt von Allah, jah Hami el-amlahk! Reitet ihr mit uns zu dem Grenzposten zurück?“

„La – wir werden sofort gegen Sonnenuntergang aufbrechen, um die kahfile el-Wakils einzuholen. Die Gelegenheit, uns unbemerkt zu entfernen, ist einmalig. El-italjahn werden vor Wut schnauben und allen blutige Rache schwören, die zu ihrer Niederlage beigetragen haben. Deshalb ist es für mich und meine Gefährten sehr wichtig, daß el-italjahn annehmen, alle ihre Angreifer seien wieder nach el-Masr, nach Ägypten, zurückgegangen."

„Du hast recht, jah Hami el-amlahk. Aber es betrübt mich und alle Krieger der Senuhsih, daß ihr nicht den Sieg über el-italjahn – Allah verfluche sie – mit uns freudig feiern könnt."

„Erlaube mir, jah Ragab Hamid, dich daran zu erinnern, daß ihr jetzt keine Zeit habt, euren großen Sieg zu feiern. El-italjahn können jeden Augenblick entdecken, was sich gestern beim Kilometer 262 und heute in dem Grenzposten beim Kilometer 251 und in diesen kusub el-mudschahzaht, den Dünen der Vergeltung, zugetragen hat. Sie werden ihre Flugzeuge schicken, die euch aus der Luft angreifen. Stelle, wenn so etwas geschieht, fünfzig deiner Krieger zusammen, und lasse sie auf Kommando gleichzeitig mit ihren Gewehren auf solch ein Flugzeug feuern. Eine Kugel richtet wenig aus. Fünfzig können es herunterholen."

„Ich werde deinen Rat befolgen, jah Hami el-amlahk."

„Wenn euch noch die Zeit bleibt, dann lasse von den Soldaten der italjahn die Eisenstäbe am Grenzzaun herausheben. Sie wissen, wie das gemacht wird. Befiehl ihnen, eine Stange durch die Ösen am oberen Ende zu stecken und sie in der entgegengesetzten Richtung, wie sich die Zeiger auf der Uhr bewegen, zu drehen. Dann bindet ihr den ausgelegten Stacheldraht an die Kraftfahrzeuge und schleppt ihn hinter diesen her in die Wüste hinaus."

„Wir werden tun, wie du es uns geraten hast, jah Hami el-amlahk.“

„Jislam rahsak, jah chaiji – Allah erhalte dein Haupt, o Bruder. Unser Herz blutet, weil wir dich und deine Gefährten, die alle unsere Freunde geworden sind, verlassen müssen!“ sagte ich zu dem jungen schehch der Magabra und legte meine Rechte beteuernd auf die Brust.

„Allah jisallim ’umrak, jah chaiji – Allah erhalte dein Leben, o Bruder! Wir alle werden fünfmal am Tag Allah und seinen Gesandten bitten, daß sie euch beschützen und im Kampf gegen eure Feinde unterstützen!“

„Bismi-llah’h – im Namen Allahs!“ rief Sahdik aus, lenkte seine Stute aus der Reihe der Krieger der Senuhsih und ließ sie die Richtung gegen Sonnenuntergang einschlagen. Leila, Hamdi, der alte Radwahn und ich schlossen uns ihm an und zogen in el-bahr er-raml el-kebihr, das „Große Sandmeer“, hinaus, das sich wie der Übergang zur Unendlichkeit und Ewigkeit vor uns hinbreitete.

GLOSSARIUM
einiger im Text auftretender arabischer Wörter

Die Umschrift vom Arabischen ins Deutsche war von jeher sehr schwierig, weil die arabische Sprache Kehlreibe- und Hauchlaute kennt, die durch deutsche Schriftzeichen nicht wiedergegeben werden können. Der Apostroph ' (hamze genannt) weist auf einen Luftabbruch beim Sprechen hin (wie in ver'eisen = zu Eis werden, im Gegensatz zu verreisen = eine Reise antreten). Ch spricht man stets wie im Wort „Nacht“, niemals wie in „Nichte“ aus. In der folgenden Aufzählung ist bei Hauptwörtern die erste Form die Einzahl, die zweite die Mehrzahl.

ab od. abu, abbahaht = Vater
abu dschurrahn = Mistkäfer
abu schawahrib = Vater des Schnurrbartes
adschwe = getrocknete Datteln
afriht, afariht = Dämon
ahlim, ulamah = Gelehrter
ahlim il-ahssahr il-kadihme = Archäologe
aijwa (sprich aiua) = ja
aijat = Geplärre
'ain, 'ainehn = Brunnen (wörtl. Auge)
'alahme, 'alahmaht = Zeichen, Steinhäufchen
Allahu akbar = Allah ist groß
arabuhn = Haftgeld, Pfand
ärmäle, aramihl = Witwe
asr od. asr-salaht = Gebet zur Vesperzeit

bab, ibwahb = Tor, Tür
bacht = Glück
badawi, bidu = Beduine
bahr el-amahr = das Rote Meer
bahr en-nil = der Nil
bahri, bahrijjihn = Seemann
bahruhde, bawahrihd = Gewehr
bahs = Schotter in Walnußgröße
bahsch dschahwihsch = Feldwebel
bakara, bakaraht = Kuh
bäläd, buldahn = Dorf
balah = frische Datteln
baraka = übernatürliche Segenskraft eines islamischen Heiligen
bark = Metallplättchen auf Kleidern und Hüten
basmala = Koranformel
bawazihl = ausgewachsenes Kamel
beht, bujuht = Haus
beht scha'r = Beduinenzelt
beijah, beijah'ihn = Händler
bilahd il-'arab = Arabien
bilahd il-junahn = Griechenland
bimbahschi = Major
bihr, bijahr = Brunnen, Wasserstelle
bistahn, basahtihn = Garten (im allg.)

chahn, chahnaht = Karawanserei
chalak, chulkahn = Bauerngewand
chandschar, chanahdschir = großer Dolch
charuf, chirfahn = Schaf
chubez mälle = in Asche gebackenes Brot

darb, druhb = Weg
darihbe, darajihb = Wegzoll
dauw, adwije = Lampenlicht
difla = Oleanderstrauch
dschahännäm (stets artikellos) = Hölle
dschahdschet habasch = Truthenne
dschahilihja = religiöse Unwissenheit
dschahsuhs, dschawahsihs = Späher
dschalabijja = hemdartiges Gewand
dschämäl, dschmahl = (meist) Lastkamel
dschammahl = Kameltreiber
dschanzabihl = Ingwer
dscharboh'a = Springmaus
dschasihre, dschasahjir = Insel
dschebel, dschibahl = Berg, Gebirge
dschellaba = Überkleid anstelle des Burnus
dschibrihl = Gabriel
dschidd, dschduhd = Großvater
dschinni, dschinn = Dämon
dschinnijja = weibl. Dämon

dschundi, dschunuhd = Soldat
dschunuhb = Süden
du'ah = Gebet
duhb el-akbar = Großer Bär
duhd, dihdahn = Wurm
duhr od. duhr-salaht = Mittagsgebet
dukka = Dostkraut

edeijin = Dünenwüste
effendim! = zu Befehl, Herr!
erg = Dünenwüste
eri = ägypt. Männerhemd
eysch el-balah = Dattelkuchen

fadschr od. fadschr-salaht = Gebet bei Tagesanbruch
fahm = Holzkohle
fällah, fällahihn = Fellache
fluhs = Geld
frandschi, frandsch = Franke, allg. für Europäer

gard = Sanddüne
gassi = Dünenkorridor
gumruk, gamahrik = Grenzzoll

habihbi, habahjibi = mein Lieber
hadath = Unreinheit (rel.)
hadd, huduhd = Grenze, auch Koranstrafe für Verbrechen
hadschihn, hudschun = Reitkamel
hadschme, hadschmaht = Überfall
haik = Umschlagtuch
häl-kahfir, häl-kahfirihn = dieser Gottesleugner
hamahm = Taube (Kollektivbegriff)
hamalet = Amulett
ha'mmar, ha'mihr = Esel
harahm = verboten (rel.)
harahmi, harahmijje = Räuber
harb, huruhb = Krieg
hasad = Neid
hassar = Vorsicht
hawijja = Packsattel
hena = hier
hikme = Weisheit
hirz, hrahz = Amulett
hodadsch = Kamelsänfte
huhrijje, huhrijjat = Paradiesjungfrauen
hurdabbe, hurdabbaht = Kamelhöcker
hurme, harihm = Weib

iblis = von Allah abgefallener Engel
ibn 'arab, ulahd 'arab = seßhafte Araber
ibn il-ach bzw. ibn il-ucht = Bruder- bzw. Schwesterneffe
ichtijahr, ichtijahrijje = Greis
ihdschahb, hudschub = Amulett
ikahl, ikahlaht = Kopfschnur
imahm = Vorbeter
'ilbit kibriht = eine (volle) Schachtel Zündhölzer
in'amal fel-almahnja = Made in Germany
inglihzi, inglihz = Engländer
ischah = Nachtgebet

jah! = o!
jah adschihbe = wie merkwürdig
jah chaiji = o Bruder
jah sahtir! = o Beschützer!
jah zraijar = mein Kleiner
jasuh' el-masih'h = Jesus Christus
jichzihk! = Allah mache dich zuschanden!
johm il-achihr = der Jüngste Tag

käbsch krunful = Gewürznelken
kabihle, kabahjil = Volksstamm
käffijje, käffijjaht = Kopftuch der Männer
kaftahn = Kaftan
kahfile, kawafihl = Karawane
kahfir, kahfirihn = Gottesleugner
kahwe, kahahwi = Kaffee
kajid, kuwwahd = Führer
kala, kilah = Festung
kamihs, kumsahn = hemdartiges Gewand
kasihb, kusub = Sandhügel, Düne
ka'ud, ka'uhden = fast ausgewachsenes Kamel
kibla = Gebetsrichtung nach Mekka
kibrihte = Zündhölzer
kihmahwi = Chemiker
kilme, kalimaht = Wort
kilme el-adahle = Wort der Gerechtigkeit
kilmet muruhr = Losungswort
kirbe, kirab = Wasserschlauch
kirch, kuruhsch = Piaster
kird, kuruhd = Teufel (als Schimpfwort)

kita'dähäb = Goldstücke
ktar, kuturaht = Kamelreihe
kubti, ikbaht = Kopte
kuhl = Antimon
kurbahdsch, karahbihdsch = Peitsche
kurka'a, karahki = Schildkröte
ku'uhd = Sitzstellung beim Beten

la, la'a, ah = nein
laban = Milch
läffe, läffaht = Kopfbund
lahm chanzihr = Schweinefleisch
läsme, läsmaht = Männerkopftuch
libahs, libahsaht = Frauenhose
litahm = Gesichtsschleier der Männer
litr, litraht = Liter

madfa raschschahsch = Maschinengewehr
maftuhm = entwöhnt
mahabbe = Liebe
mahmuhr, mahmuhrin = Beamter
mahram = Frauenabteilung im Zelt
mahrid, mawahrid = großer Dämon
makahm oder mazahr = Wallfahrtsort
makass, makassaht = Schere
masbaha = islamischer Rosenkranz
massal, amssahl = Sprichwort
masr = Ägypten
masr el-kah'hira = Kairo
maulid = Zeit und Ort der Geburt
meijit, amwaht = Toter
mihrahb = Gebetsnische i. d. Moschee
milh = Salz
mirkab = Fernrohr
mirrib od. mirrib-salaht = Gebet bei Sonnenuntergang
misilme, misilmaht = Muhammedanerin
misk = Moschus
mitrabbi = Sitz mit untergeschlagenen Beinen
mudschrim, mudschrimihn = Verbrecher
mu'ezzin = Gebetsausrufer
mu'min, mu'minihn = Gläubiger (rel.)
murahbit = Marabut
muslim od. mislim, muslimihn od. misilmihn = Muhammedaner

nabbuht, nabahbiht = Kameltreiberstock
nachl = Palme (Kollektivbegriff)
nbihd = Wein
nahka, nuhk = Kamelstute
nakihb el-aschrahf = Vorsteher der Scherife
nana = Pfefferminz
nardschihle, nardschihlaht = Wasserpfeife
nidschme, ndschuhm = Stern
nidschmet il-kutb = Polarstern
nihja = innere Sammlung (rel.)
nuhr, anwahr = Licht
nusrahni, nasahra = Christ
nuss il-lehl = Mitternacht

qaddah'ha = Feuerzeug

rafah'ha = Wohlstand
rah'hat il-bahl = Gemütsruhe
rahla = Reitsattel der Mauren
rak'a = Gebetshandlungen
raljuhn, ralahjihn = Tabakspfeife
ramahd = Asche
ramadahn = Fastenmonat
raml = Sand
razahle, ruslahn = Gazelle
ramajahn = Bewußtlosigkeit
rukuh = Vornüberbeugung (rel.)

sada, asdah' = Echo
sadschdschahda, sadschdschahdaht = Gebetsteppich
sahar et-tutun = Verzauberung des Tabaks
sahr = Blutrache
salaht = Gebetshandlungen
sämm = Gift
sämne = ausgelassenes Butterschmalz
samuhm = heißer Südwind
säne, snihn = Jahr
schadschar, schadscharaht = Baum
schadschrat lohz = Mandelbaum
schahahda = islamisches Glaubensbekenntnis
schahdir = Militärzelt
schai nana = Pfefferminztee
schamahli = nördlich
schämle, schämlaht = Kopfbund od. Schal um den Leib
schäms = Sonne
scharihf, aschrahf = Scherif
schatahra = Tüchtigkeit

schehch, schujuhh = Häuptling
scheitahn = der Teufel
schikk schuhka = Männerabteilung im Zelt
schirib duchchahn = Rauchen (Tabaktrinken)
schirwahl, scharahwihl = arab. Hose
schriht schohk = Stacheldraht
schu'arrane = Pferdefliege
s-chuhn = Fieber
sebcha = Salzland
sehf, sjuhf = Schwert
serir = Stein- und Kieswüste
sihd, sjahd = Großvater
sihr = Magie
simsim = Sesam
sitt, sittahd = Großmutter
sitti = meine Großmutter
sohb, sjahb = Hemdkleid f. Männer u. Frauen
sudschuhd = Niederwerfen (rel.)
suhra, suwar = Fotografie
suhra, suwar = Korankapitel
sukkar = Zucker
summahk = Essigbaum
subha = isl. Rosenkranz

tahahra = rituelle Reinheit
tahhuhne, tawahhihn = Mühle
tahkia, tawahki = Untermütze der Männer
tahkihk, issbaht, dschawahz safar = Ausweis
tahrihb = Schmuggel
tahruhs, tawahrihs = Strohseil
ta'kahhun = Orakel
tamasaq = Reitsattel der Tuareg
tarbuhsch, tarahbihsch = Fes
tarihka, tarahjik = Derwischorden
tartihb = Zeiteinteilung bei den Karawanen
tasbihh' = isl. Rosenkranz
täskärät safar = Paß
tumbahk madr = Kautabak

uhrubba od. uhruhbah = Europa
umm ed dschild = Mutter des Leders

wadi, widjahn = Trockental
wah'ha, wah'hahd = Oase
wahlid = Erzeuger, Vater
walad, ulahd = Kind
wallah'hi = wahrhaftig, bei Allah
waraka nakdijje, warak nakti = Banknote
wili, aulijah = Heiliger
wirwir, warahwir = Revolver
wuduh = kleine Waschung (rel.)
wulijje, walahjah = Schutzbefohlene

zahwija = Stützpunkt der Senuhsih
za'ihm = Oberst

Der nächste Band:

BEI DEN RITTERN DER WÜSTE

In Gewaltritten suchen die beiden Freunde Sahdik und Hami mit ihrer Begleitung, die verlorengegangene Verbindung mit der Raubkarawane wiederherzustellen. Dabei begegnen sie einem Einzelgänger in der Wüste, dem Amerikaner Habakuk Sophonias Smeller, der ihnen ungewollt dazu verhilft, die Spur wieder aufzunehmen. In der Hochebene nordwestlich von Mursuk werden sie von einem Tuaregstamm gefangengenommen. Den Moslems ihrer Gruppe droht keine Gefahr. Hami aber muß mit der Takuba, dem Langschwert der Tuareg, um Leben und Freiheit kämpfen. Durch eine List siegt er. Es stellt sich heraus, daß die Raubkarawane mitsamt ihrer Führung von den Tuareg vernichtet wurde und die Haddedihnmädchen unverletzt befreit werden konnten. Von el-Wakil fehlt jede Spur. Leila wird Sahdik, Munihra seinem Freund Hami zugeführt. Die Doppelhochzeit feiern die Berber und ihre Gäste in einem mehrtägigen Freudenfest. Aber nur Hami und Munihra wissen um das Geheimnis, das sie in der Abgeschlossenheit ihres Zeltes aneinander bindet.

Sardinien
Cagliari
Palermo
Marsala
Messina
Tunis
Sizilien
Syrakus
Kalamae
Malta
Kairouan
MITTELLÄN
Gabes
Tripolis
Tolme
Leptis Magna
Garian
Benghasi
Nalut
Beni Ulid
Buerat
Sofedjin
Schueref
30°
Sokna
Audschila
Edri
Brak
Dschebel Zelten
Abu Naim
Oase D
Ubari
Sebha
Fezzan
Mursuk
Oase Tase
Gatrun
Wau el-Kebir
Oase
Wendekreis des Krebses
Tümmo
Gebirge
Bir es-Sar